David Levithan · Jennifer Niven
Nimm mich mit dir, wenn du gehst

DAVID LEVITHAN JENNIFER NIVEN

NIMM MICH MIT DIR, WENN DU GEHST

Aus dem Amerikanischen von
Bernadette Ott

cbj

Bei diesem Buch wurden die durch das verwendete Material und die Produktion entstandenen CO_2-Emissionen ausgeglichen, indem der cbj Verlag ein Projekt zur Aufforstung in Brasilien unterstützt. Weitere Informationen zu dem Projekt unter: www.ClimatePartner.com/14044-1912-1001

Penguin Random House Verlagsgruppe
FSC® N001967

TRIGGERWARNUNG
Dieses Buch enthält potenziell triggernde Inhalte.
Deswegen findet ihr auf Seite 349 einen Hinweis.
Dieser enthält Spoiler für die gesamte Geschichte.

Sollte diese Publikation Links auf Webseiten Dritter enthalten, so übernehmen wir für deren Inhalte keine Haftung, da wir uns diese nicht zu eigen machen, sondern lediglich auf deren Stand zum Zeitpunkt der Erstveröffentlichung verweisen.

1. Auflage 2023
© 2023 der deutschsprachigen Ausgabe
cbj Kinder- und Jugendbuchverlag
in der Penguin Random House Verlagsgruppe GmbH,
Neumarkter Straße 28, 81673 München
Alle deutschsprachigen Rechte vorbehalten
© 2021 David Levithan, Jennifer Niven
Die amerikanische Originalausgabe erschien 2021 unter dem Titel:
»Take me with you when you go«
Bei Knopf Books for Young Readers,
einem Imprint von Random House Children's Books, New York
Übersetzung: Bernadette Ott
Lektorat: Christina Neiske
Umschlagkonzeption: Kathrin Schüler, Berlin
unter Verwendung der Abbildungen von © Shutterstock (VaLiza; Lurai;
Colorstream; Olga; fantom_rd; AlexandrAl)
MP · Herstellung: BO
Satz: GGP Media GmbH, Pößneck
Druck und Bindung: GGP Media GmbH, Pößneck
ISBN 978-3-570-16653-6
Printed in Germany

www.cbj-verlag.de

*Mit Dank an alle unabhängigen Buchhandlungen,
vor allem die Leute bei Little City Books (meiner Buchhandlung
vor Ort, die mir durch die Pandemie geholfen hat),
bei Books of Wonder (für fast zwei Jahrzehnte Unterstützung)
und bei Avid Bookshop (meiner Lieblingsbuchhandlung,
auch wenn ich nicht in der Nähe wohne).*

D. L.

*Für Joe und Angelo, meine Brüder im Herzen. Ich liebe euch
mehr als Harry Styles und ABBA und Popcorn. Und sogar mehr als
Worte – ich liebe euch mehr, als ich es ausdrücken kann.*

J. N.

Betreff: Dein Verschwinden
Von: e89898989@ymail.com
An: b98989898@ymail.com
Datum: Montag, 25. März, 12:12 EST

Liebe Bea,

ich bin nicht wütend auf dich. Ich mache dir auch keine Vorwürfe. Aber ich finde, du schuldest mir eine Erklärung. Ich weiß, dass du nicht mehr zurückkommst. Wir wissen alle, dass du nicht mehr zurückkommst. Wir wussten es von dem Moment an, als Mom in dein Zimmer hoch ist und es so vorgefunden hat, wie du wolltest, dass sie es vorfindet. Da war der Fall klar. Was für ein perfektes *Ihr könnt mich mal* von dir! Da hast du es ihr und Darren am Schluss echt noch gezeigt – ein perfekt gemachtes Bett. Als hätte nie jemand darin geschlafen. So als hätte es dich hier nie gegeben. Wie oft haben sie dich angebrüllt, dass du das Bett machen sollst? Wie oft hast du dich geweigert? (Kleiner Tipp: Die Anzahl ist beide Male gleich.) Und jetzt: Alles aufgeräumt von dir zurückgelassen. Unberührt. Leer.
 Kein Brief. Kein einziges Wort.
 Das weiß ich genau. Ich habe danach gesucht.
 Mom hat dein Zimmer als Erste in diesem Zustand gesehen. Nicht ich. Ich saß am Küchentisch und habe versucht, mein Müsli so leise zu essen, dass Darren sich nicht darüber aufregen musste. Plötzlich hat Mom deinen Namen geschrien. Mehrmals hintereinander, zuerst wütend, dann klang da noch etwas ande-

res durch, zu zehn Prozent, würde ich sagen, zu zehn Prozent klang da noch Angst durch. (Aber mehr nicht.) Ich gebe zu, dass ich zuerst nicht weiter darauf geachtet habe, weil ihr euch ja jeden Morgen gestritten habt. Das gehörte einfach dazu. Darren hat auch nicht von seinem Toast aufgeblickt. Aber dann stürzte Mom in die Küche und brüllte mich an: »Wo ist deine Schwester? Sag mir sofort, wo deine Schwester ist!«

Wenn ich du wäre, hätte ich ihr bestimmt ein *Verdammt, woher soll ich das denn wissen?* an den Kopf geschleudert oder ein *Ist es nicht ein bisschen früh am Morgen für diesen Scheiß, Mom?* Aber wie jeder weiß, bin ich nicht du. Deshalb habe ich sofort beteuert: »Weiß nicht, weiß nicht, weiß nicht – was ist denn los?« Ich bemühte mich so sehr, unschuldig zu klingen, dass ich wohl erst recht schuldig wirkte. Dann drehte sie sich zu Darren und rief: »Sie ist verschwunden!«, und darauf er: »Was soll das heißen, sie ist verschwunden?«

Als Antwort haben wir einen Familienausflug in dein Zimmer unternommen. Da habe ich dein Bett gesehen und gedacht: *Wow, sie hat sich davongemacht.*

Mehr als etwas in der Art wollte ich auch nicht dazu sagen. Aber als sie gemerkt haben, wie ich mich im Zimmer umsah, packte Darren mich und wollte wissen, wonach ich denn suchte. Ich machte ihnen klar, dass dein Rucksack nirgendwo zu sehen war und deine Schulbücher neben dem Papierkorb gestapelt waren. (Hübsches Statement.) Der größte Schock war, dass auf der Kommode dein Handy lag. Damit wir dich darüber nicht ausfindig machen können, oder?

Mom und Darren taten so, als wäre für diese Beobachtungen besonderes Insiderwissen notwendig. Deshalb verhörten sie mich weiter. Aber diesmal konnten sie mich nicht einschüchtern. Oder vielmehr, sie schafften es zwar auch diesmal wieder, aber sie haben schnell gemerkt, dass es bei mir nichts zu holen gab. Ich wusste auch nicht mehr als sie.

Trotzdem hätten sie wahrscheinlich so schnell nicht von mir abgelassen, sonst gab es für sie ja nicht viel zu tun oder jedenfalls fiel ihnen nichts Besseres ein. Aber in diesem Moment hupte es vor dem Haus. Und ich muss gestehen: Obwohl mich dein Verschwinden nicht wirklich überrascht hat, war ich total erstaunt, als Joe plötzlich vor unserem Haus stand, um dich abzuholen. Denn das hieß, dass du ihn ebenfalls verlassen hast.

Wahrscheinlich brauche ich dir nicht groß zu beschreiben, was darauf folgte. Wie Darren Joe aus dem Auto in die Küche zerrte. Wie er ihn auf einen Stuhl drückte, ihm hundert Fragen stellte. Und wie Joe dasaß und ihm allmählich dämmerte, dass seine Freundin sich in Luft aufgelöst hat. Du bist sein Leben, Bea. Das weißt du. Und von allen Menschen auf der Welt erzählt ihm ausgerechnet Darren, dass sich sein Leben gerade auf und davon gemacht hat. Und tschüss!

Obwohl Darren ihn anbrüllte, er solle ihm gefälligst in die Augen schauen, blickte Joe immer wieder zu mir. Als flehte er mich an, ihm zu sagen, es sei alles nicht wahr und ich hätte eine geheime Nachricht von dir mit den Koordinaten eines Treffpunkts, wo du auf ihn warten würdest.

Als Antwort schüttelte ich nur den Kopf.

Schließlich nahmen Mom und Darren Joe ab, dass er auch nicht mehr wusste. Und weißt du, was? Die Tatsache, dass Joe genauso ahnungslos war wie sie, machte sie nur noch wütender. Als ob sie sich zusätzlich darüber aufregten, wie unfair du dich damit ihm gegenüber verhalten hast. Als wären sie schon immer die größten Fans von Joe gewesen. Na ja, um ehrlich zu sein, mögen sie ihn wahrscheinlich mehr als dich oder mich. Was aber keine große Leistung ist.

»Da siehst du mal, was für eine Lügnerin sie sein kann.« Das hat Mom tatsächlich zu Joe gesagt. So als wären sie auf derselben Seite. Als würde sie ihm einen mütterlichen Rat geben. Das war echt zu viel. Das ging über mein Vorstellungsvermögen. Aber seit Mom auf Darren reingefallen ist, habe ich es sowieso aufgegeben, sie verstehen zu wollen. Und Darren ist zwar total durchschaubar, aber das nützt einem nichts. Wenn etwas nicht so läuft, wie er will, fängt er an zu brüllen. Aber wem sag ich das.

Ich merkte höflich an, dass ich jetzt in die Schule müsste. Deshalb würde ich nach oben gehen und meine Sachen holen. Ich hatte ein schlechtes Gewissen, Joe mit Mom und Darren allein zu lassen, aber es gab keinen anderen Weg.

Als ich in meinem Zimmer war, wusste ich sofort, wo ich nachschauen musste. Wahrscheinlich hast du geglaubt, ich würde länger brauchen als diese eine Sekunde, aber so war es nicht. Du weißt genau, was ich gefunden habe. Und was ich dort nicht gefunden habe.

Ich werfe dir nicht vor, dass du das Geld genommen hast. Es überrascht mich nicht einmal. Und soll ich dir was sagen? Ich habe mehr als nur dieses eine Versteck, von dem ich dir erzählt habe, und ich habe dort immer nur so viel hineingesteckt, wie es für mich okay war, von dir bestohlen zu werden. (Von *ausleihen* will ich dabei nicht sprechen, obwohl ich mir sicher bin, dass dir das lieber wäre. Du brauchst es mir nicht zurückzugeben.)

Als ich die Schublade mit den Baseballkarten ausgeschüttet habe, war die spannende Frage nicht, ob du deinen kleinen Bruder beklaut hast. Sondern ob du mir dafür etwas zurückgelassen hast.

Und das hast du. Diese Mailadresse.

Echt, ich hatte keine Ahnung, dass es so was wie ein Ymail-Konto überhaupt gibt. Und natürlich werde ich höllisch aufpassen, dass niemand von dieser Adresse erfährt. Wie du siehst, habe ich bei Ymail eine eigene Adresse eingerichtet, nur für dich. Ich akzeptiere die allgemeinen Regeln für unsere Kontaktaufnahme. Wenn du verschwunden wärst, ohne mir diese Möglichkeit zu geben, hätte ich dir das nie verziehen. Niemals. Aber so, wie es jetzt ist, ist es für mich okay. Solange du mir erzählst, was passiert ist.

Mom und Darren waren immer noch dabei, Joe auszuquetschen, als ich unbemerkt in die Küche zurückkam. Allerdings hat Joe auch hartnäckig zurückgefragt: Ob sie bereits die Polizei verständigt hätten? Ob sie es bei Sloane versucht hätten? Ob denn eines ihrer Autos fehlte?

Die letzte Frage ließ Darren blitzartig aufspringen und aus der Küche rennen. Mit einer Miene, die klarmachte, dass ihm Joe persönlich dafür haften würde, wenn eines der Autos fehlte.

Während Darren die Garage kontrollierte, antwortete Mom, nein, sie würden die Polizei nicht einschalten. Beatrix sei mit Sicherheit nicht entführt worden. Es sei von keiner Gefährdungslage auszugehen. Und wenn, dann habe sie sich mutwillig selbst in Gefahr gebracht.

»Wir müssen jetzt in die Schule«, wiederholte ich.

Aber wir durften erst los, als Darren zurück war und verkündete, die Autos stünden sicher in der Garage. Ich sparte mir den Hinweis, dass beide Autoschlüssel auf der Küchentheke lagen, weshalb sein Sprint in die Garage überflüssig gewesen war.

Schließlich durften Joe und ich gehen. Während wir zu seinem Auto trabten, redeten wir kein Wort. Wir hatten immer noch Angst, dass Mom und Darren uns hören könnten. Erst als wir im Auto saßen und ich bereits den Sicherheitsgurt umlegte, fragte Joe: »Ist sie wirklich abgehauen?«

Ja, sagte ich, sehe ganz danach aus.

Und in diesem Moment war ich wütend auf dich. Denn ich habe gesehen, wie Joe zitterte. Er wollte nicht, dass ich ihn weinen sah, schon gar nicht in seinem eigenen Auto. Aber so war es. Wir saßen beide in seinem Auto, ich auf dem Beifahrersitz, wo du immer gesessen hattest, und es war, als hättest du mich als deinen Boten geschickt, um mit ihm Schluss zu machen. Dass du mich auch sitzen gelassen hast, war dabei nebensächlich. Joe war derjenige, den du hättest mitnehmen sollen, und das hast du nicht gemacht. Du hast ihn nicht einmal gefragt. Ich weiß nicht, was er getan hat, um eine solche Behandlung zu verdienen.

Von der Mailadresse habe ich ihm nichts gesagt. Auch nicht, als er gefragt hat, ob ich wüsste, wie er dich finden kann. Blut ist dicker als Wasser, an dem Spruch scheint was dran zu sein. Aber es kann auch viel hartnäckigere Flecken hinterlassen.

Wir haben uns beide an die Hoffnung geklammert, dass Sloane vielleicht etwas wüsste oder dass du ihr gegenüber irgendwas angedeutet hättest. Vielleicht warst du ja auch bei ihr, vielleicht würdest du dort auf uns warten. Joe und ich versuchten immer wieder, Sloane anzurufen, aber sie ging nie dran. Bei mir konnte ich das ja noch verstehen, sozusagen als Vorsichtsmaßnahme, denn es war nicht auszuschließen, dass Mom und Darren mein Handy beschlagnahmten, um dich aufzuspüren. Aber Joes Anrufe? Warum ging sie denn da nicht dran?

Ich versuchte, Joe aufzumuntern, erzählte ihm, dass du schon ein paar Mal davongelaufen warst, um »eine Pause einzulegen«, wie du das immer genannt hast, und dass du nie wirklich weit abgehauen warst. Wie damals, weißt du noch, als du in Columbus in einem Hotel warst und dort den Forensiker-Kongress aufgemischt hast, bis einer der Verantwortlichen sich beschwerte, weil sie Besseres zu tun hätten.

Damit erreichte ich aber offenbar das Gegenteil, denn Joe

hatte bisher von dir keine dieser Geschichten gehört und kam sich jetzt wohl erst recht wie ein Idiot vor. Ungewollt hatte ich ihm vor Augen geführt, wie wenig er dich kannte. Was merkwürdig war, weil ich gedacht hätte, dass er dich viel besser kennt als ich, schließlich hast du ja in den letzten zwei Jahren total viel Zeit mit ihm verbracht.

Vielleicht klang ich auch nicht sehr überzeugend, als ich ihm versicherte, du wärst bisher immer wieder zurückgekommen. Denn diesmal fühlt es sich anders an als sonst. Ich weiß nicht, wie ich es erklären soll. Als ich dein Bett gesehen habe, wusste ich sofort, diesmal meinst du es wirklich ernst. Die Tatsache, dass du mein Geldversteck geplündert hast, hat das bestätigt. Denn das hättest du nicht gemacht, wenn es nicht wirklich notwendig gewesen wäre, oder?

Joe und ich fuhren also zur Schule. Mir war klar, dass wir etwas wussten, von dem niemand sonst eine Ahnung hatte – jedenfalls noch nicht. Alle anderen liefen herum und glaubten, du wärst immer noch bei uns, immer noch Teil unserer Schule. *Na klar*, höre ich dich in meinem Kopf sagen, *als ob irgendjemand groß auf mich geachtet hätte, solange ich dort war*. Aber für ein paar Menschen warst du wichtig. Joe sagte, dass er sich auf die Suche nach Sloane machen würde, und ich sagte, das würde ich auch, obwohl es für mich natürlich viel schwieriger war, ein Mädchen aus der Abschlussklasse im Flur zu stellen. Ein Detektiv würde jetzt bestimmt fragen:»Und erst einmal nach Bea zu suchen, auf die Idee seid ihr nicht gekommen?« Aber weder Joe noch ich glaubten daran, dass du in der Schule warst. Von allen Orten auf der Welt wäre die Schule der allerletzte Ort, an dem du Zuflucht suchen würdest.

Wie immer wartete am Spind Terrence auf mich. Und wie immer küsste ich ihn zur Begrüßung. Er fragte, wie es mir geht ...

wie immer. Und ich dachte: *Hier beginnt die neue Wirklichkeit. Sobald ich jemand anders davon erzähle, wird es wirklich.* Fast hätte ich ihn angelogen. Aber wenn unsere Familie mich irgendetwas gelehrt hat, dann dass Lügen immer zu dir zurückkehren, dass sie dich ständig vor sich hertreiben und dass die Menschen mehr Verständnis haben, wenn du ihnen sofort etwas erzählst, als später, wenn sie herausfinden, dass du sie die ganze Zeit angelogen hast. Ich hatte mitbekommen, was du Joe gerade angetan hattest, und wollte Terrence nicht dasselbe antun. Deshalb habe ich ihm erzählt, was geschehen war, die Kurzfassung. Und ich habe es weniger endgültig klingen lassen, als es wahrscheinlich ist. Aber ich habe nicht so getan, als wäre nichts geschehen.

Von meinem Versteck, dem fehlenden Geld oder dieser Mailadresse habe ich ihm nicht erzählt. Ich verspreche dir, davon werde ich niemandem erzählen.

Terrence wirkte betroffen und fragte mich, ob bei mir alles okay sei, ob er irgendetwas für mich tun könne. Ich antwortete, ich sei für Vorschläge von seiner Seite offen und dass ich jede Menge unterschiedlicher Gefühle gleichzeitig empfinden würde, ich sei traurig und verwirrt und merkwürdig erleichtert und zutiefst beunruhigt.

Weil er süß und nett ist, hat Terrence so getan, als würde er mich verstehen. Er hat selber ein paar ungeklärte Themen mit seinen Eltern, die sein Schwulsein bisher nach dem Motto *Nichts gehört und nichts gesehen* behandeln. Aber wie katastrophal kaputt unsere Familie ist, habe ich ihm nie erzählt.

Wie immer haben wir uns zum Abschied geküsst. Ich bin normal in den Unterricht gegangen. Allerdings habe ich dir zu Ehren keine Sekunde aufgepasst.

(Ich weiß, dass das unfair ist. Ich weiß, dass dir manche Dinge etwas bedeutet haben.)

Jetzt ist Mittagspause und ich sitze an einem der Computer in der Bibliothek und passe auf, dass Mrs Goldsmith mir nicht über die Schulter schaut und mitliest, was ich gerade schreibe. Sloane haben wir immer noch nicht aufgetrieben. Allerdings hat Joe erfahren, dass ein paar Leute sie heute schon in der Schule gesehen haben. Deshalb wissen wir, dass sie nicht mit dir abgehauen ist. Ich glaube, Joe beunruhigt es sehr, aber ich verstehe das mit dem Allein-sein-Wollen.

Armer Joe. Arme Sloane. Und ich auch. Ich Armer.

Aber dir ist klar, wie heftig das noch werden wird, oder? Du weißt, womit du mich da zurückgelassen hast? Und vermutlich ist es gar nicht schlecht, dass ich nicht eingeweiht war, weil ich jetzt aus vollem Herzen alles abstreiten kann. (»Wirklich, Darren, ich hatte keine Ahnung!«) Trotzdem wäre etwas Vorbereitungszeit nett gewesen.

Und ein Abschied. Ein Abschied wäre schön gewesen.

So, und jetzt warte ich erst einmal darauf, dass du mir schreibst, wo du bist. Wenn du mir genug vertraut hast, um mir diese Mailadresse zu geben, dann musst du auch genug Vertrauen in mich haben, um mir zu sagen, wo du bist, und vor allem, ob es dir gut geht. Wenigstens, ob es dir gut geht, musst du mir sagen, falls du mir nicht verraten willst, wo du bist. Du hast es leicht – du weißt, wo ich bin. Du kannst dir jederzeit vorstellen, was ich gerade tue. Du weißt sogar, an welchem Computer ich sitze – am selben Computer wie immer, wie das ganze Schuljahr schon. Wo du mich immer abgeholt hast, bevor die Bibliothek geschlossen hat; bevor wir dann nach einem anderen Ort gesucht haben, um noch nicht nach Hause zu müssen. Du weißt, wie es sein wird, wenn ich nach Hause komme und Mom und Darren mich wieder mal anbrüllen. Du weißt, dass Joe für sehr lange Zeit ein gebrochenes Herz haben wird, es geht gar nicht anders, das musst du wissen. Man wird ihm die tiefe Enttäuschung ansehen. Ich weiß, dass du eine aufmerksame Beobachterin bist. Du weißt Dinge, die ich nicht weiß. Und du weißt viele Dinge, die ich ebenfalls weiß. Denk mal kurz darüber nach.

Hoffentlich ist es nicht irgendetwas, das ich getan habe. Ich will nicht der Grund dafür sein, dass du ausgerechnet den Zeitpunkt jetzt dafür ausgewählt hast; der Grund dafür, dass du nicht mehr die zwei Monate bis zu deinem Abschluss durchgehalten hast. Ich glaube nicht, dass ich der Grund dafür bin, aber ich wollte es hier einfach mal gesagt haben.

Die Mittagspause ist fast vorbei. Ich drücke jetzt auf Senden. Ich werde darauf achten, dass ich alle meine Spuren verwische. Du kannst sicher sein, dass niemand diese Mails findet. Du kannst mir also problemlos schreiben.

Wirklich, Bea, schreib mir. Es wird sehr hart für mich werden, ohne dich mit deinem Verschwinden zurechtzukommen.

Ich weiß, dass du mich nie gebraucht hast. Aber verdammt noch mal – ich brauche dich.

Schreib mir
Ezra

Betreff: Ich
Von: Bea <b98989898@ymail.com>
An: Ezra <e89898989@ymail.com>
Datum: Dienstag, 26. März, 02:32 CST

Lieber Ez,

ich atme noch, falls es das ist, was du mit der Frage meinst, ob es mir gut geht. Und nein, ich kann dir nicht erzählen, wohin ich gegangen bin oder warum.
Was ich dir aber sagen kann, ist: Ja, ich bin definitiv fort. Tschüss, Hidden Valley Circle. Tschüss, Indiana.
Es ging überraschend leicht. Als ich beschlossen hatte, erfolgreich abzuhauen, habe ich kurz gegoogelt: *von zu Hause weglaufen*. Mit ein paar Klicks hatte ich alle Informationen, die ich brauchte.

1. Lauf nur dann von zu Hause weg, wenn du dir ganz sicher bist. ✓
2. Mach dir einen Plan. ✓
3. Einen Freund oder eine Freundin mitzunehmen kann eine gute Idee sein, aber auch eine schlechte. (Bei mir wäre es eine schlechte Idee.)
4. Nimm nicht viel Gepäck mit. ✓
5. Such dir einen Ort aus, an dem es sich gut leben lässt. (Ganz besonders wird davor gewarnt, sich als Fluchtort ein Haus im Wald auszusuchen, denn »die Natur kann grausam sein«.

Wer auch immer dies geschrieben hat, scheint keine Ahnung zu haben, wie es ist, mit Mom und Darren zusammenzuwohnen.)
6. Hau ab, wenn keiner es bemerkt und keiner dich sieht. ✓
7. Nimm kein Handy oder irgendein anderes Gerät mit, über das man dich aufspüren kann. ✓
8. Nimm eine falsche Identität an. (Hab ich vor.)
9. Hinterlasse keine Spuren. ✓
10. Verhalte dich in der Zeit davor ganz normal. ✓
11. Brich jeden Kontakt ab, schau nicht zurück. ✓ (Halbwegs.)

Wobei dazu gesagt werden muss, dass von Beatrix Ahern nichts anderes erwartet wurde, als dass sie irgendwann endgültig abhauen würde. Klar werden die beiden sich noch eine Weile aufregen, aber gib ihnen ein, zwei Monate, dann werden sie am Tisch sitzen und sich gegenseitig bestätigen: »Es konnte mit ihr gar nicht anders enden. Sie war eben ein hoffnungsloser Fall.« Wart's nur ab. Ich wünschte fast, ich wäre dabei, um es mitzuerleben.

Tut mir leid wegen dem Geld. Und tut mir wirklich sehr leid, dass ich mich von dir nicht verabschiedet habe. Nimm das bitte nicht persönlich, es hat nichts mit dir zu tun. Von allen Menschen in meinem Leben bist du der letzte, dem ich eins würde reinwürgen wollen. Deshalb habe ich auch Regel elf gebrochen und diese Mailadresse eingerichtet. Wenn es dich nicht gäbe, hätte ich jedes Band zerschnitten.

Was ich dir auch noch sagen will:

Es ist nicht so, wie du denkst. Ich bin aus einem ganz anderen Grund weggelaufen.

Dass Sloane nicht drangeht, wenn Joe sie anruft, überrascht mich nicht.

Es ist okay, wenn du Mitleid mit Joe hast, aber übertreib es nicht. Ich habe gute Gründe, wenn ich das so sage. Wenn du es bei Mom und Darren nicht mehr aushältst, gehe zu Terrence. Versprich es mir. Hör auf, dich schuldig zu fühlen. Je früher du dich von diesem Gefühl befreien kannst, desto besser. Und nenn mich nicht mehr Beatrix. »Beatrix« ist mein altes Leben. Neues Leben, neuer Name – oder jedenfalls habe ich beschlossen, mir für eine Weile einen anderen Namen auszuleihen. Ich sage ihn dir aber nicht, damit du nicht versuchst, mich aufzuspüren, falls du das vorhaben solltest. Du bist mein kleiner Bruder und ich liebe dich. Aber ich werde dir immer einen Schritt voraus sein.

Liebe Grüße,
Ich

PS: Benutze den Browser immer im Inkognito-Modus. Speichere NIE das Passwort. Auch nicht auf deinem Handy.

Betreff: Dein Verschwinden
Von: Ezra <e89898989@ymail.com>
An: Bea <b98989898@ymail.com>
Datum: Mittwoch, 27. März, 07:45 EST

Liebe BEATRIX,

ich werde dich weiter Bea nennen, egal wie du dich nennst. Auch wenn du willst, dass die Welt dich für jemand anders hält – für mich wirst du immer Bea bleiben.
    Und ich werde auch nicht aufhören zu fragen, wo du bist.
    Ich weiß, dass das jetzt nicht mehr dein Problem ist, aber gestern Abend war es bei uns zu Hause alles andere als lustig. Mom und Darren dämmert allmählich, »welch schlechtes Licht es auf ihre erzieherischen Fähigkeiten wirft«, dass ihre Tochter abgehauen ist. Als ich nach Hause gekommen bin, haben sie mich nicht etwa als Erstes gefragt, ob ich dich vielleicht gesehen hätte, sondern ob ich irgendjemandem davon erzählt habe. Sie misstrauen mir genauso wie dir.
    Ich hatte vor zu checken, ob in deinem Zimmer noch irgendwas zu finden war. Aber Mom hatte bereits alles durchwühlt, während ich in der Schule war. Ehrlich, es hat ausgesehen, als wäre eine riesige Hundemeute von der Leine gelassen worden, um alles herauszuzerren. Dein Zimmer war ja nie besonders aufgeräumt, aber deine Unordnung hatte ein System. Du hast immer gesagt, du könntest dort alles finden – und ich, na ja, konnte es irgendwie auch. Aber das hier war anders. Das totale Chaos.

Überall lagen Klamotten herum, solche, die du in der letzten Zeit dauernd anhattest, mit anderen zusammengeschmissen, die du schon ewig nicht mehr getragen hast. (Welche hast du eigentlich mitgenommen? Das habe ich noch nicht rausgefunden.) Die Stofftiere aus deinem Regal lagen ebenfalls auf dem Boden, und es sah aus, als wäre jedes einzelne von ihnen einem strengen Verhör unterzogen worden. Zettel mit irgendwelchen Nachrichten von Joe waren über deinen Schreibtisch verstreut – nicht viele und keiner aus jüngster Zeit. Weil er dir ja ständig getextet hat, hat mich das überrascht. Hat er dir die Zettel manchmal im Unterricht zugesteckt oder in den Pausen, wenn du nicht zurückgetextet hast?

Und, ach ja, von wegen Handy – dein Handy war verschwunden.

Der Anblick deines Zimmers machte mich ratlos. Ich konnte schlecht stellvertretend für dich wütend sein, du hattest ja selbst alles schutzlos zurückgelassen. Wäre dein Zimmer nicht Teil des Hauses gewesen, hättest du vielleicht alles verbrannt, bevor du weg bist. Möglicherweise ist dir jetzt aber auch egal, wer in deinen Sachen herumwühlt.

Komischerweise war ich trotzdem wütend, auch wenn ich es stellvertretend für dich eigentlich nicht sein konnte. Zum Teil, das gebe ich zu, weil mir klar wurde, wenn sie sich so über dein Zimmer hergemacht hatten, dann konnten sie das jederzeit auch mit meinem Zimmer tun.

Ich wartete ab, bis Darren im Arbeitszimmer verschwunden war. Dann stellte ich Mom in der Küche zur Rede. Sie hatte den Fernseher auf ganz laut gestellt, aber sie guckte gar nicht hin. Auch mich sah sie kaum an, als ich in die Küche kam.

»Was hast du mit Beas Zimmer angestellt?«, fragte ich.

Einen Augenblick lang waren unsere Rollen vertauscht: Sie

war das Kind und ich war die Mutter, die sie gerade bei etwas erwischt hatte, das sie nicht hätte tun dürfen. In ihren Augen sah ich, dass ihr bewusst war, etwas Unrechtes getan zu haben. Aber kaum hatte ich den Ausdruck in ihren Augen bemerkt, verschwand er wieder.

Sie musterte mich kalt. »Nicht in diesem Tonfall«, wies sie mich zurecht. »Es geht mir nur darum, sie zu finden, das ist alles.«

»Glaubst du, sie hat sich in einer der Schubladen versteckt? Oder im Wäschekorb?«

»*Das reicht.*«

Aber ich konnte nicht anders, ich setzte noch einen drauf. »Oder hast du nach Drogen gesucht? Bist du fündig geworden?« Schlechte Idee. Sehr schlechte Idee.

»*Darren!*«, rief sie.

»Mom, jetzt reg dich ab ...«

Darren tauchte in der Tür auf. Er war verärgert, dass er unterbrochen worden war. (Bei was auch immer.)

»Was ist denn?«, fragte er.

»Ezra hat mir erzählt, dass Bea Drogen genommen hat.«

»Das hab ich nicht gesagt!«

»Warum sonst hättest du mich fragen sollen, ob ich bei ihr Drogen gefunden habe?«

DU BIST ECHT DAS LETZTE!, hätte ich am liebsten geschrien. Wie ungefähr neunundneunzig Prozent der Zeit, die ich zu Hause bin. Wie konntest du mich mit diesen Menschen allein lassen? Warum muss ich mich mit ihnen herumschlagen? Ich weiß, dass Mom eine schwere Zeit durchgemacht hat, nachdem Dad sie verlassen hatte. Ich weiß, dass es nicht einfach war, uns jahrelang allein großzuziehen. Ich weiß, dass nicht viel gefehlt hat und wir wären alle obdachlos geworden. Ich bin ihr für alles, was sie für uns getan hat, dankbar. Aber wenn sie klug und stark genug war, das alles hinzukriegen, warum hat sie dann irgendwann aufgegeben? Warum hat sie *uns* aufgegeben? War es in dem Moment, als sie Darren kennengelernt hat? Oder war es ein schleichender Prozess? Ich kann mich kaum noch daran erinnern, dass sie irgendwann mal auf unserer Seite war. Ich weiß, irgendwann früher muss es so gewesen sein. Aber dann kam Darren und von da an waren die Linien klar gezogen. Seither hat sie nie mehr für uns Partei ergriffen. Ich erkenne sie fast nicht mehr, so weit hat sie sich von uns entfernt.

Darren schwafelt was von wegen, er hätte schon immer gewusst, dass du Drogen nimmst, das würde deine »Instabilität« erklären, deine »Verantwortungslosigkeit«.

»Macht ihr euch eigentlich gar keine Sorgen um sie?«, fragte ich. »Es könnte ihr ja was zugestoßen sein.«

»Glaub ich nicht«, meinte Mom nur.

Und Darren – ich schwöre dir, so war's –, Darren fügte hinzu: »Jemandem wie deiner Schwester stößt nichts zu. Du hast Angst, dass ihr jemand was angetan haben könnte? Die braucht dazu niemanden, das schafft sie allein.«

Ausgerechnet er musste das raushauen. Was sollte ich darauf sagen? Darauf gab es nichts mehr zu sagen. Deshalb bin ich in mein Zimmer.

Dort habe ich Joe angerufen.

Er war sofort dran. »Ja?«, fragte er hoffnungsvoll. »Gibt's was Neues?«

Und mir wurde klar, dass er gehofft haben muss, ich hätte Neuigkeiten von dir. Gute Neuigkeiten. Aber ich rief ihn nur an, weil mir niemand sonst einfiel, den ich hätte anrufen können. Und weil ich wissen wollte, ob er mich weiter morgens im Auto in die Schule mitnehmen würde.

Ich brauche keine Erlaubnis von dir, um Mitleid mit Joe zu haben. Wenn ich die Enttäuschung und den Schmerz in seiner Stimme höre, tut er mir einfach leid. Das musst du verstehen. Und was das Übertreiben angeht – was ist in dieser Situation übertrieben oder nicht, Bea? Und wer hat es mit seiner Aktion wohl am meisten übertrieben?

»Warum ruft sie nicht an?«, fragte er.

»Weil sie nicht will, dass wir sie finden«, antwortete ich.

So ist das nämlich: Man kann Dinge zu sich selbst sagen, so oft man will, in dem Augenblick, in dem man sie laut ausspricht und zu jemand anders sagt, verwandeln sie sich, nehmen sie erst richtig Gestalt an. Als würde man zum Beispiel eine Angst hernehmen und ihr einen scharfen Umriss geben, sodass sie dich erst richtig verletzen kann. Und wenn jemand anders die Dinge ausspricht, die du dir bisher nur in Gedanken gesagt hast, hat das dieselbe Wirkung. Es sollte sich besser anfühlen, die Dinge miteinander zu teilen. Aber sie werden dadurch auch zu Tatsachen, die man nicht mehr leugnen kann.

»Weil sie nicht will, dass wir sie finden«, wiederholte er.

Da hätte ich ihm sagen sollen, dass ich von dir gehört hatte. Es fühlte sich egoistisch von mir an, es nicht zu tun. Aber mir war klar, wenn ich es ihm erzählen würde, würdest du es früher oder später erfahren. Und ich hätte damit bewiesen, dass du mir nicht vertrauen kannst.

Ich kenne dich. Ich weiß, dass du mir keine zweite Chance gibst. Nicht dieses Mal.

Statt Joe anzudeuten, dass du am Leben bist, fragte ich ihn, ob er mich weiter morgens in die Schule mitnehmen würde. Er sagte Ja. Aber das dürfte dich kaum überraschen.

Danach hab ich's noch mal bei Sloane probiert.

Sie ist nicht drangegangen.

Abendessen habe ich ausfallen lassen. Mom und Darren haben ohne mich gegessen. Als ich später runter bin, um mir was aus dem Kühlschrank zu holen, hat Mom mich blöd angemacht. Darren ist reingekommen, hat die kalte Pizza auf meinem Teller gepackt und in den Müll geschmissen. Danach hat er sich so lange vor dem Kühlschrank aufgebaut, bis ich wieder hoch in mein Zimmer bin.

Ich habe dann Fruchtgummis von dir gegessen. Was sich nach einer Weile komisch angefühlt hat, weil mir einfiel, dass sie bei uns keiner mehr kaufen wird, wenn du nicht zurückkommst.

Wenn ich Mom darum bitte, wird sie Nein sagen. Fruchtgummis gehören zu dir, und wenn du nicht da bist, haben sie in diesem Haus keinen Platz.

Ich weiß, dass das idiotisch ist. Ich weiß, dass ich sie mir selbst kaufen kann. Ich schreibe dir nur, was in meinem Kopf gerade abgeht.

Als ich schon im Bett war, ist Darren noch vorbeigekommen. Ich hasse es, wenn er das tut. Er bleibt immer im Türrahmen stehen, als hätte ich eine ansteckende Krankheit.

»Ungewöhnlich still hier«, sagte er.

»Jep.« Es hatte keinen Sinn, so zu tun, als würde ich schlafen. Er merkt immer, wenn ich wach bin.

»Kein Wunder ohne deine Schwester, die ständig ihre Musik laut aufdreht.«

Ich habe mir verkniffen, ihn darauf hinzuweisen, dass es nicht mehr still war, weil er mich vollquasselte. Ich wiederholte nur: »Jep.« Wenn man ihm keine Angriffsfläche bietet, langweilt er sich und lässt einen in Ruhe. Normalerweise funktioniert das.

»Du bist nicht wie sie«, sagte er. »Du bist nicht aus demselben Holz geschnitzt.«

Ich glaube, das meinte er als Lob.
Trotzdem, so wie er es sagte?
Es klang fast wie eine Beleidigung.
Es klang fast so, als wollte er mich anstacheln, auch abzuhauen.

Du hast es von Anfang an gespürt, oder?
Als Darren ein Teil unseres Lebens wurde, war ich bereit, ihn zu meinem Vater zu machen. Ich habe ihn mit meinen Buntstiften in unsere Familienfotos hineingezeichnet. Habe jede Fernsehsendung geguckt, die er gucken wollte. Bin zu ihm gelaufen und habe ihn gefragt, ob er mit mir Fangen spielen will. Habe ihn bewundert, weil Mom ihn bewundert hat. Weil ich dachte, das würde jetzt von mir erwartet.
Aber du hast ihn von Anfang an durchschaut. Hast dich widersetzt und auf stur geschaltet. Hast am Vatertag Wutausbrüche bekommen. Hast ihm verweigern wollen, mit uns am Küchentisch zu sitzen. Ich bin mir sicher, dass du der Grund warst, warum sie ihre Hochzeit ohne uns beide gefeiert haben. Du hast von Anfang an erkannt, dass wir ihm egal waren. Er hat uns nie gemocht. Nur sie zählte für ihn. Vielleicht hast du sogar geahnt, dass wir ihr auch bald egal sein würden. Dass für sie nur noch er zählte.
Du hast für unsere kleine Familie, so wie sie war, gekämpft und hast verloren. Ich habe ihm unser Leben mit einem braven Lächeln und einer selbst gebastelten Willkommenskarte auf dem Silbertablett überreicht.

Klar denke ich auch daran, von zu Hause abzuhauen. Aber genauso klar ist mir, dass ich nicht weiter als bis zu Terrence abhauen kann. Realistischerweise. Weiter als bis zu ihm habe ich nichts. Niemanden. Ich meine, irgendwo da draußen habe ich jetzt natürlich dich. Aber im Moment kann ich dorthin nicht. Deine Entscheidung, nicht meine.

Es war schon spät, trotzdem habe ich ihn angerufen.
»Woran denkst du gerade?«, fragte er. Er hat mich nicht gefragt, weshalb ich ihn anrief. Er beschwerte sich nicht, dass ich ihn aufgeweckt hatte, wies nicht darauf hin, dass es ja mitten in der Nacht sei.
»Es ist so still hier«, sagte ich. Und dann sagte ich auf einmal etwas, das ich in meinem ganzen Leben noch nicht gesagt habe, jedenfalls nicht, soweit ich mich erinnern kann. Ich sagte: »Ich bin ganz allein.«
»Nein, bist du nicht«, antwortete Terrence.
Und das war es. Das war, was ich gebraucht hatte. Zu spüren, dass noch jemand da war. Dass mir jemand geblieben war.
Ich weiß, du denkst, ich bin noch zu jung. Ich weiß, du denkst, Terrence und ich sind beide noch zu jung. Aber das ist mir egal. Ich bin alt genug, um einen anderen Menschen zu brauchen.

Ich kann mich nicht daran erinnern, was die letzten Worte waren, die ich zu dir gesagt habe. Das macht mich wahnsinnig. Ich hatte ja keine Ahnung, dass sie so wichtig sein würden.

Ich sollte diese Mail jetzt abschicken. Der Unterricht fängt gleich an. Mrs Goldsmith hat vorhin die Bibliothek für mich aufgeschlossen, als sie gekommen ist. Joe wollte los, um Sloane zu finden.
Ich will dich finden.

Schreib mir.
Ezra

Betreff: Mittagspause
Von: Ezra <e89898989@ymail.com>
An: Bea <b98989898@ymail.com>
Datum: Mittwoch, 27. März, 12:04 EST

Bei deiner Mail von gestern ist eine andere Zeitzone angegeben. Hast du mir deshalb noch nicht geschrieben?

Betreff: Nachmittags
Von: Ezra <e89898989@ymail.com>
An: Bea <b98989898@ymail.com>
Datum: Mittwoch, 27. März, 14:06 EST

Es macht mich noch total verrückt, immer wieder meinen Mailaccount zu checken und nie eine Antwort von dir zu finden. Ich hoffe, dir ist das bewusst.
   Sloane verhält sich merkwürdig. Aber anders neben der Spur als Joe und ich, weil wir dich vermissen und unbedingt wissen wollen, wie es dir geht.
   Am Ende der Mittagspause habe ich sie endlich abgefangen. Nachdem ich meine Mails gecheckt und gesehen hatte, DASS DU MIR IMMER NOCH NICHT GEANTWORTET HAST. (Okay, weiter im Text.) Ich weiß, dass Sloane mich immer für die Pest gehalten hat, dein übereifriges, unterwürfiges Anhängsel. (Ich habe mich immer bemüht, eine liebenswerte Pest zu sein. Das schwöre ich. Eher eine Maus als eine Ratte.) Ihre Genervtheit wirkte auf mich trotzdem immer wie Teil des Spiels. Aber als sie mich diesmal gesehen hat, hatte ich das Gefühl, dass sie am liebsten davongerannt wäre. Es war, als könnte sie meinen Anblick nicht ertragen.
   Doch ich vermute mal, sie wusste auch, dass sie früher oder später mit mir würde reden *müssen*. Deshalb ist sie nicht wirklich davongerannt.
   »Weißt du irgendwas?«, fragte ich, als ich vor ihr stand. »Hat sie dir irgendwas gesagt?«

Und weißt du, was sie darauf geantwortet hat?

»Sie erzählt mir schon lange nichts mehr.«

Und dann, als sie meinen fragenden Gesichtsausdruck bemerkte, fügte sie noch hinzu: »Lass sie einfach in Ruhe. Wenn sie allein sein will, dann lass sie. Das ist es nämlich, was sie will – allein sein. Wir anderen sind ihr doch alle total egal. Glaub bloß nicht, dass das was mit dir zu tun hat. Es hat mit ihr zu tun. Ausschließlich mit ihr. So geht sie nämlich mit der Welt um.«

Sloane verhielt sich, als hätte sie mit dir völlig abgeschlossen. Als wollte sie sich von dir oder irgendeiner Sache reinwaschen. Aber ich habe genau gespürt, dass du noch an ihr klebst. Was weiß sie? Ich frage das dich, weil sie es mir niemals erzählen wird. Und nicht mal, weil sie mich nicht mag, sondern weil sie findet, dass es unter ihrer Würde ist, mir zu antworten. Weil ich es ihrer Meinung nach nicht verdiene, mehr zu erfahren.

Ehrlich, ich geb's zu, da bin ich ausgerastet. Ich hab sie angefahren: »Wie lange kennst du Bea? Drei Jahre? Jetzt sag ich dir mal was: Ich kenne sie schon mein ganzes Leben. Sie ist meine Schwester. Ich weiß, dass das alles nichts mit mir zu tun hat. Trotzdem betrifft es mich. Es geht mich etwas an, okay? Kannst du gefälligst wenigstens das akzeptieren?«

Sie hat mich angeschaut, als wäre ich so nutzlos wie ein Kühlschrank am Nordpol. Dann ist sie gegangen.

Jemandem wie mir war sie überhaupt nichts schuldig.

Ach ja, Lisa Palmer hat mir gesagt, dass ihre Schwester sie gebeten hat, mich zu fragen, wo du steckst. Ich glaube, es gibt hier mehrere, die sich so ihre Gedanken machen.

Hilf mir, das alles besser zu verstehen.
Ezra

Betreff: Mitternacht
Von: Ezra <e89898989@ymail.com>
An: Bea <b98989898@ymail.com>
Datum: Mittwoch, 27. März, 23:56 EST

Ja, ich schreibe dir von meinem Handy.
Ist dir klar, wie brutal es ist, dass du schweigst?
Brutal, aber vielleicht typisch für dich?

Betreff: Re: Mitternacht
Von: Ezra <e89898989@ymail.com>
An: Bea <b98989898@ymail.com>
Datum: Donnerstag, 28. März, 00:05 EST

Tut mir leid. Das war nicht fair.

    Ich weiß, dass es nicht gegen mich geht. Du hast jetzt bestimmt jede Menge andere Dinge zu tun.

    Trotzdem.

Betreff: Das ist kein Aprilscherz
Von: Ezra <e89898989@ymail.com>
An: Bea <b98989898@ymail.com>
Datum: Donnerstag, 28. März, 12:15 EST

Du hast es geschafft, mein Fluch ist endlich durchbrochen! Das erste Mal in meiner Schulkarriere bin ich ins Sekretariat gerufen worden, und zwar über Lautsprecher! Höchste Aufmerksamkeit, am Ende der Morgendurchsage! »Ezra Ahern, bitte ins Sekretariat kommen. Der stellvertretende Direktor Southerly möchte dich sprechen.«
    Ich konnte es kaum fassen. Zuerst dachte ich, ich hätte mir das eingebildet. Aber dann fiel mir auf, dass alle mich anstarrten, und Justin Ling rief: »Oooooh ... was hast du denn angestellt?«
    Ich murmelte irgendwas von wegen ich hätte keine Ahnung. Du hättest daraus natürlich eine Megaszene gemacht, dir den Ruf ins Sekretariat wie einen Orden an die Brust geheftet. Als offiziell beglaubigte Unruhestifterin.
    Ich habe es gerade noch hingekriegt, nicht mit den Knien zu schlottern, als ich das Büro betreten habe.
    »Ezra?«, fragte die Sekretärin. Ich merkte, wie sie sich mein Aussehen einprägte, fürs nächste Mal.
    Ich nickte. Sie zeigte auf das Büro von Mr Southerly.
    Ich ging hinein. Er saß gerade an seinem Computer, lächelte, als er mich sah, und machte eine Handbewegung, dass ich mich setzen solle. Er war sehr freundlich zu mir, womit ich nicht gerechnet hatte.

»Also«, sagte er, »ich will gleich zur Sache kommen. Weißt du zufällig, ob deine Schwester vorhat, wieder in die Schule zu kommen? Ich frage dich das, weil sie bereits den dritten Tag in Folge fehlt, und als wir bei euch zu Hause angerufen haben, hat keiner abgehoben. Was meistens heißt, dass eine Familie während der Schulzeit Urlaub macht – aber weil du ja hier bist und deine Schwester nicht das erste Mal unentschuldigt fehlt, fühle ich mich dazu verpflichtet, jetzt einmal nachzufragen, was mit ihr los ist.«

Es war ein merkwürdiges Gefühl. Ein Erwachsener führte mit mir ein ernsthaftes, vernünftiges Gespräch. Vielleicht habe ich ihm deshalb eine ehrliche Antwort gegeben.

»Ich weiß es auch nicht wirklich«, sagte ich. »Aber es sieht so aus, als würde sie eher nicht an die Schule zurückkehren.«

»Ist sie zu Hause? Könnte ich vielleicht einmal mit ihr reden?«

»Nein, Mr Southerly«, sagte ich. »Ich glaube nicht, dass das möglich ist.«

Mom und Darren würden mich für diese Antwort lynchen, das wusste ich. Aber was hätte ich denn sagen sollen? Es war die Wahrheit.

Mr Southerly schaute mich an. In seinem Blick lag keine Drohung. Wenn ich darin irgendetwas spürte, dann eine Andeutung von Verständnis für das, was in mir vorging.

»Beatrix ist achtzehn«, sagte er, »deshalb habe ich keine Möglichkeit, in irgendeiner Weise einzugreifen. Und du sollst für mich auch nicht den Boten spielen. Ich möchte nur, dass du weißt, ich mache mir Sorgen um sie. Und dass du weißt, ich bin für euch beide da. So etwas wie die Schule hält man in ihrem Alter oft für unwichtig und einen Abschluss zu machen genauso. Aber sie sollte auch an ihre Zukunft denken. Du musst mir nicht sagen, wo sie sich aufhält … aber weißt du, ob es ihr gut geht?«

»Glaub schon.«

»Ist bei euch zu Hause irgendetwas vorgefallen? Gibt es Probleme?«

Da verließ mich meine Wahrheitsliebe und Aufrichtigkeit. Ich konnte ja schlecht antworten: *Bei uns zu Hause gibt es immer Probleme.* Das wäre ja wie eine Einladung gewesen, bei mir noch weiter nachzuhaken. Und dann hätte ich noch mehr Probleme bekommen.

Das Merkwürdige war: Ich hatte das Gefühl, dass Mr Southerly die ehrliche Antwort bereits kannte. Vielleicht hast du doch einen stärkeren Eindruck hinterlassen, als du glaubst. Oder vielleicht hat Mr Southerly so etwas ja schon öfter miterlebt. Vielleicht ist eine Familie wie unsere gar nicht so selten, Bea. Ist das nicht unendlich traurig?

»Nichts Besonderes in letzter Zeit«, sagte ich.

Er nickte. Musterte mich dabei.

»Gut«, sagte er und stand von seinem Schreibtisch auf. »Falls du mich brauchst, ich bin immer für dich da. Ich versuche weiter, mit deinen Eltern Kontakt aufzunehmen. Ich werde ihnen nicht erzählen, dass wir uns hier miteinander unterhalten haben – was in diesem Büro gesagt wurde, bleibt auch hier. Du kannst jederzeit zu mir kommen. Verstanden?«

Jetzt sah ich ihn an und nickte. Obwohl ich mich nur noch verdrücken wollte.

Ich kann nicht die ganze Mittagspause an dich schreiben. Ich habe noch andere Dinge zu erledigen. Und du sollst mir endlich antworten.

Ezra

Betreff: Sorry
Von: Bea <b98989898@ymail.com>
An: Ezra <e89898989@ymail.com>
Datum: Donnerstag, 28. März, 03:09 CST

Ezra,

wenn ich dir alles erklären könnte, glaub mir, dann würde ich es tun!

Ich

Betreff: Mehr von mir
Von: Bea <b98989898@ymail.com>
An: Ezra <e89898989@ymail.com>
Datum: Donnerstag, 28. März, 03:26 CST

Ez,

ich hätte dir diese Mailadresse nie geben sollen. Es ist immer das Gleiche mit dir. Ich kann nicht alles hinkriegen, was ich hinkriegen muss, und mich gleichzeitig um dich kümmern. Ich war nie gut darin, zwei Dinge gleichzeitig zu tun, das weißt du.

Ich glaube nicht, dass du eine Ahnung davon hast, wie es sich anfühlt, dauernd alle um dich herum zu enttäuschen. Nein, anders: Ich weiß, dass du nicht weißt, wie das ist. Du kleiner Überflieger! Es überrascht mich nicht, dass Mom und Darren nicht wirklich beunruhigt und aufgewühlt sind. Trotzdem wäre es schön gewesen zu hören, dass sie sich wenigstens etwas Sorgen machen, ob es mir auch gut geht oder ob mir vielleicht etwas zugestoßen ist.

Ich will jetzt nicht in der Vergangenheit kramen, aber erinnerst du dich an damals, als ich mit elf vom Fahrrad gefallen und den ganzen Tag mit einem gebrochenen Arm herumgelaufen bin, bis sie endlich von der Arbeit nach Hause kamen und beschlossen haben, mit mir ins Krankenhaus zu fahren – nachdem sie sich vergewissert hatten, dass ich nicht blufftte? Als ob ich jemals solche Dinge erfunden hätte. Ich habe sehr früh im Leben gelernt, dass ein Aua oder eine Krankheit vorzutäuschen kein Mittel war, um mehr Zuwendung zu bekommen.

Wenn ich ehrlich bin, geht es mir schon sehr lange nicht gut. Vielleicht ist es mir noch nie gut gegangen. Und was keiner weiß: Ich mache mir dauernd um alles Mögliche Sorgen. Nachts, wenn alle anderen schlafen, liege ich wach und grüble. Ich muss an alles denken, was mir oder dir an schlimmen Sachen zustoßen könnte. So war das bei mir die ganze Zeit. Ich musste dauernd an Joes Unfall denken und wie er beinahe gestorben ist und was das für mich bedeutet hätte, ganz allein in der Welt zu sein, ohne ihn. Daran, dass mich nach ihm vielleicht kein Junge jemals mehr lieben würde. Ich musste an Sloane denken und daran, was geschehen würde, wenn wir keine Freundinnen mehr wären. Ich machte mir Sorgen, irgendetwas könnte Joe und mich auseinanderbringen. Oder irgendetwas könnte bewirken, dass Sloane nicht mehr mit mir redete oder von meiner Freundin zu meiner Feindin wurde, wie es vielen Mädchen mit ihren Freundschaften geht. Ich machte mir Sorgen, Mom könnte einen Unfall haben und sterben und uns mit Darren allein lassen, oder du und Terrence könntet miteinander Schluss machen, sodass du dich einsam und verlassen fühlen würdest und unendlich traurig wärst. Oder ich hatte Angst, dass Darren uns alle im Schlaf ermorden könnte. Und ich grübelte darüber nach, wie sehr ich an all dem schuld sein könnte.

Vor allem aber habe ich mir um dich Sorgen gemacht. Dass Darren dich verletzen würde oder dass Mom dich verletzen würde und dass ich nicht da sein könnte, um schnell genug dazwischenzugehen. Dass ich nicht in der Lage wäre, dich zu beschützen, dir ein Gefühl von Geborgenheit zu vermitteln. Dass dir etwas zustoßen könnte und ich nicht in der Lage wäre, es zu verhindern.

Ich machte mir sogar Sorgen um Dad. So schlimm war es schon geworden.

Du siehst also, ich mache mir mehr Gedanken, als du glaubst. Ich grüble über alles nach.

Vielleicht hatte ich einfach genug davon, immer alle zu enttäuschen. Hatte die Nase voll davon, dass jeder von mir zu erwarten schien, ich würde eines Tages genau das tun, was ich jetzt getan habe – einfach verschwinden. Egal, wie gut meine Noten in der Schule waren, egal, wie viele Bücher ich las, die weit über dem Niveau meiner Jahrgangsstufe waren. Das hörte nicht einmal auf, als ich diesem Mädchen, Celia Wie-war-noch-mal-ihr-Nachname, Nachhilfe gegeben habe, weil meine Lehrerin mich damals darum gebeten hatte, und ich hab das zwei Monate lang jeden Tag gemacht, obwohl Celia mir gedroht hatte, mich umzubringen, wenn ich ihr tatsächlich etwas beibrachte. Immer hatte ich das Gefühl, es wäre besser, wenn ich nicht da wäre. Vielleicht hat deswegen irgendwann eine Stimme in mir gesagt: *Warum tust du es dann nicht? Gib ihnen, was sie erwarten!* Aber das war nicht der Grund, warum ich jetzt abgehauen bin.

Das Problem mit dem vielen Grübeln und Sich-ständig-Sorgen-Machen ist, dass die Befürchtungen manchmal dadurch erst wahr werden.

Vielleicht wollte ich einmal genau das Gegenteil sein: ein Mensch, der etwas tut, ohne sich dabei zu viele Gedanken zu machen.

Das ist alles, was ich dir dazu sagen kann. Verlange nicht mehr von mir, denn ich kann und werde dir nicht mehr Auskünfte dazu geben.

Dies wird für eine Weile die letzte Nachricht sein, die du von mir bekommst. Ich weiß, es hat keinen Sinn, es dir zu sagen, aber nimm das bitte nicht persönlich. Es hat nichts mit dir zu tun oder mit Joe (jedenfalls nicht direkt) oder Sloane (selbst wenn sie das vielleicht gern so sehen würde) und auch nicht mit dem netten, blindäugigen Mr Southerly, nicht einmal mit Darren und Mom. Es hat nur mit mir zu tun.

Pass auf dich auf. Ich liebe dich. Wenn du mir schreibst, kommen deine Mails nicht mehr bei mir an. Oder vielleicht kommen sie bei mir an, aber ich werde sie nicht mehr lesen. Ich kann nicht. Nicht im Moment.

Alles Liebe,
Ich

PS: Lisa Palmer und ihre Schwester können mich am Arsch lecken.

Betreff: PS
Von: Bea <b98989898@ymail.com>
An: Ezra <e89898989@ymail.com>
Datum: Freitag, 29. März, 09:11 CST

Ich habe die ganze Nacht nicht geschlafen (Überraschung, haha), weil ich ein schlechtes Gewissen wegen meiner Mail hatte. Und dann habe ich angefangen, mir Sorgen zu machen, weil ich dich allein zurückgelassen habe. Ich bin einfach nur wütend, Ez. Wirklich so richtig wütend. Auf ganz vieles. Tut mir leid, wenn ich das an dir ausgelassen habe.

PS: Lisa Palmer und ihre Schwester können mich immer noch am Arsch lecken.

Betreff: ALLES OKAY?
Von: Bea <b98989898@ymail.com>
An: Ezra <e89898989@ymail.com>
Datum: Freitag, 5. April, 12:32 CST

Ez,

ich weiß, dass ich dir gesagt habe, du sollst mir nicht mehr schreiben. Aber um ehrlich zu sein, hätte ich nicht erwartet, dass du dich daran hältst. Seit Tagen checke ich das erste Mal meine Mailbox – und keine Mail von dir. Willst du es mir heimzahlen? Mir eine Lektion erteilen? Komm schon, wir haben viel zu viel miteinander durchgemacht für einen solchen Bullshit. Bestraf mich nicht mit Schweigen.

Ich

Betreff: ALLES OKAY?
Von: Bea <b98989898@ymail.com>
An: Ezra <e89898989@ymail.com>
Datum: Samstag, 6. April, 06:43 CST

Wo bist du?

Betreff: EZ! ALLES OKAY?
Von: Bea <b98989898@ymail.com>
An: Ezra <e89898989@ymail.com>
Datum: Sonntag, 7. April, 18:01 CST

Tut mir leid!

Betreff: Im Ernst. ALLES OKAY? LEBST DU NOCH?
Von: Bea <b98989898@ymail.com>
An: Ezra <e89898989@ymail.com>
Datum: Montag, 8. April, 07:10 CST

Weißt du noch, als Joe den Unfall hatte? Erinnerst du dich daran, wie ich plötzlich dieses merkwürdige Frösteln hatte, am ganzen Körper, und wie ich beinahe ohnmächtig wurde? Dasselbe ist mir gerade wieder passiert. Wenn du irgendein blödes Spiel mit mir treibst, dann bringe ich dich um.

Betreff: HALLO?!?!?!?!?!?!?!
Von: Bea <b98989898@ymail.com>
An: Ezra <e89898989@ymail.com>
Datum: Dienstag, 9. April, 14:22 CST

Ich weiß, dass du es hasst, wenn Leute alles in Großbuchstaben schreiben, aber DAS IST NICHT LUSTIG, KLEINER BRUDER! WO BIST DU? Ich verspreche dir hoch und heilig, ich werde nicht vollständig verschwinden, nicht aus deinem Leben. Wenn du mir schreibst, werde ich antworten. Bitte. Schreib. Mir. Jetzt. Sofort. Ich habe dir diese Mailadresse gegeben, Ez, damit du mir schreibst. Bitte tu's auch!

Deine besorgte große Schwester (DIE WEGEN DIR ECHT AM DURCHDREHEN IST)
Bea

Betreff: Hilfe
Von: Bea <b98989898@ymail.com>
An: Ezra <e89898989@ymail.com>
Datum: Mittwoch, 10. April, 21:01 CST

Ach du heilige Scheiße, Ez!
Ich habe gerade gehört, was passiert ist. Sie haben es in den Nachrichten gebracht. Ez! In den Nachrichten! Was war da los? Kaum bin ich von zu Hause weg, passiert so was. Verdammte Scheiße!
Du musst dich sofort in einen Bus, Zug, Hubschrauber, was auch immer, setzen und hierher nach St. Louis (das ist in Missouri) kommen. Wir treffen uns an der St. Louis Union Station. Vor dem Aquarium.
Ich hab dir doch die Liste geschickt, woran man beim Weglaufen denken soll. TU ALLES, WAS DARAUF STEHT.
Gib Terrence einen Abschiedskuss. Sag ihm, dass du ihn liebst. Sag ihm alles, was du ihm immer schon sagen wolltest, denn es könnte euer letztes Gespräch sein. Aber sag ihm nicht, dass du gehst. Das darfst du ihm nicht sagen.
Ich werde auf dich warten. Antworte mir auf diese Mail. Sobald du weißt, wann du ankommst, lass es mich wissen. Nachdem du diese Mail gelesen hast, wird sie automatisch gelöscht werden, in fünf Sekunden, vier, drei, zwei …

Alles Liebe, B

PS: Nimm keinesfalls dein Handy mit!

Betreff: Neuigkeiten
Von: Ezra <e89898989@ymail.com>
An: Bea <b98989898@ymail.com>
Datum: Donnerstag, 11. April, 04:19 EST

Wie krank ist das denn, wenn du dir um jemanden echt Sorgen machst und dann sagt die Person dir, dass sie mit dem Sorgenmachen durch ist, aus und vorbei, so als könnte man da einfach einen Schalter ausknipsen und – schwuppdiwupp – sind alle Sorgen verschwunden, nur leider bist du selbst noch nicht so weit, dein Schalter muss wohl irgendwo klemmen, denn du machst dir immer noch und immer noch Sorgen, und sie sagt dir darauf nur, sorry, ich mag jetzt nicht darüber reden und mach's gut, weil mir mein Leben einfach viel, viel wichtiger ist als deins, tut mir echt leid, ist bestimmt ganz schön scheiße, du zu sein. Und okay, denkst du dir, da überreicht sie dir jetzt die Schere und hat den Faden zum Zerreißen angespannt, da braucht es von dir nur ein einziges schnelles Schnippschnapp, schneid ihn durch, SCHNEID IHN EINFACH DURCH, und danach kannst du in der Schule, wenn dich alle komisch anschauen, und zu Hause, wenn sie dich komisch anschauen, und überhaupt allen, das abgeschnittene Ende vorzeigen und sagen, sorry, kein Faden mehr, keine Verbindung, keine Möglichkeit, Kontakt zu ihr aufzunehmen, also macht euch keine Sorgen – oh Mann, Bea … du machst dir echt keine Sorgen. Es stimmt nicht, dass du dir um alles viel zu viele Gedanken machst. Ich bin der Einzige, der sich dauernd Gedanken macht, denn ich kann damit überhaupt nicht mehr aufhören. Wie grenzenlos dämlich von mir. Ich dachte, ich wäre die Ausnahme, ich dachte, ich wäre dir so viel wert, dass du mich weiter in deinem Leben haben willst – aber nein, Pustekuchen. Wenn dir jemand das sagt, was machst du denn dann? Scheiße, du hörst auf sie, denn du erkennst, dass es ein verdammter Kampf sein wird, jede einzelne Minute, wenn du wartest und wartest, dass sie dir antwortet. Was ich damit sagen will, ist: Du hast die Brücke hinter dir abgebrochen – und du erwartest trotzdem von mir, dass ich darübergehe? Deshalb, ja, ich war total wütend. Und – VERDAMMT NOCH MAL, JA – ich konnte mit niemandem drüber reden, weil ich dafür zuerst hätte zugeben müssen, dass du mir eine Nachricht hinterlassen hast. Mit einem Hinweis, wie ich mit dir in Kontakt treten kann. Ganz schön vertrackt!

Also – Terrence möchte wissen, was los ist, will mir helfen, will für mich da sein und ich gebe ihm auf seine gut gemeinten Fragen lauter falsche Antworten. Ziemlich beschissen für ihn, oder? Hat sich in einen Jungen verliebt, der ihm nicht die Wahrheit sagt! Aber warte mal, da muss es doch auch noch jemand anderen geben, der dem verlassenen Bruder Verständnis entgegenbringt. Wie wär's denn mit dem verlassenen Freund? Du weißt schon, der arme, bemitleidenswerte Kerl, der seit seinem Unfall nicht mehr derselbe war. Und was für ein Unfall war das? Ach so, ja, der Unfall, bei dem er so aufgewühlt war, weil seine Freundin mit ihm Schluss machen wollte, dass er ins Auto gestiegen ist, als er das besser nicht hätte tun sollen, und mit einer Geschwindigkeit gefahren ist, mit der er besser nicht hätte fahren sollen, und bei dem ihm ein Baum im Weg stand, der ihm besser nicht im Weg gestanden hätte. Unfassbar tragisch. Aber hat es für die beiden nicht Wunder gewirkt? Waren sie danach nicht wieder ein Herz und eine Seele? Jedenfalls so lange, bis seine Freundin abgehauen ist. Und wie war das noch mal gleich … warum ist sie abgehauen? Stimmt ... weiß ja keiner! Und ihr Freund? Der fängt an zu glauben ... Trommelwirbel, bitte ... dass es da einen anderen Jungen gibt. Sie behauptet, dass sie sich dauernd viel zu viele Gedanken und viel zu viele Sorgen um alle Menschen gemacht hat. Aber ihr Freund glaubt, dass sie einfach nur Angst hatte, erwischt zu werden. Und die beste Freundin des verschwundenen Mädchens ist stumm wie ein Fisch, was den Freund vermuten lässt, dass sie etwas zu verbergen hat. Deshalb ist ihr Freund nun nicht mehr traurig, sondern stinksauer. Die beste Freundin ist eine von diesen Affen, du weißt schon, ich-seh-nichts, ich-hör-nichts, ich-sag-nichts. Und das verschwundene Mädchen macht auf locker, *bis später, man sieht sich!* Wem kann der Bruder sich also noch anvertrauen? Seiner Mutter! Ganz bestimmt hat sie irgendwo in ihrem Herzen noch einen Funken Muttergefühl. Ganz bestimmt findet sich irgendwo noch eine winzige Spur davon! Seit einer Woche hat er mit niemandem mehr wirklich geredet, und eines Abends erwischt sie ihn in einem schwachen Augenblick und da sagt er zu ihr: »Ganz schöne Scheiße, oder?« Und weißt du, was sie darauf antwortet? Sie sagt: »Wahrscheinlich ist es am besten so.« Und er weiß, er sollte den Mund halten. DAS WEISS ER. Aber er kann nicht anders. Er schaut seine Mutter an und sagt: »Was bist du bloß für ein Mensch?« Und sie gibt ihm daraufhin eine Ohrfeige. Schreit nach ihrem Ehemann, brüllt ihm zu, was geschehen ist, wiederholt dabei mehrmals das Wort »undankbar« (wie sie es fast immer macht) und der Ehemann mustert dich kurz, damit du weißt, was gleich passieren wird, er macht eine Pause von zwei, drei Sekunden, in der er entscheidet, *wie* er dir die Seele aus dem Leib prügeln will. Diesmal entscheidet er sich für das Gegen-die-Wand-Stoßen und Hart-in-die-Eingeweide-Boxen, eins-zwei, eins-zwei. Du kannst es dir ja vorstellen. Du weißt genau, wie das immer abläuft. Der Mann im Haus verkündet: »Sprich nicht so mit deiner Mutter!«, und ich denke: *Wenn ich sie als meine Mutter zum Teufel jage, heißt das dann, dass ich mit ihr reden kann, wie ich will? Und mit dir auch?* Diese ganze Familie kann mich mal. Mir reicht's endgültig. Von dir, Schwester, hab ich auch die Nase voll. Obwohl ich zumindest einen der Gründe, warum du abgehauen bist, mal wieder am eigenen Leib gespürt habe, als Darren mich angebrüllt und mir die Faust in den Bauch gerammt hat. Ich stoße ein Wolfsgeheul aus. Es gibt kein anderes Wort dafür. Ein richtiges Wolfsgeheul steigt von irgendwo ganz tief in mir drinnen auf und erschreckt uns alle drei, als es plötzlich aus meinem Mund kommt. Darren hört auf. Sie weicht zurück. Ich mache mit dem Wolfsgeheul weiter, heule, was die Lungen hergeben, und dann hau ich einfach ab. (Kannst du das nachvollziehen? Ich wette, das kannst du.) (Nein, so geht das nicht. Ich kann das nicht einfach so raushauen. Als hätte mein Zimmer nicht all die Jahre neben deinem gelegen. Als hätte ich keine Ahnung, wie schlimm die Kämpfe zwischen dir und ihnen werden konnten.) Und dann ist es wie folgt weitergegangen: Ich stürze davon und er kommt mir nicht hinterher, und in dem Moment kapiere ich, dass es genau das ist, was sie wollen. Ich soll mich auf und davon machen. Soll sie beide allein lassen. Damit sie uns endlich los sind, dich und mich. *Denk bloß mal an das Geld, das sie dadurch sparen können.* Und da werde ich plötzlich von Wut gepackt. Nach so vielen Jahren ist da auf einmal eine riesengroße Wut in mir. Und Feuer. Das Bild von Feuer. Lodernde Flammen. Ich bin noch nicht zur Hintertür raus – ich bin noch in der Küche und starre auf die Küchentheke, und plötzlich weiß ich genau, was ich tun muss. Keiner ist hinter mir her. Keiner beobachtet mich. Ich lege die Küchenpapierrolle in die Mitte des Gaskochfelds und rolle sie ab, sodass die Papierschlange durch die ganze Küche läuft. Dann drücke ich den Schalter, entzünde die Flamme. *Klick. Klick. Wusch.* Jetzt kann ich weg. Ich will gar nicht das Haus abfackeln. Aber ich will etwas Unwiderrufliches tun. Dein Spiel spielen, nur besser. Ich bleibe nicht, um zu sehen, was als Nächstes passiert. Ich schnappe mir Moms Handtasche von der Theke und renne raus. Als ich vorne an der Straße bin, rufe ich Joe an und sage ihm, dass er mich holen soll. Er antwortet, dass er mit ein paar Freunden verabredet ist und sie ins Kino gehen wollen. *Klingt super,* sage ich. Und dass er mich an der Exxon-Tankstelle abholen soll, nicht zu Hause. Er stellt keine Fragen. Während ich an der Tankstelle warte, höre ich Sirenen näher kommen, die Feuerwehr rast vorbei. Bis Joe kommt, ist es wieder still. Carson und Walter sitzen bei ihm im Auto und ich merke, dass sie nicht ganz verstehen, warum Joe einen Umweg fährt, um mich abzuholen. Warum ich eine Damenhandtasche an mich presse, verstehen sie auch nicht. (Merkwürdigerweise sagen sie nichts dazu, dass ich aussehe wie jemand, der gerade verprügelt worden ist. Vielleicht sind sie daran gewöhnt.) Als wir beim Kino angekommen sind, lasse ich die Handtasche im Auto unter dem Vordersitz. Den Geldbeutel nehme ich mit und ziehe mir von einem Automaten so viel Geld, wie ich kann. (Moms Sicherheitscode ist Darrens Geburtsdatum, hahaha.) Ich gehe in den Kinosaal und setze mich neben die Jungs, als Letzter in der Reihe. Während der Trailer läuft, fängt mein Handy an, wie wild zu vibrieren. Es hört gar nicht mehr auf. Ich gucke hin und stelle fest, dass es Darren ist. Und aus lauter Wut, auch wenn das total idiotisch ist, gehe ich dran und sage: »Kann gerade nicht – bin im Kino.« Dann drücke ich ihn weg. Hysterisch, oder? Danach stelle ich mein Handy aus. Ungefähr zwanzig Minuten später spüre ich, wie an meinem Arm gezerrt wird. Darren steht neben mir und schreit mich mitten im Film an. Er klingt, als wäre er betrunken, aber er hat sich einzig und allein an seinem Zorn besoffen, dafür braucht er keinen Alkohol. Die Leute ringsum zischen ihm zu, dass er verschwinden soll, und ich habe das Gefühl, er bricht mir gleich den Arm, deshalb versuche ich, mich von ihm loszureißen, und da dreht er erst richtig durch und die anderen Leute im Kino beginnen zu schreien, weil Darren – wow! – sein Gewehr mitgebracht hat und Waffen in voll besetzten Kinosälen heutzutage ein absolutes No-Go sind. Carson und Walter pissen sich vor Angst in die Hose, aber Joe springt auf und ruft Darren »Raus hier!« zu, als wollte er ihm Befehle erteilen, und in diesem Moment stürmt der Security-Mann des Kinos in den Saal und zieht seinen Revolver. Jemand hat die Geistesgegenwart, den Film zu stoppen und die Lichter angehen zu lassen – die Leute kreischen und drängen alle zum Ausgang, und Darren ist zwar ein Scheißarschloch, aber er hat auch keine Lust darauf, erschossen zu werden. Deshalb legt er seine Knarre auf den Boden und sagt – ich schwöre, so war's –, dies sei eine private Angelegenheit zwischen ihm und seinem Sohn, worauf ich antworte: »Ich bin NICHT dein Sohn«, was alles noch komplizierter und verwirrender macht, und danach warten wir alle im Saal – Carson und Walter gehen raus, aber Joe bleibt –, bis die Polizei kommt und Darren abführt. Und ja, es macht die Runde und wird in den Nachrichten gebracht – aber weißt du was, ich glaube nicht, dass sie davon auch in St. Louis berichtet haben. Ich glaube, du hast davon erfahren, weil du online die Nachrichten von zu Hause gecheckt hast. Ich bin mir nicht sicher, ob sie das mit dem Brand auch erwähnt haben – Joe ist später vorbeigefahren und das Haus steht noch, es scheint wirklich nur die Küche erwischt zu haben. Klar, dass die Nachrichtensender sich auf Darren und das Kino gestürzt haben, mit Interviews von Kinobesuchern, die im Saal eingeschlossen waren und schildern, welche Angst sie ausgestanden haben und dass sie befürchtet haben, es werde ein Massaker geben. Aber ich will ehrlich zu dir sein – ich hatte keine Angst. Ich war stinksauer. Auf Darren. Auf Mom. Auf dich. Auf alle, auch auf mich selbst. Ich war extrem sauer auf mich selbst. Denn jetzt gibt es kein Zurück mehr. Und ich will noch einmal ehrlich zu dir sein – ein Teil von mir hätte die Brücke lieber stehen lassen, als sie abzubrennen. Ich bin nicht sicher, ob du das genauso empfindest. Na ja, man wird sehen. Und übrigens, ich werde nicht zur Union Station in St. Louis kommen. Ich werde auch nicht mein Handy wegschmeißen, denn weißt du was? Viel mehr als mein Handy habe ich nicht mehr.

Und so hat mein neues Leben angefangen: im Bett über Joe, wo sein Bruder Max geschlafen hat, bevor er aufs College gegangen ist und sich vor lauter Studentenpartys nicht mehr gemeldet hat. Darren ist im Gefängnis oder vielleicht auch nicht mehr. Eine Zeit lang hat Terrence mir alle fünf Minuten geschrieben und gefragt, ob es mir gut geht, und ich habe ihm alle sechs Minuten geantwortet: *Ja, mir geht's gut.* Denn wie und wo hätte ich anfangen sollen, ihm alles zu erklären? Jetzt schläft er bestimmt und Joe unter mir schläft auch, und du schläfst in einem Zimmer, von dem ich nicht weiß, wie es aussieht, und vielleicht mit jemandem neben dir, den ich nicht kenne. Es ist mitten in der Nacht und ich weiß nicht, was ich dir sonst noch sagen soll. Du weißt jetzt, dass ich nicht kommen werde. Aber eine Sache ist wichtig: Das Band zwischen uns ist nicht zerschnitten. Die Brücke zwischen dir und mir ist nicht abgebrannt. Sie ist aus soliden Steinquadern gebaut. Wir haben sehr viel Zeit damit verbracht, diese Steine ineinanderzufügen. Du kriegst von mir noch eine weitere Chance, Schwester. Die Bedingung dafür ist aber, dass du die Wahrheit sagst. Du musst aufrichtig zu mir sein. Ich glaube dir, wenn du erzählst, dass du über alles immer zu viel nachgegrübelt hast. Aber ich nehme dir nicht ab, wenn du so tust, als wäre das der einzige Grund gewesen, warum du abgehauen bist. Wenn wir das beide wollen – wenn wir beide ein neues Leben anfangen wollen –, dann müssen wir es richtig anstellen. Glaub mir, es ist nicht so, dass ich nicht zu dir kommen möchte, um dich auf deiner Reise, egal wohin sie dich führt, zu begleiten. Aber ich spüre, dass es nicht richtig wäre. Weil du recht hast – du hast noch nie gut zwei Dinge gleichzeitig machen können, und wenn es da etwas gibt, das du erledigen musst, dann wird es für dich nicht einfacher werden, wenn du dich außerdem noch um mich kümmern musst. Und wenn ich zu dir fahre und dann verbaust du dir deswegen irgendwas, werde ich mir das nie verzeihen können. Deshalb mach du dort dein Ding und ich mache hier meins. Und außerdem kommt noch dazu, dass ich nicht einfach die Schule sausen lassen kann. Und ich kann Terrence nicht einfach abservieren. Ich kann nicht einfach alles hinter mir zurücklassen, was bisher mein Leben war. Ich habe Mom und Darren verlassen. Unwiderruflich. Aber ich bringe es nicht fertig, mein ganzes Zuhause hier zu verlassen, erst recht nicht, ohne von dir erfahren zu haben, wohin die Reise eigentlich gehen soll. Ich brauche einen Plan.

Als ich die Mail hier angefangen habe, war ich viel wütender auf dich, als ich es jetzt bin. Ich wünschte wirklich, du wärst hier gewesen, um Darrens Gesicht zu sehen, als plötzlich die Polizei aufgetaucht ist. Als ihm klar wurde, dass er in der Scheiße saß. (Und, ach ja, mein Arm ist nicht gebrochen ... aber er hätte mir fast die Schulter ausgerenkt. Hat bisher keinen interessiert, die Polizisten waren so damit beschäftigt, Darren fortzuschaffen, dass sie sich um mich kaum gekümmert haben. Und Joe und ich haben auch nicht ewig rumgestanden und gewartet. Da waren ja jede Menge anderer Leute, die unbedingt ihre Zeugenaussagen machen wollten.)

Höchste Zeit, große Schwester, dass du mir erzählst, was du

treibst, wie dein Leben gerade aussieht. Selbst wenn du mir nicht erzählen willst, warum du fortgelaufen bist ...

Du hast von mir die Lizenz (für eine Weile), so viel über die Vergangenheit zu reden, wie du willst, unter der Bedingung, dass du mir auch die Gegenwart beschreibst. Ich werde zu niemandem ein Sterbenswörtchen sagen, das schwöre ich – aber das ist doch sowieso klar, oder? Genauso klar ist, dass ich jetzt nicht zu dir kommen werde – nur um es noch einmal gesagt zu haben. Aber wenn wir beide ein neues Leben anfangen wollen, dann sollten wir uns gegenseitig darüber auf dem Laufenden halten. Und wenn es hier bei mir unerträglich wird, dann weiß ich, dass ich jederzeit zur Union Station aufbrechen kann.

Was ich getan habe, habe ich nicht getan, damit du ein schlechtes Gewissen hast. Es hat nichts mit dir zu tun. Dass du abgehauen bist, mag der Auslöser für die Kette von Ereignissen gewesen sein, die zum Showdown im Kino geführt hat. Aber früher oder später hätte es so geendet, das weiß ich, auch wenn du geblieben wärst. Die Wut war bei mir inzwischen viel zu groß, es fehlte nur noch der letzte Funke. Ich schreib dir das alles nicht, damit du noch mehr nachgrübelst und dir Sorgen machst. Du musst dir um mich nicht mehr, sondern weniger Sorgen machen als vorher. Ich hab's da rausgeschafft. Von jetzt an nehme ich mein Leben selbst in die Hand, du wirst schon sehen.

Okay, das war's für den Moment. Schule wird morgen bestimmt waaaaahnsinnig interessant ... und mit morgen meine ich in drei Stunden.

Dein (glücklich befreiter, vielleicht aber auch jämmerlich aufgeschmissener) Bruder
Ezra

Betreff: Heilige Scheiße, Ez.
Von: Bea <b98989898@ymail.com>
An: Ezra <e89898989@ymail.com>
Datum: Donnerstag, 11. April, 11:34 CST

Ach, Ez. Mein Leben ist nicht wichtiger als deins. Verstehst du nicht? Genau darum geht es doch. Bisher habe ich immer geglaubt, mein Leben sei das Unwichtigste überhaupt.

Okay, ich will fair sein und es nicht völlig auf Mom und Darren schieben. (Na ja, auf Darren vielleicht schon.) Mit Mom war nicht immer alles schlecht. Da gab es auch andere Augenblicke, oder erinnere ich mich da falsch? Zum Beispiel, als ich das erste Mal meine Periode bekommen habe und das Sofa voller Blutflecken war. Darren kriegte einen Tobsuchtsanfall, weil »das ja wohl gerade noch gefehlt hat« (als ob ich es absichtlich getan hätte). Da ist Mom mit mir ins Badezimmer und hat zu mir gesagt, er sei eben ein Mann und könne so was nicht verstehen. »Keine Sorge, ich regle das«, sagte sie, und dann ist sie zum Supermarkt gefahren und hat mir meinen Lieblingskuchen gekauft – die Himbeertraumschnitte, die zu ungefähr achtzig Prozent aus Sahne besteht und die es sonst nur zum Geburtstag gab.

Und weißt du noch, einmal sind wir sogar zusammen verreist, nur du, ich und Mom. Es muss in der Zeit v. D., vor Darren, gewesen sein. Fünf glückliche Tage. Sie hat uns ins Auto gepackt und ist mit uns ans Meer gefahren. Irgendwo in North oder South Carolina. Ich erinnere mich an weißen Sand und Dünen mit Strandhafer und wie wir Muscheln gesammelt haben. Mom hat sie für uns gesäubert und in ein Glas gefüllt und nachts sind wir zu ihr ins Bett gekrochen und ich habe aus *Anne auf Green Gables* vorgelesen, bis wir nacheinander alle eingeschlafen sind. Bevor wir nach Hause zurückgefahren sind, hat sie uns gesagt, dass sie uns liebt und dass wir das nie vergessen sollen.

Das bilde ich mir doch nicht ein, oder? Falls doch, bitte sag's mir nicht.

Aber sogar da, sogar in solchen Augenblicken, hatte ich nie das Gefühl, dass mein Leben *wichtig* war. Für dich vielleicht und für mich. Aber für niemand sonst. Auch nicht für Mom, nicht einmal, als es nur Mom und mich gab, bevor du da warst, bevor es Darren gab. Ich hatte immer das Gefühl, dass ich ihr irgendwie im Weg war. Einmal hat sie es auch zu mir gesagt. Aber ich wusste es ohnehin, denn ich spürte es deutlich.

Weißt du, wie oft ich schon tun wollte, was du jetzt getan hast? Einfach ein Streichholz anzünden. *Puff.* Und tschüss, Mom. Tschüss, Darren. Tschüss, Haus.

Indem ich abgehauen bin, habe ich das nun auf andere Weise gemacht. Auf die eine und andere Weise haben wir das wohl beide gemacht.

Betreff: Mein neues Leben
Von: Bea <b98989898@ymail.com>
An: Ezra <e89898989@ymail.com>
Datum: Donnerstag, 11. April, 11:46 CST

Meine erste Nacht hier habe ich auf dem Gelände des St. Louis Art Museum verbracht, das sich in einem großen Park oberhalb von The Hill befindet. Irgendwie hatte ich das Gefühl, dort sicherer zu sein, in der Nähe der wertvollen Kunstwerke, mit den ganzen irrwitzigen Sicherheitsmaßnahmen. Als könnte mir nichts passieren, solange ich mich dort aufhielt. Nicht dass ich ein kostbares Kunstwerk wäre, aber ich bin alles, was ich habe. Tagsüber bin ich viel herumgestreift, habe versucht, mir ein Bild von der Stadt zu machen. The Hill hat mir am besten gefallen. In dem Viertel gibt es viele italienische Lebensmittelläden und italienische Restaurants, auf den Kirchen weht die italienische Fahne und die Gärten der kleinen Häuser sind gepflegt. Überall liegt ein Geruch in der Luft wie bei Mario's Good Family Food, nach frisch gebackenem Brot und vielen Gewürzen, sodass dir davon das Wasser im Mund zusammenläuft. (Weißt du noch, wie wir uns dort einmal in die Küche geschlichen und eine Riesendose Grissini geklaut und in unserer Garage versteckt haben? Zwei Wochen lang haben wir uns ausschließlich davon ernährt und Mom hat's nie rausgekriegt.) (Hahaha, bitte hier eine Tonspur böses Gelächter einfügen.) Ich habe in dem Viertel auch ein Hostel gefunden, aber es kostet 30 Dollar die Nacht und ist voll belegt. Und du weißt ja, dass ich nicht gut mit anderen neben mir einschlafen kann. Auch nicht mit Sloane. Nicht einmal mit Joe. Du bist der Einzige, Ez. Weißt du noch, als du klein warst und nachts immer Angst davor hattest, dass sich in deinem Schrank Bigfoot versteckt haben könnte? Da habe ich mich oft zu dir ins Bett gelegt, damit du dich sicher gefühlt hast. Damit du besser einschlafen konntest. Und irgendwann bin ich dann immer selber eingeschlafen. Nur dort, neben dir im Bett, hatte ich jemals gute Träume. Weil ich das Gefühl hatte, etwas Gutes und Selbstloses zu tun, so als hätte ich darin meine Berufung gefunden – Monster von meinem kleinen Bruder fernhalten. Wenn ich das nur besser gekonnt hätte.

Wie auch immer. Wenn es sein muss, kann ich jedenfalls jederzeit dorthin zurück. Die Parkanlagen in der Nähe des Kunstmuseums sind ein stiller, friedlicher Ort, an dem ich mich frei fühle. Mit einem Nachthimmel, an dem mehr Sterne funkeln, als ich mir jemals erträumt habe. Du siehst also, mir geht's gut. Aber um dich mache ich mir Sorgen.

Betreff: Mehr
Von: Bea <b98989898@ymail.com>
An: Ezra <e89898989@ymail.com>
Datum: Donnerstag, 11. April, 12:31 CST

Wie mein Leben sich zurzeit anfühlt

Ich bin einsam. Und ich fühle mich schuldig. Was ich dir angetan habe, lässt mir keine Ruhe. Ich habe Angst davor, was jetzt weiter geschehen wird und was ich mit meinem Leben anstellen werde. Wer weiß, ob ich nicht vielleicht doch wieder nach Hause – in ein Zuhause ohne dich – zurückkehren muss, Mom und Darren kleinlaut um Verzeihung anbetteln und ihnen versprechen, dass ich von nun an für immer und ewig ein braves Mädchen sein werde, Amen. Im Hinterkopf habe ich immer diesen fetten, nagenden Zweifel, der mir zuruft: DAS SCHAFFST DU NICHT. DU WIRST SCHEITERN. DU WIRST IMMER BEI ALLEM SCHEITERN, EGAL, WAS DU TUST, DENN SO IST ES MIT DIR, DAS BIST DU, DU BIST EINE VERSAGERIN, EINE LOSERIN, EIN NICHTS.

Ich versuche, nicht auf diese Stimme zu hören, aber wenn du solche Dinge oft genug hörst, glaubst du sie irgendwann. Wenn andere dir so etwas laut genug und oft genug sagen, brennt es sich bei dir ein. Es ist dann die einzige Stimme, die du hörst. Ich versuche, mir immer wieder vorzusagen, dass nicht ich es bin, die diese Sätze sagt. Es ist nicht mein Zweifel, es sind Moms und Darrens Stimmen, die sich da bei mir im Hinterkopf eingenistet haben. Vor allem Darren hat mir das immer wieder eingehämmert. Hatte ich diese Zweifel auch schon, bevor er zu uns gekommen ist? Bevor Mom nur noch auf ihn fixiert war und alle mütterlichen Gefühle, jede Zuwendung zu ihren Kindern vergessen und verdrängt hat? Ich kann mich nicht daran erinnern, es läuft jetzt schon viel zu lange so. Kannst du dich daran erinnern, dass es einmal anders war? Haben wir jemals an uns geglaubt? Wirklich an uns geglaubt? Vielleicht ist es nicht fair, dich da automatisch mit einzubeziehen. Deshalb lass es mich so fragen: Habe *ich* jemals an mich geglaubt, ohne sofort zu zögern und zu zaudern, ohne mich infrage zu stellen oder zu denken: *Das schaffst du nicht, Bea, dafür bist du nicht klug genug, nicht mutig genug, nicht nett genug, nicht hübsch genug, nicht lustig genug, nicht genug-genug?*

Aber mittlerweile ist es anders. Wenn sich jetzt der fette, nagende Zweifel bei mir im Hinterkopf zu laut meldet, dann rufe ich ihm zu: GEH WEG, ZWEIFEL. GEH WEG ODER ICH FACKLE DICH AB. DINGE ABFACKELN IST NÄMLICH IN UNSERER FAMILIE SEHR BELIEBT. ICH FACKLE DICH AB, BIS VON DIR NICHTS MEHR ÜBRIG IST. WIE WENN MAN EIN HAUS BIS AUF DIE GRUNDMAUERN NIEDERBRENNT.

Und ich fange an, nur noch auf mich selbst zu hören.

Denn zu meinem neuen Leben, das ich jetzt führe, gehört auch das: Ich bin frei.

Frei.

Für den Fall, dass du nicht weißt, was dieses Wort bedeutet, erkläre ich es dir: Ich kann sein, wie ich will. Und ich kann sein, wer ich will. Manchmal bin ich Bea. Manchmal nenne ich mich Veronica. Oder Kelsey. Oder Claire. Oder Pippa. Oder ich nenne mich Niemand. Und ich kann auch Dinge falsch machen, ohne dass es mir jemand immer wieder vorhält und sagt: *Typisch Bea, sie kriegt nie was hin.* Oder: *Siehst du? Siehst du, was du da wieder angestellt hast? So ist das immer bei dir. Warum sollten wir dir jemals etwas zutrauen, wenn du immer alle Menschen um dich herum enttäuschst?* Ich kann hier etwas falsch machen, ohne dass irgendjemand außer mir es mitbekommt. Und weißt du, was? Die Welt dreht sich trotzdem weiter. Es endet deswegen nicht alles in einer Katastrophe. Das Leben geht weiter. Und mit mir geht es auch weiter.

Aber ich habe auch die Freiheit, Dinge richtig zu machen und etwas Sinnvolles zu tun, ohne dass daraus eine riesengroße Sache gemacht wird, weil es ja *so vollkommen untypisch* ist. Ich bin frei, zu tun, was ich will und wann immer ich es will, und da ist niemand, der als Richter auftritt und mich beurteilt oder mir ständig sagt, das könnte oder sollte oder dürfe ich nicht tun. Oder irgendwas anderes vorschreiben will. Ich scheiße mir vor Angst in die Hose. Aber ich bin auch mutiger, als ich dachte.

Und noch etwas. Ich kann tagsüber schlafen und nachts aufbleiben. Du weißt, wie sehr ich die Nacht liebe. Die Dunkelheit. Die Sterne. Von innen erleuchtete Häuser. Alles ist in der Dunkelheit so friedlich und still. Man sieht keinen Schmutz und keinen Müll und keine Narben. Bei Tageslicht sind überall so viele Verwundungen und Narben zu sehen. Jede Menge Spuren. Die Nacht ist schön und klar. In der Nacht fühle ich mich sicher und geborgen. Deshalb bleibe ich da gerne wach und tue so, als würde die Welt immer so aussehen.

Und noch etwas. Ich bin klug und intelligent. Okay, das hab ich auch vorher schon gewusst, aber da gab es immer die eine Seite in mir, die sagte: *Ich bin viel zu intelligent, um zu lernen, Schule langweilt mich,* und jetzt gibt es die andere Seite, die sagt:

Ich schaffe es, da draußen in der großen, bedrohlichen Welt zu überleben, und das hat ganz allein mit mir zu tun, mit niemandem sonst. Ich lebe immer noch und keiner hat mir etwas angetan, weil ich es nie mehr zulassen werde, dass mich jemand verletzt. Und weißt du was? Ich bin beides. Ich habe auch die zweite, andere Seite in mir, nur dass ich das nie herausgefunden hätte, wenn ich nicht von zu Hause abgehauen wäre, wo mir alle (außer dir) immer nur eingeredet haben, ich sei EINE VERSAGERIN, EINE LOSERIN, EIN NICHTS.

Es ist erstaunlich, was man alles über sich herausfindet, wenn man sich einmal von den Zweiflerinnen und Zweiflern um einen herum befreit. (Und zu denen zählt auch Sloane. Joe eher nicht. Der arme Joe, der immer die Gefühle spiegelt, die andere von ihm erwarten, und nie eigenständig denkt oder fühlt.)

Und hier noch eine letzte Sache, weil ich ja schon genug aufgezählt habe. Wie du dir denken kannst, möchte ich weiterhin nicht gefunden werden. Deshalb werde ich diese Mail noch zigmal durchlesen, bevor ich sie dir schicke, um ganz sicher zu sein, dass ich nicht zu viel verraten habe.

Aber eine wichtige Sache muss ich dir erzählen.

Also, hier kommt sie.

In diesem neuen Leben, dem Leben, das ich gerade beginne, habe ich eine Chance, geliebt zu werden. Ich. Die ungeliebte, so wenig liebenswerte, fürchterliche Bea. Die streitsüchtige Bea. Die schwierige Bea, die immer nur Probleme macht.

Stell dir das mal vor!

Nicht mit der Liebe geliebt, die wir von Mom bekommen haben und die man kaum als Liebe bezeichnen kann. Und auch nicht mit der Art von Liebe, wie sie zwischen mir und Joe war. Ich war mit Joe zusammen, weil alle ihn mochten und weil er süß war und weil er langweilig war und weil ich mich bei ihm sicher und geborgen gefühlt habe. Das kannte ich nicht. Und dann hatte er den Unfall und ich war nett zu ihm, denn was hätte ich sonst tun sollen? Wenn jemand einen Unfall hat, kannst du gar nicht anders, als nett zu ihm zu sein. Ich konnte da nicht mit ihm Schluss machen, nicht zu dem Zeitpunkt, und auch nicht mehr danach. Ich hatte keine andere Wahl. Außer ich ließ *alles* hinter mir zurück.

Ich habe kein schlechtes Gewissen wegen Mom. Aber ich habe ein schlechtes Gewissen wegen Joe. Kein allzu schlechtes Gewissen, denn sonst wäre ich geblieben. Trotzdem, ein schlechtes Gewissen.

Also, dieser Mensch, der mich vielleicht auf diese ganz andere Weise liebt, diese Person, die (erst einmal) namenlos bleiben soll, hat viel Ähnlichkeit mit mir, ist aber in jeder Hinsicht ein besserer Mensch als ich. Und er gibt mir das Gefühl, dass ich alles erreichen kann.

Er bringt den nagenden Zweifel in mir fast zum Verstummen. Fast.

Er ist lustig, aber er kann auch ernst sein.

Und er ist klug – klüger als ich, vielleicht sogar klüger als du.

Aber er ist auch sonderbar – sonderbarer als ich, vielleicht sogar sonderbarer als du. Zum Beispiel ist er total abergläubisch, glaubt an so Sachen wie, dass es Unglück bringt, wenn einem schwarze Katzen über den Weg laufen, oder dass man sich um 11:11 Uhr etwas wünschen darf oder dass man es vermeiden soll, links abzubiegen. Lieber nimmt er dafür meilenweite Umwege in Kauf. Und er hebt auf der Straße niemals einen Glückspenny auf, sondern lässt ihn für jemand anders liegen, und wenn er einen Penny mit der falschen Seite nach oben liegen sieht, dreht er ihn um, damit er ein Glückspenny wird. Was ich nett finde, aber auch sonderbar.

Er weiß genau, dass er sonderbar ist und dass ich sonderbar bin und dass eigentlich alle, tief in ihrem Innern, sonderbar sind, selbst wenn sie so tun, als wären sie es nicht, und das ist für ihn ganz in Ordnung. Er will mich nicht ändern.

Er gibt mir das Gefühl, dass alles möglich ist.

Erinnerst du dich noch an *Die Verwandlung*, das Buch von Kafka, das Sloane und ich für den Literaturkurs der guten alten Mrs Nadel gelesen haben? Kafka erzählt darin von einem Geschäftsreisenden, der eines Morgens aufwacht und feststellt, dass er in einen großen Käfer verwandelt ist. Er bleibt daraufhin in seinem Zimmer und wird zu einer riesigen Last für seine Familie (ich meine, hallo, ein UNGEHEUERES UNGEZIEFER?), und seine kleine Schwester muss arbeiten gehen, um die Familie zu unterstützen, und sie wünschen sich alle, dass er tot wäre. Und dann stirbt er tatsächlich und sie sind alle erleichtert und dankbar um diesen Tod, DENN WER WILL SCHON EINEN KÄFER ALS SOHN?

Genau so habe ich mich zu Hause gefühlt – wie Gregor Samsa, das riesige, ungeheuere Ungeziefer, das keiner haben wollte. Aber jetzt, hier in meinem anderen Leben, fort von all dem, fühle ich mich, als hätte ich mich in das Ich verwandelt, das ich immer schon sein wollte. Das Ich, das ich eigentlich bin.

Ein Ich, das gerne lange Briefe schreibt, so wie sonst nur Ezra. Aber wenigstens weißt du jetzt, warum ich weggelaufen bin. Obwohl ich es ja richtiger finde, nicht *weggelaufen* zu sagen, sondern *hierhergelaufen*. Auch wenn es genug Gründe gegeben hat, um davonzulaufen (und damit meine ich nicht nur Mom und Darren). Ich bin ins Leben, in die Freiheit und zu mir selbst aufgebrochen.

Ach, Ezra, genau das wünsche ich dir auch, mehr als alles andere. Leben und Freiheit und die Verwandlung *in dich selbst*. Du sagst, du bist jetzt frei. Ich hoffe so sehr, dass du es auch wirklich bist!

Schreib mir und erzähle mir von der Schule. Ich verspreche dir, dass ich deine Mail lesen werde. Ich verspreche dir, dass ich antworten werde. Denn du bist es wert. Ich will das Band zwischen uns nicht zerschneiden. Ich bin zwar von zu Hause fortgelaufen, aber ich lasse dich nicht allein. Ich habe immer an dich geglaubt, mehr als an mich selbst. Es tut mir leid, dass ich dich nicht gleich habe mitnehmen können.

Alles Liebe,
deine Schwester alias Gregor Samsa

PS: Vermutlich schulde ich Joe ein Dankeschön, dass er meinen kleinen Bruder bei sich aufgenommen hat. Falls du nicht dort oder bei Terrence bleiben kannst, dann komm lieber zu mir, statt nach Hause zurückzukehren. Tu mir einen großen Gefallen und überstürze auf alle Fälle nichts.

Betreff: Was? Wer?
Von: Ezra <e89898989@ymail.com>
An: Bea <b98989898@ymail.com>
Datum: Donnerstag, 11. April, 13:48 EST

Kennst du das, wenn du dir ausmalst, wie etwas vollkommen surreal wird – vielleicht nicht ganz so wie in Kafkas *Verwandlung*, aber surreal wie im wirklichen Leben –, und dann, wenn der Augenblick eintritt, den du gefürchtet hast, ist es ungefähr hundert Mal schlimmer, als du es dir jemals ausgemalt hast?

Okay, so war es heute in der Schule. Ich bin dort jetzt eine Art Berühmtheit, aber auf die Weise, wie es in der Schule immer ist, wie dort auch ein Kleptomane oder ein Mordopfer eine Berühmtheit wäre. Nur dass ich kein Krimineller und immer noch am Leben bin. Letzte Woche hat es sich so angefühlt, als ob jeder, dem ich begegnet bin, in mir nur deinen kleinen Bruder gesehen hat. Jetzt sehen sie mich als mich selbst, oder vielleicht genauer: als den Sohn-des-geisteskranken-Beinahe-Kino-Todesschützen.

Und während all das geschieht, weißt du, woran ich dauernd denke?

An deinen Typen. Deinen Mystery Man.

Und ganz ehrlich?

Ich kapiere überhaupt nichts. Ich meine, wie kannst du frei sein, wenn du so auf jemand anders abfährst, dass du dafür alles hinter dir zurücklässt?

Scheiße. Da kommen welche.

Betreff: Re: Was? Wer?
Von: Ezra <e89898989@ymail.com>
An: Bea <b98989898@ymail.com>
Datum: Freitag, 12. April, 01:34 EST

Joe fängt an, mir zu misstrauen. Ich glaube, er hat mich im Verdacht, dass ich ihn anlüge.
    Ich bin jetzt bei ihm hinter dem Haus. Ich wollte eigentlich abwarten, bis er eingeschlafen war, aber es dauerte eine Ewigkeit und schließlich hab ich zu ihm gesagt, dass ich noch ein bisschen nach draußen gehen würde, um mit Terrence zu chatten. Darauf Joe: »Warum chattest du denn nicht hier drinnen mit Terrence?« Und alles, was mir daraufhin eingefallen ist, war: »Ist privat.«
    Was sich so anhörte wie bei einem Zehnjährigen, der besonders geheimnisvoll tun will. Und außerdem ziemlich undankbar rüberkam, denn Joe hat sich für mich mächtig ins Zeug gelegt, obwohl er eigentlich keinen Grund hat, das zu tun. Aber mir ist aufgefallen, dass er immer zu meinem Handydisplay schielt, sobald bei mir eine neue Nachricht eintrifft. Er will unbedingt sehen, von wem sie stammt. Deshalb versuche ich, mein Handy jetzt immer in der Hosentasche zu lassen.
    Egal, jetzt ist er oben in seinem Zimmer. Keine Ahnung, was er über mich denkt. Ich habe Angst, dass er Terrence morgen ausfragt: *Warum hast du gestern so spät noch mit Ezra gechattet? Was war denn so dringend? Hatte das nicht Zeit bis heute Morgen in der Schule?* Terrence wird mich zwar decken, aber fragen wird er mich trotzdem. Keine Ahnung, was ich dann sagen soll.

Bitte versteh das jetzt nicht falsch, aber wie schaffst du es, so viele Menschen auf einmal anzulügen? Wie machst du das, ohne das Gefühl zu haben, dass alles, was du tust, eine einzige Lüge ist?

Ich muss dir noch was aus der Schule erzählen. Weißt du, wer da in der Mittagspause in der Bücherei auf mich zugesteuert ist? Jessica Wei. Erinnerst du dich an Jessica? Wir waren an der Grundschule miteinander befreundet. Und seither pflegen wir einen freundlich-freundschaftlichen Umgang, ohne wirklich Freunde zu sein. Mit diesen Mädchen im Schlepptau, die ihr immer und überallhin folgen, Serena und Taz, steuerte sie auf mich zu, kam ohne viel Umschweife zur Sache und hat mich gefragt, was gestern Abend passiert ist. Und es war eigenartig, weil ich gespürt habe, dass sie es nicht aus Klatsch- und Tratschgründen getan hat wie deine Lieblingsfeindin Lisa Palmer. Aber es wirkte auch nicht so, als wollte sie mir groß ihr Mitgefühl zeigen. Sie hat mich zum Beispiel nicht gefragt, ob bei mir alles okay wäre. Sie hat die Frage gestellt, weil sie darauf eine Antwort wissen wollte ... und ich der Einzige war, der sie ihr geben konnte.

Ich spürte, wie in meinem Kopf das übliche Programm ablief, mit all diesen Regeln, die eine ehrliche Antwort verhindern. Nein, keine Regeln. Befehle. *Was zu Hause passiert, so schlimm es auch sein mag, darfst du niemandem erzählen. Mitleid ist schlimmer als Schmerz, Scham schlimmer, als dass niemand dir hilft. Auch wenn deine Eltern dich wie Dreck behandeln, musst du trotzdem loyal bleiben. Du musst zu ihren Gunsten immer die Möglichkeit in Betracht ziehen, dass du vielleicht tatsächlich Scheiße bist und dass du es verdienst, so behandelt zu werden, wie du von ihnen behandelt wirst.*

Du weißt, was ich meine.

Wir hatten uns nicht in Käfer verwandelt, aber uns wurde immer wieder klargemacht, wie leicht wir zertreten werden konnten.

Jetzt nicht mehr, beschloss ich, als die Befehle wieder in meinem Kopf dröhnten. *Jetzt. Nicht. Mehr.*

Deshalb sagte ich zu Jessica: »Mein Stiefvater ist ein Arschloch und hat einen Weg gefunden, diese Tatsache der ganzen Welt mitzuteilen.«

Dann blickte ich Serena an und sagte: »Was mich daran überrascht hat, war lediglich, dass er diesmal seine Knarre ausgepackt hat. Normalerweise braucht er das nämlich nicht, um seine Wut voll auszuleben, er vertraut da ganz auf sich und seine Fäuste.«

Zu Taz gewendet sagte ich: »Der Gerechtigkeit halber muss ich hinzufügen, dass ich kurz davor versucht hatte, sein Haus anzuzünden. Aber Fakt ist, dass er viel Schlimmeres verdient hätte.«

Ich dachte, sie würden wegrennen. Ich dachte, sie würden kichern. Ich dachte, sie würden ihre Handys herausziehen und mich bitten, das alles noch einmal zu sagen, damit sie es an ihre Freundinnen schicken konnten.

Und wenn schon.

Aber weißt du, was als Nächstes passierte? Jessica umarmte mich. Wortlos. Sie drücke mich fest an sich, während Serena und Taz, die ich kaum kenne, danebenstanden und zustimmend nickten. Dann, als sie sich von mir löste, sagte Jessica: »Alles wird gut.« Was natürlich nicht stimmt, aber die Menschen sagen das gerne, wenn sie wollen, dass alles gut wird.

Glaubst du, dass Jessica bereits vorher wusste, wie beschissen es in unserer Familie ist? Glaubst du, dass das auch andere Menschen wissen? Ich dachte immer, wir würden es supergut kaschieren. Mom quatschte immer mit den Frauen im Supermarkt, als wäre ihr Leben ein endloses Glück aus Sonderangeboten und Gratiscoupons. Darren kam zu meinen Fußballspielen und jubelte mir zu. Die anderen Väter mochten ihn. Was hat Jessica dahinter wahrgenommen?

Wir dachten, wir hätten um unsere Geschichte eine Mauer gebaut. Aber was, wenn die Mauer viele Fenster hatte?

Was sollte ich zu Jessica sagen, als ich bei ihr wirkliche Anteilnahme spürte? Ich sagte, es sei alles in Ordnung bei mir. Ich sagte, dass ich bei einem Freund untergekommen sei.

Sie seien unterwegs in die Cafeteria, erzählte sie. Ob ich mich zu ihnen an den Tisch setzen wolle?

Da hab ich's fast nicht mehr gepackt. Wie sonderbar sich das alles anfühlt, Bea. Ich bin es nicht gewöhnt, so sichtbar zu sein.

Deshalb bedankte ich mich und sagte, ich hätte schon was gegessen. (Ein glatte Lüge.) Es fühlte sich unfassbar gigantisch an, überhaupt mit ihnen geredet zu haben. Es hätte mich gnadenlos überfordert, auch noch ein Gespräch beim Mittagessen zu führen.

Jessica, Serena und Taz sind gegangen. Danach hätte ich dir gleich weiterschreiben können, aber ich machte mich auf die Suche nach Terrence. Sagte ihm, dass ich mit ihm reden müsste, dass ich ihm verschiedene Dinge zu erzählen hätte … und dann, nach der Schule, sind wir im Wald spazieren gegangen und ich habe ihm gesagt, dass ich zu unserem Haus wollte, um zu checken, ob Mom und Darren da waren, und wenn sie nicht da wären, müsste ich rein und ein paar Sachen von mir holen. Ohne ihn würde ich das nicht schaffen.

Du weißt, wie sehr ich Terrence mag. Du weißt, wie süß er ist und wie nett, auf eine Weise, die manchmal schon fast lästig sein kann, mich aber auch zutiefst einschüchtert. Du weißt, dass ich anfangs geglaubt habe, das mit uns würde nicht länger als zwei Wochen dauern, und jetzt sind wir schon sieben Monate zusammen. Er ist immer für mich da – aber das hier war jetzt etwas komplett anderes. Er ist immer für mich da, aber ich habe ihn nie darum gebeten. Außer auf einer oberflächlichen Ebene habe ich bisher nie zugegeben, dass ich ihn wirklich brauche.

Er hat sofort zugestimmt. Natürlich hat er das, na klar würde er mit mir kommen. Unterwegs habe ich ihm dann erzählt, was gestern Abend geschehen ist. Ich habe daraus eine Art Frage-Antwort-Spiel mit mir selbst gemacht, denn ich wusste, dass er mir nie so bohrende Fragen stellen würde. Ich bin in umgekehrter Reihenfolge vorgegangen, und je weiter ich zum Kern vordrang, desto schwerer fiel es mir, die Antworten zu geben.

Was hat sich da im Kinosaal abgespielt?
Ich sagte es ihm.
Wie kam's, dass du im Kino warst?
Ich sagte es ihm.
Warum bist du von zu Hause weggelaufen?
Ich sagte es ihm.
Warum hast du die Küche angezündet?
Warum bist du dorthin gerannt?
Warum hat deine Mutter dir eine Ohrfeige gegeben?
Warum hast du das zu deiner Mutter gesagt?
Ich sagte es ihm.
Warum liebt deine Mutter dich nicht?
Mich befiel ein sonderbares Gefühl. Das Frage-Antwort-Spiel wurde auf einmal sehr ernst. Ich wusste nicht, warum ich mich das fragte, und auch die Antwort auf diese Frage wusste ich erst, als ich sie aussprach.

»Sie liebt mich. Sie liebt mich nur nicht genug.«
Ist das der Grund, warum Bea davongelaufen ist?
»Nein. Irgendwie hat das bestimmt auch eine Rolle gespielt. Aber nein, glaub ich nicht.«

Nur noch ein paar Häuser, dann waren wir da. Die ganze Zeit spulte ich die Geschichte in umgekehrter Richtung ab, folgte ich meinen Fußspuren zurück bis zu dem Ort, wo sie herkamen. Erst als wir vor unserem Haus standen, wurde mir das klar.

»Ich seh mal nach«, sagte Terrence.

Ich nickte.

Dann versuchte ich mich zu verstecken, falls Mom oder Darren zufällig vorbeifuhren. (Soweit ich weiß, ist Darren noch im Gefängnis. Aber ganz sicher bin ich mir nicht.) Ich fühlte mich wie ein unerwünschter Eindringling, obwohl ich in dem Vorort groß geworden bin. Terrence kam nach ein paar Minuten zurück und berichtete, dass Moms Auto in der Einfahrt stand. Er glaubte, sie durchs Küchenfenster gesehen zu haben.

Da ließ ich den Plan fallen. Ich habe keine Lust auf eine Begegnung mit ihr. Selbst wenn das Arschloch noch im Gefängnis ist.

Terrence erwiderte nichts. Wir sind zu ihm nach Hause. Seine Eltern waren nicht da – der Vater war noch im Büro, die Mutter beim Treffen der Black Women's Action Group. Normalerweise wäre das leere Haus eine Einladung zu etwas Quality-Time-Knutschen gewesen. Aber als wir uns jetzt in seinem Zimmer aneinanderschmiegten, fühlte es sich nicht danach an. Früher war es immer ein Knutschen der Gewissheit gewesen, der Gewissheit, dass wir zusammengehörten. Wir wussten, es sollte einfach so sein, und das zeigten wir einander dann auch. Aber jetzt? Jetzt war es ein Knutschen der Ungewissheit. Alles bei mir war ungewiss. Terrence fragte mich nach ein paar Sachen: Wie lange ich bei Joe bleiben will? Ob er seine Eltern fragen soll, dann könnte ich ja auch bei ihm bleiben? Und ich antwortete. Die meiste Zeit aber war jeder von uns mit sich selbst beschäftigt und hing seinen eigenen Gedanken nach.

Als seine Eltern nach Hause kamen, bin ich zum Abendessen geblieben. Zu Darren sagten sie kein Wort, was entweder heißt, dass sie extrem höflich sind, oder dass die Ereignisse in unserer Stadt an ihnen vollkommen vorbeigehen. (Terrence' Vater hält mich immer noch für einen »besonders engen Freund« seines

Sohnes, da überrascht es mich nicht, dass er auch andere Dinge um sich herum kaum wahrnimmt.)

Dann bin ich zu Joe zurück. Wir haben ein paar Videospiele gespielt, ohne miteinander zu reden. Immer wenn ich eine Textnachricht bekommen habe, hat er auf mein Handy geschielt und gedacht, dass ich es nicht merke.

Jetzt bin ich hier. Hinter dem Haus. Es ist weit nach Mitternacht, und das während der Schulzeit – wie ich den Tag morgen wohl überstehe?

Ich weiß, ich sollte jetzt ins Bett gehen. Aber da ist noch eine Frage, auf die ich dir eine Antwort schulde.

Du hast mich gefragt, ob ich jemals an uns geglaubt habe. Und, Bea ... ich glaube, die Antwort lautet Ja. Aber weißt du, was das Sonderbare daran ist? Ich glaube, wir haben am meisten an uns geglaubt, wenn wir uns vorgestellt haben, wir wären jemand anders als wir selbst. Iron Man oder Black Widow. Han Solo oder Chewbacca. Wir waren große eingebildete Heldinnen und Helden. Wir haben unseren Garten gegen Angreifer verteidigt, wir haben auf dem Pausenhof für den Frieden gekämpft. Hauptsache, wir konnten unsere eigene Geschichte vergessen. Sobald wir uns in die Geschichten anderer hineinversetzt haben, waren wir furchtlos, mutig, heldenhaft. Vielleicht habe ich es so erlebt, weil ich der Jüngere bin. Vielleicht hast du diese Spiele nur für mich mitgespielt. Ich weiß nicht, ob das zählt, ich weiß nicht, wie real diese Erfahrung ist. Aber wenn du und ich uns vorgestellt haben, wir könnten die Welt retten, habe ich tatsächlich daran geglaubt.

Zumindest das hatten wir. Wir hatten nicht viel, aber wir hatten einander. Wir hatten uns.

Schreib bald wieder,
Ezra

Betreff: Große eingebildete Helden
Von: Bea <b98989898@ymail.com>
An: Ezra <e89898989@ymail.com>
Datum: Samstag, 13. April, 18:52 CST

Lieber Ez,

wie fühlt es sich an, berühmt zu sein?
   Oder sollte ich sagen, berüchtigt?
   Wie auch immer, ich bin froh, dass die anderen sich dir gegenüber so verhalten, zumindest im Moment.
   Weißt du noch vor ein paar Jahren, als Jessica Wei ungefähr einen Monat lang nicht in der Schule war? Weil ihr Bruder ihr den Unterkiefer gebrochen hatte? (Ich glaube, sie hat damals allen erzählt, es sei beim Turnen passiert. Aber das stimmte nicht. Es war ihr Bruder. ER HAT IHR DEN UNTERKIEFER GEBROCHEN.) Sie haben ihn danach in irgendeine Einrichtung gesteckt, weil sie Angst vor ihm hatten. Jedenfalls erzählt man sich das. Jessica hat wahrscheinlich seither einen Röntgenblick, mit dem sie sofort erkennt, wenn jemand ein Opfer ist, egal, wie sehr er oder sie es zu verbergen versucht. (Und wir waren gut darin, es zu verbergen. Das mussten wir ja.)
   Joe kann nicht anders, als seine Nase überall reinzustecken. Ich weiß, dass er wirklich Anteil nimmt und dass er mich vermisst und was nicht noch alles, bla, bla, bla. Und es soll jetzt nicht herzlos klingen, aber er war schon immer extrem neugierig und übergriffig und wollte alles wissen, auch wenn er mich

direkt vor der Nase hatte. Er ist ein Mensch, der dich einfach nicht in Ruhe lassen kann. Er musste über alles von mir informiert sein. Und er war immer überall dabei. Er wollte, dass wir alles gemeinsam machen, und am Anfang ist das vielleicht ganz nett, aber nach einer Weile kriegte ich keine Luft mehr. Mit ihm war es so, als wäre ich in eine gemütliche, warme Decke gehüllt, was sich zuerst wunderbar angefühlt hat, richtig schön, aber dann wickelte sich diese Decke immer fester und fester um mich, nicht nur um meinen Körper, sondern auch um meinen Hals und meinen ganzen Kopf, und sie klebte auf meinem Gesicht, war um mich festgezurrt und haftete an mir wie eine zweite Haut, und erst merkst du es nicht, aber auf einmal hast du das Gefühl, unter dieser Decke zu ersticken, weil sie dich so fest umklammert, eines Morgens bist du tot, weil du keine Luft mehr kriegst, weil du nicht mehr atmen kannst. So ist das mit Joe und seiner Neugierde. So ein Mensch ist er.

Terrence dagegen ist ein echt netter Kerl. Ich weiß, dass er dich manchmal nervt, aber ehrlich, er ist ein guter, anständiger Mensch, und wir beide wissen, wie selten so etwas zu finden ist. Halte ihn nicht auf Abstand. Beziehe ihn stärker mit ein. Ein klitzekleines bisschen. Erzähle ihm ruhig, dass du manchmal Kontakt mit mir hast, aber nicht mehr. Und lass ihn beim Grab seiner Großmutter schwören, dass er niemandem was davon erzählt.

Wie schaffst du es, so viele Menschen auf einmal anzulügen? Weil ich keine andere Wahl habe und weil Lügen alles ist, was ich kann, und weil ich mein ganzes Leben nichts anderes getan habe, als zu lügen. Wir sind zu Lügnern geworden, als Darren bei uns eingezogen ist. Eigentlich schon in dem Moment, in dem Mom ihn in ihr Leben gelassen hat. Nein, noch früher. Wir sind zu Lügnern geworden, als Dad uns verlassen hat, obwohl ich damals noch zu klein war, um mich daran erinnern zu können, und du noch nicht einmal auf der Welt warst. In der Sekunde, als er aus unserem Leben verschwunden ist. Mom erzählte uns danach immer wieder, er habe mit uns nichts mehr zu tun haben wollen. Und wir glaubten ihr, wir konnten gar nicht anders, als ihr zu glauben, und später haben wir allen Menschen um uns herum weisgemacht, er sei bei einem Brand (ziemlich ironisch, oder?) ums Leben gekommen, bei dem er versucht hatte, eine fünfköpfige Familie zu retten. Warum bei einem Brand? Keine Ahnung. Warum eine fünfköpfige Familie? Weil wir fanden, dass das irgendwie nett klang. Mutter, Vater, drei Kinder. Alles normal, alles in ordentlichen Bahnen, bis auf das erfundene Feuer. Sie führten so ein glückliches Leben, da brauchte es irgendeine Katastrophe, selbst wenn unser Vater – jedenfalls in der Version, die wir uns von ihm bastelten – sterben musste, um sie zu retten. Für die Familie ging es trotzdem gut aus, was man von uns nicht sagen kann.

Mom war die allererste, größte Lügnerin. Von ihr haben wir es gelernt.

Aber ich will nicht mehr lügen. Ich will niemanden mehr anlügen. Auch nicht mich selbst, was das Schwierigste ist.

Ich muss jetzt los, aber ich schreibe dir bald wieder und dann erzähl ich dir mehr von mir.

Alles Liebe,
Bea

PS: Wir waren große Helden. Wir haben die Welt immer wieder und wieder gerettet. Sonst hätten wir nicht überlebt.

Betreff: Ein Tag im Leben von Bea
Von: Bea <b98989898@ymail.com>
An: Ezra <e89898989@ymail.com>
Datum: Sonntag, 14. April, 11:47 CST

Ich gehe jeden Tag zum Feinkostladen am Ende der Straße. Es ist ein italienischer Feinkostladen, was auch gar nicht anders sein kann, weil wir ja in The Hill sind, wo alles italienisch ist. Drinnen duftet es nach Balsamico-Essig und Knoblauch. Hinter der langen hölzernen Theke steht ein Mann, der aussieht, als würde er seit Gründung des Geschäfts im Jahr 1923 hier arbeiten. Er heißt Franco und hat die buschigsten Augenbrauen, die ich jemals gesehen habe. Als ich den Laden das erste Mal betreten habe, hat er mich argwöhnisch beobachtet. Ich habe jede einzelne Flasche jede Konservendose und jede Nudelpackung in die Hand genommen, weil alles so wunderschön ausgesehen hat. Ich bestaunte alles und dachte: *Damit wird gekocht. Leute kommen hier rein und legen diese Dinge in ihren Einkaufskorb und tragen die Lebensmittel nach Hause zu ihrer netten Familie, in ihre adrette Küche und dann kochen sie daraus ein köstliches Abendessen, statt Pizza zu bestellen oder Fertiggerichte in die Mikrowelle zu schieben und zu brüllen: »Essen ist fertig!«*

Meine sorgfältige Begutachtung machte Franco ganz kribbelig, so als hätte er Angst, dass ich ihm was klaue. Aber statt misstrauisch hinter mir herzuschleichen oder mich anzubrüllen, sagte er: »Mädchen, ich mache dir einen Vorschlag. Du klaust mir nichts und ich klau dir nichts. Einverstanden?« Ich dachte:

Du machst wohl Witze, Alter. Als ob's bei mir irgendwas zu klauen gäbe. Aber ich sagte: »Einverstanden.«

Und seither bin ich in dem Feinkostladen jeden Tag. Das Einzige in meinem neuen Leben, was ich regelmäßig mache. Ich habe mich schon richtig daran gewöhnt. Francos Frau heißt Irene. Sie kümmert sich um den Einkauf aller Waren, die es im Laden gibt. Ihre grau melierten langen schwarzen Haare hat sie zu einem wilden Nest hochgesteckt und sie trägt immer wieder andere Papageien-Ohrringe. Eine ihrer Töchter lebt in San Diego, hat sie mir erzählt, und schickt ihr die Ohrringe immer, obwohl sie Vögel hasst und Papageien ganz besonders. *Was für eine tolle Mutter*, habe ich da nur gedacht, *sie trägt diese Ohrringe, obwohl sie sie nicht mag, nur weil ihre Tochter sie ihr geschenkt hat.*

Gestern hat Franco mich den Computer in seinem Büro benutzen lassen. Davor war ich immer in der Stadtbücherei, aber heute sitze ich hier in einem großen Bürostuhl aus Holz mit Rollen und über mir dreht sich ein alter Deckenventilator aus Metall. Außerdem gibt es in dem Raum noch ein Sofa mit einem roten Überwurf und jeder Menge Kissen. An den Wänden hängen gerahmte Bilder von Italien. (Irene blättert gerne in Wohnzeitschriften, wenn sie nicht gerade mit dem Lieferwagen des Geschäfts unterwegs ist.) Im Büro duftet es nach italienischen Kräutern und Gewürzen, und ich bin zuversichtlich. Nicht glücklich. Noch nicht. Aber voller Hoffnung. Ich weiß gar nicht mehr, wann ich mich das letzte Mal so gefühlt habe.

Die Bücherei hier würde dir bestimmt gefallen. Von uns beiden war ich ja immer die größere Leseratte, aber das hier musst du unbedingt mal sehen, Ez. Marmorböden, Bogenfenster, Decken so hoch wie in einem Schloss, Kronleuchter wie aus Hogwarts. Manchmal gehe ich morgens hin, suche mir einen Stapel Bücher aus und lese, bis sie zumachen.

Aber zurück zu Francos Büro.

Während ich hier am Computer sitze und tippe, habe ich das Gefühl, frei atmen zu können. Das passiert jetzt hier in meinem neuen Leben. Ich atme. Ich fühle mich frei. Ich sitze nicht da und gucke dauernd misstrauisch über die Schulter, ob vielleicht Mom oder Darren überraschend hereinkommen. Es gibt hier nur eine Tür und die führt in den Laden. Ich fühle mich geschützt. Je länger ich von ihnen fort bin, desto freier fühle ich mich. Desto leichter und freier kann ich atmen.

Das Kunstmuseum ist nicht weit entfernt, aber weit genug. Das Hostel ebenso. Nur falls mich jemand auf den *nicht vorhandenen* Fotos der Vermisstenmeldungen, die *nicht* in den Nachrichten verbreitet werden, wiedererkennen würde. An solche Dinge denkst du, wenn du ausgerissen bist – wo ist der Ausgang, was tue ich, wenn Darren plötzlich hereinkommt, könnte ich mich vor meiner eigenen Mutter verstecken, wenn sie nach mir suchen würde. Und so weiter. Ich bin nach wie vor sehr vorsichtig. Besser seine verwischen. Man kann nie wissen.

Ich weiß, dass du dich fragst, wer denn der geheimnisvolle Mann ist. Mystery Man. Von jetzt an MM. Er ist nicht bei mir, aber er ist hier in der Stadt. Wäre auch schwirig für mich, mich bei ihm aufzuhalten, weil ich ihn noch nicht getroffen habe. Ich bin ihm live noch nicht begegnet. Kommt aber bald.

Ob ich aufgeregt bin? Na klar. Ich habe mein Leben komplett umgekrempelt und das hat auch mit ihm zu tun.

Aber ich hätte es nicht getan, wenn ich nicht der Meinung wäre, es sein muss. Ich hoffe, das weißt du. Das alles ist nicht nur eine Laune von mir, und es hat auch nicht damit zu tun, dass ich wieder mal total wütend auf Mom oder Darren war und einfach keinen Bock mehr auf den ganzen Bullshit hatte.

Oh, verdammt, ich glaube …

Betreff: Ein Tag im Leben von Bea (Teil zwei)
Von: Bea <b98989898@ymail.com>
An: Ezra <e89898989@ymail.com>
Datum: Sonntag, 14. April, 12:03 CST

Ich habe Stimmen im Laden gehört und das hat mich einen Moment total ausflippen lassen. Aber – Überraschung, Überraschung – es war nicht Mom oder Darren oder die Polizei auf der Suche nach einem vermissten Mädchen. Es war Irene. Sie räumt gerade die Regale neu ein und pfeift dabei vor sich hin. An ihren Ohren baumeln Papageien.

Kann gut sein, dass du mich gar nicht sofort wiedererkennen würdest. Seit ein paar Tagen fühle ich mich nämlich nicht mehr ganz so wie ein *ungeheueres Ungeziefer*. Zwar immer noch käferähnlich, aber ich verwandle mich allmählich zurück in einen Menschen. Andere Haare, andere Klamotten. Kann ja nicht schaden, dachte ich mir, mich ein bisschen zu verkleiden. Für den Fall, dass jemand anfängt, mich komisch anzustarren und sich irgendwelche Gedanken zu machen.

Der Laden hat bis neun Uhr abends offen. Vielleicht bleibe ich ja so lange hier, oder ich mache einen Spaziergang am Fluss entlang, wenn ich diese Mail abgeschickt habe. Gestern bin ich zum Haus von Scott Joplin. Du würdest echt nie auf die Idee kommen, dass er darin seine Musik komponiert hat! Es sieht genauso aus wie alle anderen Häuser ringsherum.

Weißt du was, so fühle ich mich allmählich. Wie jemand, der einfach aus dem Laden gehen und die Straße oder den Fluss entlangspazieren oder einen Ausflug zum Kunstmuseum unternehmen kann. Und keiner wird mich komisch mustern oder mir nachgucken, außer um sich zu fragen: *Warum ist dieses Mädchen eigentlich so fröhlich?* Vielleicht denkt sich dann jemand Geschichten über mich aus. Fragt sich, wohin ich unterwegs bin oder wer wohl zu Hause auf mich wartet. Vielleicht beneiden sie mich auch und wünschten sich, sie könnten mit mir tauschen. Und vielleicht lächle ich sie sogar an und sage Hallo.

Morgen treffe ich mich mit MM und weiß nicht, wie ich mir bis dahin die Zeit vertreiben soll. Ich fühle mich wie ein kleines Kind, Ez. So als wäre ich wieder Han Solo. Als könnte ich jetzt wirklich die Welt retten.

Alles Liebe,
Bea

Betreff: Hinter verschlossenen Türen
Von: Ezra <e89898989@ymail.com>
An: Bea <b98989898@ymail.com>
Datum: Sonntag, 14. April, 13:35 EST

Dein Leben klingt sehr ... anders.
Meines fühlt sich überhaupt nicht anders an.
Du musst mir unbedingt mehr über diese Atemsache schreiben. Wie funktioniert das?
Ich versuche, ein guter Gast zu sein und das Gespräch im Nebenzimmer nicht zu belauschen. Aber weil es darin vor allem um mich geht, fällt es mir sehr schwer. Ich fühle mich total mies, weil Joe dort gerade seinen Eltern erklärt, dass ich sonst nirgendwo hinkann und dass es ihre verdammte Christenpflicht ist, mich hier bei ihnen wohnen zu lassen. Er hat sogar die Unfallkarte gezückt und darauf hingewiesen, wie sehr du ihm danach geholfen hast, wieder auf die Beine zu kommen, und dass es das Mindeste ist, was sie tun können, mir in Zeiten der Not zu helfen. Genau so hat er es gesagt: »in Zeiten der Not«. Er redet viel lauter als sie und ich kann die Antworten kaum hören. Aber eines ist sicher – er gibt nicht so schnell auf.
Ich komme mir echt mies vor, weil es genau diese Eigenschaft ist – nicht so schnell aufzugeben –, die mich in den letzten Tagen bei ihm so genervt hat. Und jetzt tut er alles, was er kann, um mich davor zu bewahren, dass ich wieder nach Hause zurückmuss. Was niemals, niemals, niemals sein darf.
Ich verstehe genau, was du über Joe geschrieben hast. Jede

Minute, jede Sekunde braucht er dich. Jede Sekunde ist für ihn eine Zeit der Not. Ich bin nicht mit ihm zusammen, aber ich bin fest davon überzeugt, dass er mich gern als besten Freund hätte und mich dafür gerade austestet. Weil ja Wochenende ist, dachte ich, dass ich mal richtig ausschlafen und abhängen und in Ruhe über alles nachdenken könnte. Vielleicht, so wie du schreibst, frei atmen? Aber kaum war er wach, hat er mich auch geweckt. Und weißt du, warum? Damit ich mit ihm Videospiele spiele. Stundenlang. Bisher dachte ich immer, das Coole an Videospielen ist, dass man sie allein spielen kann. Und wenn ich nicht da gewesen wäre, hätte Joe bestimmt auch allein gespielt. Aber weil ich nun mal da bin, ist Videospielen für ihn jetzt ein Gemeinschaftssport, und jeder abgegebene Schuss, jeder gewonnene Punkt, jeder neu betretene Raum wird von ihm kommentiert. Es macht ihn überglücklich, dass er jetzt jemanden hat, mit dem er dabei reden kann. Deshalb habe ich mich auch ehrlich bemüht, daraus ebenfalls so etwas wie ein Glücksgefühl zu ziehen. Aber manchmal, ganz ehrlich, wünsche ich mir eine Pausetaste.

Ich höre, wie er sie jetzt um »nur noch eine weitere Woche« bittet. Bestimmt kein gutes Zeichen, wenn er noch sieben Tage herauszuhandeln versucht. Aber jetzt – jetzt bedankt er sich bei ihnen. Ich muss sofort aufhören, dir zu schreiben, damit er nicht mitkriegt, dass ich die letzte Viertelstunde etwas anderes gemacht habe, als *Call of Duty* zu spielen.

Betreff: Hinter der verschlossenen Badezimmertür
Von: Ezra <e89898989@ymail.com>
An: Bea <b98989898@ymail.com>
Datum: Sonntag, 14. April, 13:53 EST

Jetzt bin ich ins Badezimmer geflohen.
    Hier kommt das Neueste:
    Es gibt nichts Neues.
    Mit anderen Worten: Joe kam ins Zimmer zurück, schnappte sich seinen Controller und hat einfach weitergespielt. Mich gefragt, was er in der Zwischenzeit verpasst hat. Dann fing er an, mir zu erzählen, wie Walter und er einmal im Alleingang an einem einzigen Nachmittag den Vietnamkrieg gewonnen hätten. Oder irgendwas in der Art. Ehrlich, ich hab ihm überhaupt nicht zugehört. Denn was komisch war – er hat das Gespräch mit seinen Eltern mit keinem Wort erwähnt. Ich war mit ihm in seinem Zimmer, als seine Mutter ihn gefragt hat, ob er eine Sekunde Zeit hätte, sie wollten mit ihm etwas besprechen. Das weiß er. Aber vermutlich will er nicht, dass ich mir Sorgen mache. Wenn ich jetzt für eine weitere Woche bleiben darf, dann hofft er vielleicht, dass er bis dahin noch eine Verlängerung aushandeln kann. Oder es geht gar nicht um mich, sondern um ihn. Vielleicht will er nur so lange wie möglich einen Freund zu seiner Verfügung haben. Nein – das ist nicht fair von mir. Er müsste das alles überhaupt nicht für mich tun. Ich sollte mehr Dankbarkeit zeigen.
    Aber ich brauche unbedingt einen Plan B.

Danke, dass du mir erlaubt hast, Terrence von dir zu erzählen. Ich muss mich dringend mit jemandem über all das austauschen.

Die große Frage ist: Wie komme ich hier raus, ohne Joe zu kränken?

Betreff: ????
Von: Ezra <e89898989@ymail.com>
An: Bea <b98989898@ymail.com>
Datum: Sonntag, 14. April, 18:53 EST

Mom hat Joes Mutter angerufen. Es hat sich angefühlt, als wäre die Erwähnung ihres Namens ein Pfiff mit der Hundepfeife und ich ein Golden Retriever – in der Sekunde, in der Joes Mutter in der Küche am Telefon Moms Namen gesagt hat, war ich in gespannte Aufmerksamkeit versetzt. Ich habe sofort mit dem Computerspiel aufgehört. Joe war zuerst verwirrt und hat nicht kapiert, aber dann habe ich in Richtung Küche gezeigt und er hat verstanden.

   Wir haben das Gespräch belauscht und bald war klar, dass Mom anrief, um zu verkünden, sie habe Darren zu Hause rausgeworfen und warte nun sehnsüchtig darauf, dass ich zu ihr zurückkomme. Damit wir zusammen einen Neuanfang versuchen können.

   Der Witz des Jahrhunderts. Die eigentliche Botschaft war, dass Mom Joes Eltern vorwarf, einen entflohenen Häftling zu beherbergen, und meine Auslieferung verlangte, damit ich verurteilt und hingerichtet werden kann. Darren war auf Kaution entlassen worden oder vielleicht war die Anklage auch fallen gelassen worden – das hab ich nicht rausbekommen, weil wir ja nur die eine Hälfte des Gesprächs mithörten. Sie hielt sich bei Darren auch nicht lange auf, es ging ihr nur darum, ihre Forderung Schickt-mir-Ezra-zurück-damit-er-geviertelt-werden-kann loszuwerden. Um ehrlich zu sein, dachte ich, dass Joes Mutter klein beigeben und antworten würde: »Na klar, du kannst ihn haben.« Aber sie überraschte mich, indem sie beharrlich wiederholte: »Nein, Anne, ich glaube, das ist keine gute Idee. Ich glaube nicht, dass das im Moment irgendjemandem nützt.«

Am liebsten wäre ich in die Küche gerannt, um sie zu umarmen. Und gleichzeitig hatte ich das Gefühl, in der Falle zu sitzen. Zwei andere Menschen entschieden da gerade über mein Leben. Nicht ich. Vier Menschen, wenn man Joe und seinen Vater hinzunahm. Fünf, wenn man Darren dazuzählte, der bestimmt neben Mom stand und ihr einflüsterte, was sie sagen sollte. Ich wollte mich nicht so abhängig fühlen. Wollte nicht das Gefühl haben, dass andere über mich entscheiden. Ich weiß, dass das idiotisch klingt – schließlich war es mein ganzes Leben so, dass andere für mich entschieden haben. Aber früher habe ich es irgendwie nicht so deutlich gespürt.

Dann sagte Joe – *Joe!* – zu mir: »Sie wird dich nicht rausschmeißen. Sie schickt dich nicht zu ihnen zurück. Sie weiß, wie schlimm es bei euch ist. Das hat sie begriffen.«

Dabei habe ich kein Wort zu ihm gesagt. Ich habe ihm nichts von zu Hause erzählt.

Du musst es gewesen sein. Ich spürte, er weiß Bescheid. Zumindest hat er eine Ahnung davon, wie es bei uns zu Hause ist.

Ich weiß nicht, was in diesem Augenblick über mich gekommen ist. Ich hörte, wie seine Mutter auflegte. Mir war klar, dass ich das Gespräch nicht hätte belauschen dürfen. Aber ich bin in die Küche gestürmt. Hinter mir hat Joe noch »Hey!« gerufen, aber er konnte mich nicht aufhalten. Seine Mutter stand neben dem Küchentisch und starrte ins Leere. Sie versuchte nicht, es zu kaschieren, versuchte nicht, ein Lächeln auf ihr Gesicht zu zaubern, versuchte nicht, von dem Elefanten abzulenken, der neben ihr im Zimmer stand und uns am Atmen hinderte. Nein, sie hörte nur auf, ins Leere zu starren, drehte sich zu mir und schaute mich an, diesen fremden Jungen, für den sie sich vorübergehend verantwortlich fühlt.

Ich weiß, dass Joe beinahe ums Leben gekommen ist. Ich weiß, dass seine Mutter eine schwere Zeit hinter sich hat. Aber das war nicht der Grund, warum ich gesagt habe, was ich gesagt habe. An Joe dachte ich in diesem Moment überhaupt nicht.

»Sie retten mir gerade das Leben«, sagte ich zu ihr. »Ich weiß, dass Sie das nicht tun müssen, und ich weiß, dass es eine Riesensache ist. Wenn es irgendetwas gibt, was ich tun kann, damit ich Ihnen weniger zur Last falle, dann sagen Sie es mir. Ich mache alles für Sie. Was ich Ihnen noch sagen will, ist, dass Sie und Ihre Familie das Einzige sind, was mich vor etwas ganz Schlimmem schützt. Aber das ahnen Sie bestimmt, sonst würden Sie mich nicht hier bei sich wohnen lassen. Ich wollte es nur noch einmal laut aussprechen. Damit Sie auch wissen, was Sie da gerade für mich tun.«

Joes Mutter nickte geistesabwesend. Dann sagte sie: »Du kannst hierbleiben, Ezra. Aber das ist keine Lösung für immer. Ich verstehe, dass du nicht dorthin zurückkannst. Trotzdem musst du mit deiner Mutter irgendwann reden. Du darfst den Kontakt zu ihr nicht vollständig abbrechen. Erst recht nicht, seit deine Schwester davongelaufen ist ... Du bist alles, was sie hat.«

»Sie hat ihren Ehemann«, stellte ich klar.

»Ja«, antwortete Joes Mutter. »Aber du bist alles, was sie hat, abgesehen von diesem Mann.«

Dieser Mann. Sämtliche Gründe, warum ich bei Joes Familie wohnte, waren in diesen beiden Worten zusammengefasst.

»Mütter sorgen sich immer«, fügte sie hinzu. »So ist das eben.«

Ich hätte ihr gern gesagt, dass Kinder auch ihre Sorgen haben. Vor allem, wenn ihre Eltern sie nicht lieben. Vor allem, wenn sie nicht mehr weiterwissen. Vor allem, wenn ihr Leben viel zu schwer auf ihren Schultern lastet, als dass sie es allein stemmen könnten.

»Ach, Mom«, rief Joe. »Du bist die Beste.« Er lief zu ihr und umarmte sie.

Sie drückte ihn fest an sich, und ich hatte das Gefühl, dass ich jetzt besser gehen sollte. Denn obwohl sich alles um mich gedreht hatte, war in dieser Umarmung für mich kein Platz. Wahrscheinlich ist das eine Nebenwirkung, wenn man in einem Zuhause voller Hass aufwächst – nicht zu wissen, wie man sich verhalten soll, wenn so etwas wie Liebe in der Luft liegt.

Ich murmelte »Nochmals vielen Dank« und verließ die Küche. Zurück im Wohnzimmer wurde mir klar, dass dies meine große Chance war – bevor Joe zurückkehrte, bevor Joe wieder mit mir abhängen wollte. Deshalb bin ich zur Haustür raus und habe mich auf den Weg zu Terrence gemacht. Ich habe ihm geschrieben, dass ich komme. Ich habe Joe geschrieben, dass ich mich zu Terrence aufgemacht habe. Terrence hat mir geantwortet, dass er da ist und mich erwartet. Joe hat mir geantwortet, dass ich noch hätte dableiben sollen, weil uns nur zwei Level bis zu dieser wahnsinnig coolen Schlacht fehlen würden.

Ich bin jetzt unterwegs zu Terrence – was mir dabei gerade alles durch den Kopf geht, erspare ich dir, es sind einfach nur lauter Varianten der Frage *Was soll ich jetzt machen?* Ich hoffe, dass Terrence mir helfen kann, darauf eine Antwort zu finden, ohne dass er das Gefühl hat, sie mir selbst liefern zu müssen.

Mit anderen Worten: Ich will nicht, dass er glaubt, ich frage ihn, ob ich bei ihm einziehen kann.

Bald erfährst du mehr.

Betreff: Gute und schlechte Nachrichten
Von: Ezra <e89898989@ymail.com>
An: Bea <b98989898@ymail.com>
Datum: Sonntag, 14. April, 21:03 EST

Ich bin jetzt im Park und zögere noch etwas den Moment hinaus, in dem ich zu Joe zurückkehre. Mit Terrence ist es nicht gut gelaufen. Ich will versuchen, das Treffen mit ihm hier wiederzugeben – natürlich kann ich mich nicht Wort für Wort daran erinnern, was wir geredet haben, aber so in etwa hat es sich abgespielt.

Als ich zu ihm kam, war Terrence in seinem Zimmer und machte Hausaufgaben. Ich kenne seine Hausaufgabenroutine, deshalb wusste ich, dass er gerade erst damit angefangen hatte, denn alle seine Bücher und Hefte lagen aufgeschlagen auf dem Boden. (Er räumt ein Buch oder Heft erst weg, wenn er mit der Aufgabe fertig ist, deshalb leert sich der Fußboden im Verlauf des Nachmittags, während er systematisch alles erledigt, was zu tun ist, normalerweise von links nach rechts.) Ich musste lachen, denn es war kaum genug Platz, um mich neben ihn zu setzen. Dafür musste ich erst sein Notebook zur Seite schieben.

»Ich habe Neuigkeiten«, sagte ich. Es fühlte sich groß und bedeutungsvoll an, mit ihm jetzt dieses Gespräch zu führen.

»Cool«, sagte er vollkommen ahnungslos. »Worum geht's?«

»Ich habe von Bea gehört.«

Jetzt war er voll da. Er drehte sich zu mir. »Wow. Wo ist sie?«

Ich wusste, dass er das fragen würde. Ich hatte nur nicht erwartet, dass die Frage so schnell kommen würde. Ich druckste herum.

»Ähm ... das kann ich dir nicht sagen.«

Er richtete sich auf. Schwieg einen Moment, bevor er sagte: »Okayyyyyyy ...«

»Geht wirklich nicht. Musste ich versprechen.«

Terrence wirkte damit nicht zufrieden. »Du kannst mir vertrauen.«

Aber darum ging es nicht, das musste ich ihm klarmachen. Deshalb sagte ich so etwas in der Art wie, ich wüsste, dass ich ihm vertrauen könnte – und ich sei mir sicher, du würdest ihm auch vertrauen. (Ich hätte zitieren können, was du in deiner Mail geschrieben hattest, aber das kam mir sonderbar vor.) Ich teilte ihm mit, du hättest mir gesagt, es sei in Ordnung, wenn ich ihm erzählen würde, dass ich von dir gehört habe.

»Ich hab's niemandem sonst erzählt«, sagte ich.

Da überraschte er mich ein zweites Mal, indem er antwortete: »Aber du erzählst es Joe, oder?«

Ich sagte Nein, er sei der Einzige, dem ich es sagen dürfte. Ich dachte, er würde sich geschmeichelt fühlen, wenn ich ihm erzählte, dass ich unbedingt jemanden zum Reden brauchte und dass er dir dafür der beste Mensch zu sein schien. Deshalb sagte ich es ihm auch. Aber statt zu verstehen, wie unendlich wichtig das für mich war, fragte er: »Dreht Joe nicht durch, wenn er nichts von ihr hört?«

Ich verstand wirklich nicht, was Terrence dauernd mit Joe wollte.

»Beas Entscheidung, nicht meine«, antwortete ich.

»Warum hat sie erst jetzt mit dir Kontakt aufgenommen?«, fragte er.

Ich weiß, dass meine nächste Antwort eine Lüge war. Ich kann es nur so erklären, dass ich wohl das Gefühl hatte, ihm bereits zu viele unbefriedigende Antworten gegeben zu haben, und dass die unbefriedigendste Antwort von allen für ihn jetzt gewesen wäre, von mir zu erfahren, dass ich schon eine ganze Weile mit dir in Kontakt war. Deshalb sagte ich: »Ich habe erst vor einer Stunde von ihr gehört. Und bin sofort zu dir.«

Wieder verstand er nicht, wie unendlich wichtig das für mich war. Hätte ich ihn nicht gehabt, hätte ich mich niemandem anvertrauen können – und kein Dritter hätte von diesem Geheimnis erfahren.

»Nicht gerade nett von Bea, dich so lange im Ungewissen zu lassen.«

Ich sagte, darum gehe es doch nicht.

Aber er ließ nicht locker. »Nein?«, sagte er. »Worum dann?«

Er wirkte verärgert und ich habe ihn darauf angesprochen.

»Was regt dich daran so auf? Ist doch meine Sache, ob ich deshalb wütend auf meine Schwester bin oder nicht.«

»Natürlich. Aber du musst doch zugeben, dass ein guter Teil der Scheiße, in der du gerade steckst, damit zu tun hat, dass sie sich aus dem Staub gemacht hat und du jetzt allein dahockst.«

Ich habe dich verteidigt. »Erstens hatte sie gute Gründe. Und zweitens bin ich nicht wirklich allein, oder?«

Das hat ihn etwas besänftigt. Er drehte sich wieder zu mir und legte seine Hand auf meine. »Nein. Bist du nicht. Aber du weißt, was ich meine.«

»Verstehe ich ja. Aber du musst mir glauben, sie hat ihre Gründe dafür.«

Trotzdem ließ er immer noch nicht locker.

»Ich mag deine Schwester. Das weißt du. Aber ich finde, was sie gemacht hat, war dir gegenüber nicht besonders rücksichtsvoll.«

»Wovon redest du? Was meinst du damit?«

»Ich versuche nur, dir zu einem neuen Blick auf das alles zu verhelfen.«

»Aber welchen Blick kannst du denn darauf haben? Du hast überhaupt keine Ahnung, wie es bei uns zu Hause war.«

Was für ihn der Anlass war, zu antworten: »Dann gib mir eine Ahnung davon! Erzähl mir was! Wie oft war ich bei dir? Zwei Mal, drei Mal? Ich würde deine Schwester gar nicht kennen, wenn sie uns nicht manchmal im Auto mitgenommen hätte. Ja, du hast mir ein paar Dinge erzählt – aber du hast mir nicht alles erzählt.«

Ich begriff nicht, wie er das von mir erwarten konnte. Wie irgendjemand das von mir erwarten konnte.

»Ich kann dir nicht *alles* erzählen, unmöglich«, sagte ich. »Wie kannst du das von mir verlangen? Ich habe dir erzählt, dass Darren mich einmal zwei Stunden lang hat üben lassen, wie man ans Telefon geht, weil er der Meinung war, ich hätte mich nicht respektvoll genug gemeldet. Ich habe dir erzählt, dass er mich ausgesperrt hat, dass ich im Garten schlafen musste, weil ich nicht alle häuslichen Pflichten rechtzeitig vor dem Abendessen erledigt hatte. Ich habe dir erzählt, dass er Mom verboten hat, uns zum Geburtstag etwas zu schenken, weil Geburtstagsgeschenke uns nur verweichlichen würden – und dass Mom getan hat, was er wollte. Reicht dir das noch nicht? Willst du wirklich mehr von solchen Sachen wissen?«

»Ich versuche ja nur, dich zu verstehen.«

»Ich weiß. Und das weiß ich auch sehr zu schätzen. Aber du kannst mich nicht verstehen. Niemand kann das alles wirklich verstehen. Niemand außer Bea.«

Das Ganze ist doch kein Wettstreit. Ich will nicht, dass er das Gefühl hat, das hier sei ein Wettstreit zwischen ihm und dir.

Denn was für ein Wettstreit wäre das, wenn er ihn niemals gewinnen kann und nicht einmal begreift, warum das für ihn eine gute Sache ist?

Als Nächstes fragte er mich, ob du denn vorhättest zurückzukommen. Ich hoffe, es war in Ordnung, dass ich darauf geantwortet habe, nein, davon ginge ich nicht aus.

Darauf sagte er: »Sie glaubt also, dass es reicht, wenn sie dir ab und zu eine Mail schickt?«

»So einfach ist es nicht.«

»Doch, ich glaube schon.«

Ich wollte wissen, wo das bei ihm gerade herkam. Ich fragte ihn, warum er seine Wut an dir ausließ.

»Warum erzählst du mir nicht, wo sie ist?«, erwiderte er.

»Weil ich nicht kann.«

»Du kannst, Ezra. Du willst nur nicht.«

»Okay«, sagte ich. »Dann will ich nicht.«

Das hat ihn gekränkt. Ich konnte sehen, wie meine Worte ihn getroffen haben. Konnte sehen, wie er einen Moment schwankte, beinahe den Halt verlor, und ich wusste, dass ich ihm das angetan hatte.

Er hätte es gut sein lassen sollen. Aber das hat er nicht. Er hat es noch weiter getrieben.

»Und das ist noch nicht alles«, sagte er. »Es gibt noch etwas anderes, das du mir nicht sagen willst. Das spüre ich genau.«

Ich versuchte, Schadensbegrenzung zu betreiben. Sagte Sätze, von denen ich glaubte, sie würden die Wogen glätten: »Falls es etwas geben sollte, das ich dir nicht sage, dann, das schwöre ich dir, hat es nichts mit dir zu tun. Es hat allein mit mir zu tun.«

Er drehte sich erneut zu mir, strich mir über den Arm, nahm meine Hand. Immer noch zärtlich sagte er: »Die Sache ist nur die, dass ich geglaubt habe, wir wären an einem Punkt angelangt, wo etwas, das dich betrifft, gleichzeitig auch mich betrifft. Ich dachte, wir wären zumindest ganz nah an diesem Punkt dran. So fühlt es sich für mich jedenfalls an. Aber vielleicht empfindest du das nicht so wie ich.«

Ich zog meine Hand weg – dass er sie gerade genommen hatte, kam mir plötzlich wie ein Überredungstrick vor.

»Du machst daraus etwas, das es nicht ist!«, rief ich. »Das hat nichts damit zu tun, wie wichtig du mir bist. Natürlich bist du mir wichtig. Und ich vertraue dir. Und ich liebe dich. Aber nichts davon bedeutet, dass ich dir *alles* erzählen kann. Es wird immer Dinge geben, die ich für mich behalte. Die ich für mich behalten muss. Es wird immer Dinge geben, die du nicht verstehen kannst.«

»Wie soll ich sie verstehen können, wenn du mir nicht davon erzählst?«

»Nein ... das meine ich nicht. Ich rede davon, dass du Eltern hast, die dich lieben, und dass du hier ein richtiges, gutes Leben hast und dass es unmöglich ist, dir zu erklären, wie fürchterlich alles sein kann, wie falsch dein Leben sein kann, wenn du keine Ahnung hast, wie sich das anfühlt. Ich habe versucht, unser Haus abzubrennen. So etwas würdest du nie tun, Terrence, und du hättest auch keinen Grund, es zu tun. Ich kann dir erklären, warum ich es getan habe. Ich kann versuchen, es dir begreiflich zu machen. Aber ich könnte dir stundenlang, tagelang alles erzählen und erklären und du wüsstest immer noch nicht, wie es sich für mich wirklich anfühlt, wüsstest nicht, was da alles gleichzeitig in meinem Kopf abläuft. Ich öffne mich dir so weit, wie ich kann, das schwöre ich. Weiter geht nicht. Als ich die Nachricht von Bea bekommen habe, warst du der Mensch, dem ich davon erzählen wollte. Ich wollte hierher zu dir. Begreifst du nicht? Es gibt keinen Grund, warum du jetzt wütend oder empört oder was auch immer sein musst.«

Ich würde dir so gern schreiben, dass er mich da verstanden hat.

Aber er hat mich nicht verstanden.

Er war gekränkt. Und ich war davon angenervt, dass er gekränkt war. Und er spürte, dass ich angenervt war, und das kränkte ihn noch mehr.

Es war kein schlimmer Streit. Kein Vergleich zu dem, was du und ich zu Hause kennengelernt haben. Aber es war, als hätte ich nach all den Monaten, in denen Terrence und ich uns immer nähergekommen waren, jedenfalls fühlte es sich für uns beide so an, mit diesen Sätzen plötzlich klargestellt, dass wir weiter voneinander entfernt waren, als er dachte. Und nachdem diese Sätze von mir gesagt worden waren, fiel es uns schwer, erneut diese Nähe zu spüren.

Soll ich dir sagen, warum ich weiß, dass Terrence ein guter Mensch ist? Weil er in diesem Moment leicht noch weiter hätte provozieren können. Noch ein paar Worte von ihm und der Riss zwischen uns hätte sich zu etwas ausgewachsen, das unmöglich zu heilen gewesen wäre. Kränkung verletzt dich in deinem Stolz, und ich weiß, welcher Schaden dadurch angerichtet werden kann. Wenn er in diesem Moment die falschen Worte gesagt hätte, Bea, dann hätte ich ihn noch viel mehr gekränkt. Aber er sagte: »Das Wichtigste ist jetzt erst einmal, dass es deiner Schwester gut geht, wo auch immer sie ist. Und dass du nicht allein bist.« Und dann, bevor ich darauf antworten konnte, verkündete er: »Ich brauche jetzt dringend eine Pizza. Wie ist es bei dir?«

Ich sagte, zu Pizza würde ich nie Nein sagen. Er kenne mich doch. Woraufhin er lächelte und sagte: »Ja, glaub schon.«

Also haben wir Pizza bestellt. (Seine Eltern waren irgendwo unterwegs.) Wir hockten auf der limettengrünen Couch im Wohnzimmer und guckten was auf Netflix.

Aber die Nähe zwischen uns ist noch nicht wieder da, Bea. Das alles hat mich sehr verwirrt. Ich schreibe es dir hier einfach so auf.

Ich glaube, er ist das Beste an mir.

Ich glaube nicht, dass es gesund ist, wenn das Beste an dir ein anderer Mensch ist.

Ich weiß, dass ich seine Hilfe brauche.

Ich weiß nicht, wie ich ihn darum bitten soll. Denn, seien wir ehrlich, um Hilfe zu bitten ist nicht gerade unsere Stärke, war es noch nie.

(Das klingt so, als wäre es eigentlich unser Problem. Ich weiß, dass es nicht unsere Schuld ist. Wenn wir jemals andere um Hilfe gebeten hätten, hätten wir dafür einen sehr hohen Preis bezahlt – und da, genau an der Stelle, läuft etwas total schief.)

Was ich damit sagen will, ist: Ich weiß, dass ich widersprüchliche Botschaften aussende. Ich signalisiere ihm, dass ich ihn brauche, weil er gut zu mir ist, und gleichzeitig gebe ich ihm zu verstehen, dass er, gerade weil er nett und freundlich und ein guter Mensch ist, nicht wirklich verstehen kann, was in meinem Leben abläuft.

Ich weiß, das muss ich besser auf die Reihe kriegen.

Bestimmt spürst du es auch immer stärker, seit du von zu Hause fort bist. Wird dir da nicht immer klarer, wie unnormal unser Normalzustand war? Vielleicht war dir das aber auch schon immer klar.

Ich muss jetzt zurück zu Joe. Ich werde Terrence eine Nachricht schicken und mich bei ihm bedanken, dass er für mich da ist. Ich hoffe, dann fühlt er sich besser. Und hat das Gefühl größerer Nähe zwischen uns.

Vielleicht frage ich ihn auch, ob er mir bei den Hausaufgaben helfen will.

Das macht er total gern. Er tut immer so, als würde es ihn nerven. Aber ich weiß genau, dass er das echt gern macht.

Dein total unnormaler Bruder,
Ezra

Betreff: Schluss jetzt mit der Nabelschau, Ezra
Von: Ezra <e89898989@ymail.com>
An: Bea <b98989898@ymail.com>
Datum: Sonntag, 14. April, 23:36 EST

ICH ICH ICH ICH ICH ICH ICH ICH ICH ICH ICH ICH ICH
ICH ICH ICH ICH ICH ICH ICH ICH ICH ICH ICH ICH ICH
ICH ICH ICH ICH ICH ICH ICH ICH ICH zwischen ICH ICH
ICH ICH ICH ICH ICH ICH ICH ICH ICH ICH ICH ICH ICH
ICH ICH dem ICH ICH ICH ICH ICH ICH ICH ICH ICH ICH
ICH ICH ICH ICH ICH ICH ICH ICH ICH ICH ICH ICH Ge-
schimpfe ICH ICH ICH ICH ICH ICH ICH ICH ICH ICH ICH
ICH ICH ICH ICH über mich ICH ICH ICH ICH ICH ICH
ICH ICH ICH ICH ICH ICH ICH ICH ICH ICH ICH ICH ICH
ICH ICH ICH ICH ICH hab ICH ICH ICH ICH ICH ICH ICH
ICH ICH ICH ICH ICH ICH ICH ICH ICH ich ICH ICH ICH
ICH ICH ICH ICH ICH ICH ICH ICH ICH ganz ICH ICH
ICH ICH ICH ICH ICH ICH ICH ICH ICH ICH ICH ICH ICH
ICH ICH ICH ICH ICH ICH vergessen ICH ICH ICH ICH ICH
ICH ICH ICH dir ICH ICH ICH ICH ICH ICH ICH ICH ICH
ICH ICH ICH ICH ICH ICH ICH alles Gute ICH ICH ICH ICH
ICH ICH ICH ICH ICH ICH ICH ICH ICH ICH ICH ICH ICH
ICH ICH ICH ICH ICH ICH ICH ICH ICH ICH ICH ICH ICH
ICH mit dem ICH ICH ICH ICH ICH ICH ICH geheimnisvol-
len ICH ICH ICH ICH ICH ICH ICH ICH ICH ICH ICH ICH
ICH ICH ICH ICH Mann ICH ICH ICH ICH ICH ICH ICH
ICH ICH ICH ICH ICH ICH ICH ICH ICH ICH ICH ICH ICH

ICH ICH ICH ICH ICH ICH ICH ICH ICH zu ICH ICH ICH
ICH ICH ICH ICH ICH ICH ICH ICH ICH ICH ICH ICH ICH
ICH ICH ICH wünschen.

Hab mich lieb,
Ezra

ICH MEINE NATÜRLICH

Hab dich lieb,
Ezra

Betreff: Und …?
Von: Ezra <e89898989@ymail.com>
An: Bea <b98989898@ymail.com>
Datum: Montag, 15. April, 21:12 EST

Wie ist's gelaufen?

Betreff: Ich sterbe. Hoffentlich bist du nicht tot.
Von: Ezra <e89898989@ymail.com>
An: Bea <b98989898@ymail.com>
Datum: Montag, 15. April, 23:17 EST

Solange du mich nicht vom Gegenteil überzeugst, befürchte ich, dass er ein Serienmörder ist. Das ist dir hoffentlich klar, oder?

Betreff: Re: Ich sterbe. Hoffentlich bist du nicht tot.
Von: Ezra <e89898989@ymail.com>
An: Bea <b98989898@ymail.com>
Datum: Montag, 15. April, 23:19 EST

Oder ein Kidnapper. Wäre das nicht voller fieser Ironie?

Betreff: Re: Re: Ich sterbe. Hoffentlich bist du nicht tot.
Von: Ezra <e89898989@ymail.com>
An: Bea <b98989898@ymail.com>
Datum: Dienstag, 16. April, 01:01 EST

Ich gehe jetzt ins Bett. Und hoffe stark, dass ich morgen früh von dir einen vollumfänglichen Bericht über die Ereignisse zu lesen bekomme.

Betreff: Tot bin ich nicht …
Von: Bea <b98989898@ymail.com>
An: Ezra <e89898989@ymail.com>
Datum: Dienstag, 16. April, 11:34 CST

Lieber Ez,

fühlst du dich manchmal klein? So klein, dass du in deine eigene Hosentasche passen würdest? So klein wie ein Baby, das jemanden braucht, der es füttert? So jemanden hätte ich jetzt gern. Oder wenigstens einen Menschen, der mir Ginger Ale und Cracker bringt, wie Sloanes Mutter es immer tut, wenn Sloane Magenkrämpfe oder die Grippe hat. So was hat Mom für uns jedenfalls nie getan, auch nicht in der Zeit v. D.
    Ich fühle mich so klein, dass ich mich schon gefragt habe, ob ich nicht vielleicht unsichtbar bin. Ich fühle mich winzig wie ein Floh. Ich blicke gerade auf meinen Fuß hinunter und er ist da – aber es ist eine riesengroße Überraschung zu sehen, dass er tatsächlich da ist. Er ist vorhanden und überhaupt nicht klein. (Außerdem stelle ich fest, dass meine Schuhe total geliefert sind. In meinem neuen Leben laufe ich so viel herum, dass die Sohlen nicht mehr lange durchhalten werden.)
    Und warum, du meine zauberhafte, wundervolle Schwester, fühlst du dich unsichtbar?
    Ich werde es dir sagen, Ez.
    Ich bin klein und unsichtbar und löse mich vor meinen eigenen Augen in Luft auf, weil ich gestern zum verabredeten Treff-

punkt gegangen bin, wie ich es mir immer wieder ausgemalt habe, seit ich beschlossen hatte, mich hierher auf den Weg zu machen. Ich bin dort hingegangen und stand mit klopfendem Herzen da, für jedermann sichtbar, mit einem idiotischen, hoffnungsvollen Ausdruck im Gesicht, und dort stand ich dann dreiundneunzig Minuten lang.

Dreiundneunzig Minuten.

Habe ich gewartet.

Für nichts.

Und niemanden.

Denn der geheimnisvolle Mann ist nicht aufgekreuzt.

Was bedeutet, dass deine Schwester Beatrix Ellen Ahern eine komplette Idiotin ist.

Nicht dass wir das nicht schon gewusst hätten. Vielleicht solltest du es Terrence erzählen. Die Geschichte wird ihm gefallen. Er wird dir zu verstehen geben: *Das hätte ich dir gleich sagen können.* Nur dass er es netter ausdrücken wird, mit seiner Hand auf deiner.

Ich weiß, das war jetzt fies von mir.

So mache ich es doch immer, oder? Meine Wut an Leuten auslassen, die es nicht verdienen. Wo ich das wohl herhabe? Aber, weißt du, ich habe wirklich geglaubt, dass er da sein würde – Mystery Man. Ich habe mir gesagt: *Erhoffe dir nicht zu viel, Little Miss Sunshine. Meistens kommt es anders, als man denkt.*

Aber ich bin trotzdem hingegangen und habe gehofft.

Natürlich ist er nicht gekommen.

Und ich habe seither auch nichts mehr von ihm gehört.

Und hier bin ich jetzt im bescheuerten St. Louis, Missouri, wo meine einzige Freundin eine Frau mit einer Papageien-Ohranhänger-Sammlung ist und mein einziger Freund ein nach Knoblauch stinkender alter Italiener, dem ein Gebüsch von Haaren aus den Ohren wächst, und meine Schuhsohlen haben Löcher und seit Wochen habe ich dieselben Klamotten an und schlafe entweder auf einer Parkbank oder in einem Schlafsaal im Hostel und kaufe mir mein Essen an der Tankstelle – wenn ich mal so verschwenderisch bin und mir etwas zu essen kaufe – und zu rauchen habe ich auch angefangen, sofern ich irgendwelche Fremden um eine Kippe anschnorren kann, so gestresst bin ich und ja, verdammt, solchen Schiss habe ich. Und du weißt, dass ich wegen meiner Allergie nicht rauchen darf, und du weißt, dass Tante Lucy gestorben ist, weil sie geraucht hat, und vorher hat sie das Zigarettenrauchen um fünfhundert Jahre altern lassen und ihr Gesicht in eine Dörrpflaume verwandelt. Und genau das erwartet mich jetzt auch.

Was immer du mit deinem Leben anstellst, Ez, sei niemals so wie ich. Bleib immer du. Du bist das Beste an mir. Das war schon immer so. Du bist das einzig Gute an mir.

Und jetzt ist nichts mehr von mir übrig. Nur meine kaputten Schuhe, mit denen ich unter dem Schreibtisch auf den Boden klopfe. Und vielleicht gibt es ja nur noch die Schuhe, vielleicht stecken gar keine Füße mehr drin. Wenn ich die Schuhe ausziehen würde, wäre da vielleicht nur Luft, wo ein Fuß sein sollte. Weil ich nämlich kleiner als ein klitzekleiner Floh bin. Ich bin nichts.

Bea

Betreff: ... aber ein bisschen sterbe ich hier.
Von: Bea <b98989898@ymail.com>
An: Ezra <e89898989@ymail.com>
Datum: Dienstag, 16. April, 11:51 CST

Ez, wir wissen beide, dass ich eine große Neigung zum Bea-Zentrismus habe. Deshalb bemühe ich mich jetzt, zusätzlich zu allem anderen nicht auch noch zu bea-zentrisch zu sein.

Das mit Terrence tut mir leid. Es tut mir leid, dass ich der Grund für den Riss zwischen euch bin. Wenn ich nicht mein altes Leben hinter mir zurückgelassen hätte, wäre zwischen euch alles rosig wie immer, Friede, Freude, Eierkuchen, Sonnenuntergänge und Umarmungen.

Wie immer bin mal wieder ich daran schuld.

Was auch auf mein Konto geht: deine Erkenntnis, dass bei Joe nicht alles Gold ist, was glänzt. Wenn ich nur noch zwei Monate länger geblieben wäre, bis nach meinem Schulabschluss, dann wärst du jetzt kein Gefangener bei ihm zu Hause. Dann wärst du ein Gefangener bei uns zu Hause. Aber dein Bild von Joe wäre wenigstens heil geblieben. Und es tut doch so gut, an andere Menschen zu glauben, richtig? Die Viertelstunde mit diesem Gefühl, die ich in meinem kurzen, traurigen Leben kennengelernt habe, fand ich echt unglaublich schön.

Mom. Trotz allem habe ich da ein Schuldgefühl. Vielleicht eher ein Gefühl von Schuld der Person gegenüber, die ich in ihr gerne sehen würde, als der Person gegenüber, die sie tatsächlich ist. Trotzdem. Ein Schuldgefühl. Zumindest das habe ich also, abgesehen von meinen beschissenen Schuhen und den beschissenen neuen Haaren, die ich mir gefärbt habe (stell dir eine Mischung aus Kurt Cobain und Debbie Harry vor).

Tu mir einen Gefallen. Schreib Terrence sofort. Schreib ihm, dass du deine Hausaufgaben gar nicht mehr hinkriegst. Schreib ihm, deine Versetzung in diesem Jahr hängt von ihm ab. Schreib ihm, dass du die Schule hinschmeißen musst, wenn er dir nicht hilft. Mach ihm klar, wie wichtig er für dich ist. Wie viel er dir bedeutet. Schreib ihm, es ist dir egal, dass deine Schwester nicht mehr da ist. Aber dass er dir viel bedeutet. Terrence ist wichtig für dich. Konzentriere dich darauf.

Gib Joe einen Kuss von mir. Oder umarme ihn. Was dir leichter fällt. Sag ihm, es sei von mir. Weil du wüsstest, dass ich ihm solche Grüße hätte ausrichten lassen, wenn ich mich gemeldet hätte.

Sei glücklich.

Und zünde keine Häuser mehr an.

Obwohl ich zugeben muss, dass das eine verdammt coole Aktion war.

Alles Liebe,
Bea

PS: Vielleicht nimmst du es mir nicht ab, aber ich habe auch ein Schuldgefühl gegenüber Darren. Weil ich ihn nie gemocht habe. Ich weiß, dass Mom ihn liebt, aus Gründen, die wir nie verstanden haben. Ich habe versucht, irgendetwas an ihm zu finden. Irgendeine Eigenschaft oder irgendetwas Liebenswertes an ihm, das mir verständlich macht, warum sie ihn mehr liebt als uns. Aber ich werde es nie verstehen, Ez. Nie.

Betreff: Wie es dazu gekommen ist
Von: Bea <b98989898@ymail.com>
An: Ezra <e89898989@ymail.com>
Datum: Dienstag, 16. April, 12:36 CST

Ich könnte dir die Nachrichten weiterleiten. Das werde ich nicht tun, aber ich könnte es. Er hat mich nicht angefleht, zu kommen. Aber er hat mir Dinge versprochen. *Versprochen*, Ez.

Ich will, dass du weißt, dass ich nicht völlig abgedriftet bin. Dass es einen guten Grund gibt, warum ich abgehauen bin und mich auf den Weg hierher gemacht habe. Aus Indiana in das sexy, glamouröse St. Louis, Missouri.

Wir hatten seit über neun Monaten Kontakt. Es hat an einem Sonntagnachmittag angefangen, was normalerweise nicht der Zeitpunkt ist, an dem sich gewaltige Dinge ereignen. Mom und Darren waren irgendwo unterwegs. Du warst auch nicht da. Im Haus war es still und friedlich, und ich weiß noch, dass ich dachte: *Wie würde es sich wohl anfühlen, die ganze Zeit in einem stillen, friedlichen Haus zu leben?*

Es war der totale Zufall, dass wir uns gefunden haben. Mir war langweilig und ich habe irgendeinen Blödsinn getwittert, dass ich mich zu Hause wie in einem Gefängnis fühle, in unserem öden Kaff, und er hat zurückgetwittert. Und dann, *wumm*, war er da. In meinem Leben. Einfach so.

Ich hab ihm auf den Tweet nicht geantwortet. Du kennst mich ja. Da hat er noch einmal getwittert: *Ich weiß, dass du da bist.* Und ich hab mich gefragt, ob er vielleicht ein Psychopath ist oder ob es in meinem Computer eine versteckte Kamera gibt. Deshalb bin ich drei Tage lang nicht mehr auf Twitter gegangen, um ein klares Signal zu setzen. Ich habe mit Joe rumgeknutscht und mit Sloane abgehangen und dich heimlich zu Terrence gefahren, als Mom dir Hausarrest verpasst hatte. Erinnerst du dich?

Und dann hab ich es nicht mehr ausgehalten. Er hatte es geschafft, dass ich mich für ihn interessierte, frag mich nicht, wie oder warum. Deshalb folgte ich ihm. Auf Twitter, nicht im wirklichen Leben. Zwei Tage lang antwortete er nicht, da kam ich mir schon total idiotisch vor. Aber dann, in der neunundvierzigsten Stunde, reagierte er. Er folgte mir auch. Und ich bekam eine Nachricht von ihm, in der er schrieb: *Das Leben hat so viel an Überraschungen zu bieten, stell dir nicht selbst ein Bein, indem du dir sagst, dass du nicht mehr verdienst. Warum tust du das?*

Und da fing mein Herz wie wild zu klopfen an, denn so etwas Kluges über mich hatte mir noch nie jemand gesagt.

Also schrieb ich: *Vielleicht verdiene ich ja wirklich nicht mehr.*

Und er: *Was macht dich so wütend?*

Darauf ich: *Das Leben?*

Er: *Dann ändere dein Leben. Hör auf, herumzujammern. Sei selbst die Veränderung, die du dir für die Welt wünschst, Gandhi.*

Ich: *Und wenn es mir gefällt, unglücklich zu sein?*

Er: *Glaub ich nicht. Manchen Menschen gefällt es vielleicht, aber du gehörst nicht dazu. Du bist für Größeres geschaffen.*

Ich: *Du kennst mich doch gar nicht.*

Er: *Stimmt. Aber ich kann mir aus den Puzzlestücken ein Bild zusammensetzen.*

Und dann hat er geschrieben: *Ich will dich näher kennenlernen.*

Niemand hat das jemals zu mir gesagt. *Ich will dich näher kennenlernen.* Die meisten Menschen geben mir ziemlich schnell zu verstehen, dass sie mich nicht näher kennenlernen wollen. Und dann ist da dieser Typ, dieser Fremde, der sich die Zeit nimmt, mir zu schreiben. Es klingt erbärmlich, aber ich musste einfach daran glauben, dass er der Mensch war, für den ich ihn hielt. Kannst du das verstehen?

Selbst wenn ich mich damit zur vollständigen Idiotin gemacht habe.

Es ist auch nicht so, dass ich sofort beschlossen hätte, zu ihm abzuhauen. Mag vielleicht seltsam klingen, aber ich glaube, ich habe mich erst so richtig entschieden, als ich bereits unterwegs war. Nach ungefähr einer halben Stunde Fahrt mit dem Bus. Ich schaute aus dem Fenster und dachte: *Wahnsinn. So fühlt sie sich an, die Veränderung, die du dir für die Welt wünschst.* Da hätte ich beinahe den Bus anhalten lassen, um auszusteigen und umzukehren. Aber nur beinahe.

Franco macht sich Sorgen um mich, das spüre ich. Ich habe ihn gefragt, ob ich bei ihm im Laden aushelfen kann. »Sie brauchen mir auch nichts dafür zu zahlen«, habe ich gesagt, obwohl ich das Geld natürlich dringend gebrauchen kann.

»Hmm«, meinte er.

»Ich kann Regale einräumen und putzen und Kunden bedienen«, sagte ich. Er blickte auf meine Haare. Auf meine Schuhe. »Oder im Lager Ordnung halten, wo keiner mich sieht.«

»Hmm«, meinte er wieder.

Ich nahm dies als ein Ja. Ich muss mich mit irgendwas beschäftigen, sonst drehe ich durch. Deshalb bin ich direkt ins Hinterzimmer gegangen, wo Stapel von Kartons darauf warten, ausgepackt zu werden. Wo an der Decke in den Ecken Spinnweben sind. Wo angegilbte alte Fotos vom Laden – von 1933, 1945, 1960, 1978 – darauf warten, gerahmt und aufgehängt zu werden. Franco folgte mir und schaute mir dabei zu, wie ich in dem Chaos herumsuchte und schließlich eine alte gelbe Trittleiter fand, die knarzte, als ich sie aufklappte, und außerdem einen Besen, der hinter der Toilettentür lehnte. Wie ich auf die Trittleiter stieg, um die erste Spinnwebe zu beseitigen.

»In Ordnung«, sagte er.

»In Ordnung?«

Er hielt die Hände hoch, wie um zu sagen: *Habe ich denn eine Wahl?*

»Super«, sagte ich. Und dann hüpfte ich vom Hocker und streckte ihm meine Hand hin. Er schielte auf sie hinunter und seine Mundwinkel zuckten verdächtig, als wollten sie nach oben gehen. Er griff zu und wir schüttelten uns die Hände. *Abgemacht.*

Scheint, als hätte ich einen Job. Für den Anfang fünfzehn Dollar in der Stunde, sechs Stunden pro Tag, sechs Tage die Woche. Bis zum Sommer werde ich reich sein.

Soeben hat Franco den Kopf zur Tür reingesteckt und mich zum Abendessen eingeladen. Ich weiß genau, dass er das macht, weil ich so dünn aussehe und so beschissene Haare und beschissene Schuhe und ein beschissenes Leben habe. Ich werde besser nicht hingehen, weil ich von niemandem abhängig sein will. Aber eine grässliche Sekunde lang hätte ich beinahe angefangen zu heulen. Franco hasst alle Menschen. Bis auf seine Frau.

Ich werde nicht nach Hause zurückkehren. Nicht nach allem, was passiert ist. Ich will nicht zurück. Dann würde der Teil von mir, der weiterhin atmet, sterben, und das wär's dann, Schluss, aus und vorbei.

Aber was zum Teufel soll ich hier jetzt tun?

Bea

PS: Versuch erst gar nicht, auf Twitter nach MM zu suchen. Du wirst ihn auf meinem Profil nicht finden, weil ich da nämlich alles gelöscht habe. Sorry, Ez.

Betreff: MM, Klappe zwei
Von: Bea <b98989898@ymail.com>
An: Ezra <e89898989@ymail.com>
Datum: Dienstag, 16. April, 17:21 CST

Ich schreibe in der Bücherei, an einem Tisch, auf dem sich Bücher stapeln. Algebra. Physik. Anthropologie. Klingt für dich vermutlich langweilig, langweilig, langweilig oder vielleicht – weil du ja ein kleiner Streber bist, Brüderchen – klingt es für dich auch nach der idealen Art und Weise, einen Dienstag zu verbringen.

Ich habe den ganzen Tag bei Franco gearbeitet. Zwar fühlt es sich gut an, ständig in Bewegung zu sein und meine Hände zu beschäftigen, aber mein Gehirn braucht auch etwas, worauf es sich konzentrieren kann. Sonst grüble ich nur und mache mir Sorgen und denke darüber nach, was ich falsch gemacht habe. Wodurch ich Mystery Man vertrieben habe. Oder ich hocke voller Wut herum und denke nur daran, was ich ihm alles an den Hals wünschen könnte.

Deshalb bin ich jetzt hier und lerne – und wenn es nur deswegen ist, weil ich mich ablenken will und weil diese Bücherei der schönste Ort ist, den ich jemals gesehen habe. Die Bücher haben hier auf diesem Tisch bereits auf mich gewartet.

Wusstest du schon …

… dass der Penis des Menschen für die Erektion einen gesteigerten Blutzufluss braucht, andere Säugetiere dagegen einen Penisknochen haben?

... dass Neandertaler rothaarig waren?

... dass die Sonne, die aus heißen Gasen besteht, genauso heiß wäre, wenn sie aus Bananen bestünde?

... dass Ereignisse in der Zukunft verändern können, was in der Vergangenheit geschehen ist?

Denk mal darüber nach, Ez. *Ereignisse in der Zukunft können verändern, was in der Vergangenheit geschehen ist.*

Was, wenn alles, was wir morgen tun – jede große oder kleine Entscheidung, die wir treffen –, in irgendeiner Weise unsere beschissene, chaotische Vergangenheit ändern könnte? Wären wir dann plötzlich andere Menschen? Wären wir dann jemand anders mit einer anderen Familie? Wäre Mom dann mit unserem Vater zusammengeblieben?

Oder würden wir unsere Vergangenheit vielleicht noch schlimmer machen? Wäre dann vielleicht Darren unser echter Vater?

Ich bin mir nicht sicher, ob mir diese Idee mit der veränderten Vergangenheit gefällt. Es ist eine schöne Vorstellung, aber der Zukunft wird dadurch verdammt viel aufgebürdet.

Betreff: MM, Klappe drei
Von: Bea <b98989898@ymail.com>
An: Ezra <e89898989@ymail.com>
Datum: Dienstag, 16. April, 18:04 CST

Okay.
Kurz nachdem ich dir die letzte Mail geschickt hatte, kam das hier, von Mystery Man:
Mir ist was dazwischengekommen. Tut mir leid. Kann ich es wiedergutmachen?
Ich hätte am liebsten Nein gesagt, Ez. Aber das habe ich nicht. Dafür bin ich von zu weit hergekommen.
Na klar, habe ich geantwortet.
Zwei Wörter, wo ich am liebsten 68 geschrieben hätte: *Brich mir nicht noch mal das Herz. Es ist bereits oft genug zertrümmert worden, öfter, als ich es ertragen kann. Wenn du also vorhast, mit mir ein blödes Spiel zu treiben oder mich noch mal bei einer Verabredung im Regen stehen zu lassen, dann tu mir den Gefallen und lass es. Oder aber schwör mir, dass es mit der armen Bea und ihrem gebrochenen Herzen ein Ende hat.*
Gleichzeitig denke ich: *Bea, du Idiotin. Dumme, vertrauensvolle Bea. Geh nach Hause. Mach die Schule zu Ende. Bitte Joe, dass er dich zurücknimmt. Sei für deinen kleinen Bruder da. Wende dich nicht von deiner Mutter ab. Gib zu, dass es falsch von dir war. Sag allen, dass es dir leidtut. Sogar Darren.*
Und gleichzeitig denke ich: *Bitte, bitte, bitte, mach, dass es ihn wirklich gibt.*

Betreff: Re: MM, Klappe drei
Von: Ezra <e89898989@ymail.com>
An: Bea <b98989898@ymail.com>
Datum: Dienstag, 16. April, 19:21 EST

Was ich echt nicht verstehe, ist, warum er dich Gandhi genannt hat. Bist du dir sicher, dass er dich wirklich kennt?

Betreff: Re: Re: MM, Klappe drei
Von: Ezra <e89898989@ymail.com>
An: Bea <b98989898@ymail.com>
Datum: Dienstag, 16. April, 19:23 EST

Ich weiß, ich weiß – lahmer Witz. Ich habe nur versucht, dich zum Lachen zu bringen. Okay?

Betreff: Von hier aus gesehen
Von: Ezra <e89898989@ymail.com>
An: Bea <b98989898@ymail.com>
Datum: Dienstag, 16. April, 19:29 EST

Keine Ahnung, warum du ausgerechnet von mir einen guten Ratschlag annehmen solltest ... aber pass bitte auf dich auf. Den strahlenden Helden gibt es nur im Märchen. Und selbst wenn ein Prinz dir geholfen hat, aus der Burg zu fliehen, ändert das nichts daran, dass er sich trotzdem als das totale Arschloch herausstellen kann, sobald er nicht mehr auf seinem Ross sitzt. Ich will jetzt nicht zu sehr lästern, falls sich herausstellt, dass er doch ein ziemlich netter Typ ist. Aber es ist leicht, mit einem Tweet oder einer Textnachricht jemandem mal einen guten Rat zu geben. Und viel schwerer, für einen Menschen da zu sein, der neben dir steht.

Mom will ihre Handtasche zurück.
　Diesmal bin ich nicht über Lautsprecher ins Sekretariat bestellt worden. Southerly hat mich im Flur angesprochen.
　»Deine Mutter hat angerufen«, sagte er. »Sie will ihre Handtasche zurück.«
　Ich schnaubte verächtlich.
　»Dann hast du sie ihr noch nicht zurückgegeben?«, fuhr Southerly fort. »Sie sagt, dass sie alle ihre Kreditkarten gesperrt hat, aber es würde ihr das Leben einfacher machen, wenn sie ihren Führerschein zurückhätte.«

»Na klar, weil ich ja dafür da bin, ihr das Leben einfacher zu machen.«

Ich hatte gedacht, dass Southerly meinen Sinn für Situationskomik schätzen würde. Stattdessen sagte er streng: »Vorsicht, Ezra! Sie beschuldigt dich des Diebstahls.«

»Wenn das der Fall ist, warum fragen Sie sie dann nicht, was mit dem Geld passiert ist, das meine Großmutter meiner Schwester und mir vererbt hat? Ich bin mir ziemlich sicher, als Omama vor ihrem Tod beschlossen hat, uns Geld fürs College zu hinterlassen, meinte sie nicht, dass damit die College-Schulden meines Stiefvaters bezahlt werden sollten. Oder für ihn eine Kaution hinterlegt wird. Richten Sie meiner Mutter aus, wenn sie mit Drohungen kommt, kann ich locker mithalten.«

Southerly antwortete darauf nichts mehr.

»Ich werde die Handtasche und den Führerschein zurückgeben«, versprach ich ihm.

Was ich nicht erwähnte, war, dass ich dafür wahrscheinlich bei uns zu Hause einbrechen werde.

Aber erst einmal müssen heute Abend eine Reihe von Menschen tief und fest schlafen.

Betreff: Bitte sag mir, dass Liebe anders funktioniert
Von: Ezra <e89898989@ymail.com>
An: Bea <b98989898@ymail.com>
Datum: Dienstag, 16. April, 23:14 EST

Oh, Mann. Joe ist heute total zusammengeklappt.
Ich hätte es wissen müssen. Wenn ein Flugobjekt lang genug über dir kreist, ist es nur eine Frage der Zeit, bis der Sprit ausgeht und alles auf dich runterkracht.
Als ich ins Zimmer gekommen bin, saß er auf dem Bett und starrte vor sich hin. Nicht zenmäßig oder so – sondern wie in Schockstarre. Ich versuchte, an ihm vorbeizuschleichen und ins obere Stockbett hochzuklettern, aber bevor ich bei der Leiter war, sagte er: »Sie hat mich nie geliebt, oder?«
»Wie kommst du denn darauf?«, fragte ich. »Natürlich hat sie dich geliebt.«
»Nicht wirklich. Nicht auf die Art und Weise, wie ich es mir von ihr gewünscht hätte.«
Es schien mir nicht der richtige Zeitpunkt, um ihm von dir eine Umarmung oder einen Kuss zu schicken.
»Drei Wochen«, fuhr er fort. »Es sind jetzt drei Wochen vergangen. Kein einziges Wort. Wenn sie mich überhaupt irgendwie lieben würde, hätte sie sich inzwischen bei mir gemeldet.«
»Sie hat dafür bestimmt ihre Gründe …«
Der Blick, den er mir daraufhin zuwarf, war vergiftet. »Ja – und der Grund ist, dass ich ihr scheißegal bin. Ich hätte ihr nie

einen Heiratsantrag machen sollen. Ich wusste, dass ihr das Angst einjagen würde – und so war es dann auch.«

Ich konnte nicht anders. Ich fragte: »Einen Heiratsantrag?«

(Also, ich meine, echt jetzt?)

»Ich hatte keinen Ring oder so was. Aber ich wollte, dass wir uns versprachen, für immer zusammenzubleiben. Ich hatte das Gefühl, dass wir das tun sollten. Nach allem, was wir miteinander durchgestanden hatten. Natürlich weißt du nichts davon – natürlich hat sie niemandem davon erzählt. Ich glaube, es war ihr peinlich. Ich war an dem Abend so aufgewühlt und wütend, Ezra – den Abend mit dem Unfall meine ich. Nicht den Abend, an dem ich ihr den Heiratsantrag gemacht habe. An dem Abend mit dem Unfall dachte ich wirklich, es wäre mit uns beiden vorbei, und ich wollte mir nichts antun, aber ich habe im Auto überhaupt nicht aufgepasst – und dann bin ich im Krankenhaus aufgewacht und dachte: *Du Arschloch. Du hast dich beinahe umgebracht, dabei willst du doch nur eins: mit ihr dein Leben verbringen.* Das habe ich ihr erzählt – und ungefähr zehn Sekunden lang dachte ich, dass sie genauso fühlt wie ich. Aber sie hat nie genauso empfunden wie ich. Das kapiere ich jetzt. Sie wollte nur nicht mit einem Jungen, der nach einem schweren Unfall im Krankenhaus lag, Schluss machen. Wahrscheinlich spürte ich das auch. Aber ich habe es hingenommen, weil es bedeutete, dass wir weiter zusammen waren. Sloane hat mich gewarnt. Sie sagte, Bea würde mich benutzen. Sie sagte, ich würde mein Leben für Bea ruinieren, aber Bea würde sich irgendwann aus dem Staub machen, ohne einen Blick zurückzuwerfen. Ohne sich darum zu scheren, was sie aus mir gemacht hatte. Das war, bevor Bea tatsächlich abgehauen ist. Aber Sloane hatte recht, oder nicht? Drei Wochen und kein einziges Wort. *Drei Wochen.*«

Ich versuchte es. Ich sagte: »Ich bin mir sicher, sie würde nicht wollen, dass du dich so fühlst. Ich bin mir sicher, dass das nichts mit dir zu tun hat.«

»Wie kannst du dir da so sicher sein?«, fragte er. Dann musterte er mich mit einem harten, kalten Blick. »Hast du vielleicht was von ihr gehört?«

»Nein«, antwortete ich reflexartig.

Gleichzeitig wurde mir klar, dass er mir das nicht abnahm.

»Wenn du was von ihr gehört hättest, würdest du es mir nicht sagen, oder?«, hakte er nach. »Ihr beiden wart immer sehr eng miteinander. Du hast ihr geholfen, richtig?«

»Nein!«, rief ich. »Ich wusste genauso wenig wie du, dass sie abhauen wollte.«

(Die Wahrheit.)

»Aber sie hat mit dir Kontakt aufgenommen, oder etwa nicht? Deshalb hängst du auch dauernd an deinem Smartphone. Ihr textet euch die ganze Zeit.«

»Das ist mit Terrence.«

(Die Wahrheit. Aber nur weil er von *texten* gesprochen hatte.)

»Dann gib mir dein Handy. Zeig mir, was ihr euch getextet habt.«

Ich war so froh, dass mein Handy in meiner Hosentasche steckte. Denn ich schwöre dir, hätte es irgendwo im Zimmer herumgelegen, hätten wir uns jetzt beide darauf gestürzt.

Ich schüttelte den Kopf. »Nein. Das geht nicht.«

»Warum nicht, wenn du nichts zu verbergen hast? Ich habe mich dir gegenüber wie ein echter Freund verhalten, Ezra. Oder etwa nicht? Wie wär's, wenn du dich jetzt auch wie ein richtiger Freund verhältst?«

Ich wich zurück.

»Was ich mir mit Terrence schreibe, geht nur ihn und mich was an«, sagte ich. »Das kann ich dich nicht lesen lassen.«

»Die Nachrichten von Terrence will ich auch nicht sehen. Ich will die Nachrichten von ihr lesen.«

Natürlich lösche ich jedes Mal auf meinem Handy den Verlauf, nachdem ich dir geschrieben habe, wie in der Schule auch. Aber vielleicht konnte er meine Mails noch auf andere Weise checken, wer weiß? So gut kenne ich mich schließlich nicht aus.

»Da gibt es nichts zu sehen«, sagte ich. »Überhaupt nichts.«

»Ich hätte wissen müssen, dass du auf ihrer Seite bist! Egal, wie nett ich zu dir bin, egal, wie sehr ich sie liebe – ich komm einfach nicht an euch ran. An keinen von euch beiden. Nicht einmal an sie. Nicht einmal nach allem, was wir miteinander durchgemacht haben.«

Diese Sätze regten mich echt auf. »Du hattest ein Mal einen Unfall, Joe«, sagte ich. »Ein einziges Mal. Und du warst daran selber schuld. Bea und ich haben viel, viel mehr durchgemacht. Das weißt du.«

Während ich das sagte, wusste ich bereits, dass es falsch war. Es war fies von mir. Ich hatte zwar recht, aber es war seinen Gefühlen gegenüber unfair.

Ich habe es trotzdem zu Ende gesagt.

Verdammt noch mal, Bea – was, wenn wir eine Kombination aus den schlechtesten Eigenschaften unserer Eltern sind? Oder von Mom und Darren? Was, wenn wir einfach nichts Besseres sein können?

Da hat er sich auf mich gestürzt. Und vermutlich hatte ich das Gefühl, es verdient zu haben, denn ich habe mich nicht gewehrt. Ich habe zugelassen, dass er sich auf mich geworfen und geschrien hat: »Sag das nicht noch mal!« Wir sind beide zu Boden gegangen, und er ist über mir in Tränen ausgebrochen und konnte sich die Tränen nicht wegwischen, weil er mich gleichzeitig umklammert und nach unten gedrückt hat.

»Es tut mir leid«, keuchte ich. »Es tut mir echt leid.«

Und weißt du, was das Jämmerlichste daran war?

Dass ich mich gleichzeitig so zur Seite gedreht habe, dass mein ganzes Gewicht auf der Hosentasche lag, in der mein Handy steckte.

Aber ich glaube, er wollte gar nicht mehr dran. Es war viel schlimmer. Er stand auf und brüllte, so laut er konnte: »FUUUUCK!«

Was ich am liebsten auch gemacht hätte.

Kurz darauf erschien sein Vater in der Tür. Es war noch nicht sehr spät, aber er hatte bereits seinen Schlafanzug an.

»Was ist hier los?«, fragte er.

Zum Glück hatte ich mich blitzschnell in eine Sitzposition hochgeschoben.

»Der Blödmann hat sich den Zeh angestoßen«, sagte ich und zeigte auf Joes Fuß.

Sein Vater zuckte unwillkürlich zusammen. »Na, so was macht nie Freude. Aber achte das nächste Mal bitte auf deine Wortwahl, Joe. Schone die Nerven deiner Mutter. Oder du, Ezra, gib ihm ein Kissen, in das er hineinbrüllen kann.«

»In Ordnung, Sir.«

Als sein Vater gegangen war, schüttelte Joe ungläubig den Kopf.

»Darin seid ihr beide wirklich gut«, sagte er. »Habt ihr wenigstens euren Spaß dabei, alle Menschen um euch herum zu täuschen und zu betrügen?«

»So ist es nicht«, sagte ich.

»Wie denn dann?«

»Es geht ums Überleben«, sagte ich. »Es geht nur ums Überleben.«

Aber – und das geht mir gerade durch den Kopf – von wem haben wir es denn gelernt?

Wenn jemand euch fragt, dann sagt ihr, dass ihr vom Rad gefallen und euch dabei die Knie aufgeschürft habt.

Und ich: *Aber wir haben keine Fahrräder.*

Und sie: *Da wird keiner nachhaken.*

Über das alles werde ich später noch nachdenken. Joe schläft jetzt – und Mom und Darren schlafen mit Sicherheit auch.

Zeit, bei uns einzubrechen.

Ich brauche da ein paar Dinge.

Betreff: So funktioniert Liebe nicht
Von: Bea <b98989898@ymail.com>
An: Ezra <e89898989@ymail.com>
Datum: Mittwoch, 17. April, 00:13 CST

1. Ich hab kein gutes Gefühl dabei, Ez. Leg die Handtasche einfach nur vor die Haustür. Geh nicht rein.
2. Wenn du doch reingehst, BITTE SEI VORSICHTIG.
3. LASS DICH BLOSS NICHT ERWISCHEN. Falls es doch passiert, tu so, als würdest du schlafwandeln. Weißt du noch, wie ich immer diesen Trick angewendet habe? Bis Darren schließlich ein Schloss an meiner Tür anbringen wollte, um mich in meinem Zimmer einzusperren? Sag einfach, das liegt in der Familie. Und jetzt hättest du es eben. Falls es ganz schlimm kommen sollte, fang so laut an zu schreien wie Joe!
4. Und was Joe betrifft: Tut mir leid, dass ich dir von dem Heiratsantrag nicht erzählt habe, aber ich habe mich deswegen so beschissen gefühlt. Ehrlich, was bin ich denn für ein Mensch? Immer wieder und immer wieder versuche ich, jemanden zu lieben, und kriege es einfach nicht hin. Nicht nur bei Joe, sondern auch bei Mom, Darren, Sloane. Die einzige Ausnahme bist du. Du bist der einzige Mensch auf der Welt, den ich liebe – und was ist passiert? Ich habe dafür gesorgt, dass aus dir ein Brandstifter und Dieb wurde.

Deshalb hoffe ich inständig, dass es diesmal anders sein wird. Mit Mystery Man. Es muss einfach so sein, Ez. Ich muss daran glauben können, dass ich kein gefühlloses Monster bin. Joe liegt falsch. Ich habe ihn nicht benutzt. Ich habe versucht, ihn zu lieben. Das ist ein Unterschied. Was keiner von mir weiß: Auch nach allem, was wir durchgemacht haben, du und ich, glaube ich immer noch tief in meinem Herzen an die Liebe, so aufrichtig wie unerklärlich.

Betreff: Erledigt
Von: Ezra <e89898989@ymail.com>
An: Bea <b98989898@ymail.com>
Datum: Mittwoch, 17. April, 01:19 EST

Zuerst einmal lass mich all deine Sorgen mit einem Satz beantworten: DIE HANDTASCHE IST ZURÜCKGEGEBEN. Denn das war ja bestimmt deine größte Sorge.

Zweitens möchte ich hinzufügen, dass sämtliche Ausweispapiere unserer Mutter mit einem schwarzen Filzstift bearbeitet sind und Darrens Nachname auf jedem Ausweis dick durchgestrichen ist.

Das Foto von ihm, das sie in ihrem Geldbeutel bei sich trägt, ist hinreichend entstellt. Es ist ziemlich schwierig, einen kleinen Penis zu zeichnen, nämlich so, dass er als kleiner Penis rüberkommt und nicht, sagen wir mal, als Punkt, deshalb bin ich auf Nummer sicher gegangen und habe ihn mitsamt Pfeil als »kleinen Penis« betitelt.

Was die Fotos betrifft, die sie von uns im Geldbeutel immer bei sich hat – na ja, der Grund, warum ich dort keine finden konnte, ist sicherlich, dass sie die Fotos von uns näher am Herzen trägt. Ja, so muss es sein.

Drittens, ich bin nicht an ihr Pillendöschen oder ihre weiblichen Hygieneprodukte gegangen. Weil ich ein Gentleman bin.

Ach ja, und viertens – sie haben mich nicht erwischt.

Und ehrlich, das alles mal beiseitegelassen – es war ein sehr befremdliches Gefühl, wieder in diesem Haus zu sein. Wahrscheinlich wäre es für dich genauso, wenn du zurückkommen würdest. Nicht dass plötzlich alles ganz anders wäre (obwohl die Brandmale in der Küche sich wirklich sehr schön machen, das muss ich schon sagen), es ist eher so, dass du an einen Ort zurückkehrst und er ist derselbe wie vorher, aber du stellst fest, dass *du* dich verändert hast. Es war für mich, als würde ich die Vergangenheit besuchen, nicht als wäre es die Gegenwart. Dabei bin ich erst ein paar Tage weg.

Es war still. Sie war im Schlafzimmer. Ihn hatte der Schlaf im Arbeitszimmer übermannt.

Die einzigen Bedingungen, um unsere Ruhe zu haben.

Ist etwas falsch daran, wenn ich sage, dass ich unser Zuhause zwar gehasst habe, dass es aber immer noch Teile des Hauses gibt, die ich liebe? Zum Beispiel war mein Zimmer ja nicht daran schuld, dass es mir so miserabel ging. Es hat mir nie etwas getan. Im Gegenteil, es war der einzige Raum, in dem ich ganz bei mir sein konnte.

Ich habe ein paar Klamotten mitgenommen, aber natürlich nicht alle. Ich habe drei Bücher mitgenommen, aber den Rest habe ich dagelassen. Ich habe auch noch ein paar Fotos von uns und ein paar Fotos von mir und Terrence eingesteckt. Das Foto von dir und mir und Omama.

Mein anderes Geldversteck habe ich auch aufgelöst. Das kleine Plastiksparschwein, in der Seitentasche eines Sweatshirts. Man kann es öffnen, das Geld rausnehmen und es wieder verschließen, ohne es kaputt machen zu müssen.

Eigentlich wollte ich es dir immer schenken.

Betreff: Geständnis
Von: Ezra <e89898989@ymail.com>
An: Bea <b98989898@ymail.com>
Datum: Mittwoch, 17. April, 02:04 EST

Nein, das reicht noch nicht.
Ich glaube, du verstehst, was ich eigentlich sagen wollte. Trotzdem weiche ich aus. Ich muss es aussprechen.
Ich muss sagen, dass es mir leidtut.
Es tut mir leid, dass ich dir dieses Sparschwein nie geschenkt habe.
Es hatte einen Grund, warum ich es damals für dich gekauft habe, und vor allem das tut mir sehr leid.
Ich weiß, dass ich erst neun war. Aber das ist keine Entschuldigung. Ich hatte Riesenschiss vor ihm, aber das ist auch keine Entschuldigung. Als er wissen wollte, wer von uns beiden die Lampe kaputt gemacht hat, hätte ich die Wahrheit sagen sollen, nämlich dass ich es war. Stattdessen habe ich auf dich gezeigt. Ich hatte für mich einen Ausweg gefunden. Als du dagegen protestiert hast, habe ich erst recht darauf beharrt. Andernfalls wäre ich doppelt bestraft worden, nämlich dafür, dass ich die Lampe kaputt gemacht *und* dass ich gelogen hatte.
Ich hatte keine Ahnung, was er vorhatte, als er mit uns in dein Zimmer hochmarschierte. Ich wusste nur, gleich würde etwas Schreckliches passieren. Und wie hat er damals gesagt – »Wer bei mir was kaputt macht, dem mach ich auch was kaputt«? Ja, das hat er gesagt. Er wusste genau, worauf er es abgesehen

hatte. Auf dein Sparschwein, ein Keramiksparschwein für Kinder, in das du nie eine Münze gesteckt hast. Um sie wiederzubekommen, hättest du das Sparschwein nämlich zertrümmern müssen.

Und genau das hat er getan. Er hat das Sparschwein auf dem Boden zertrümmert, ist auf den Scherben herumgetrampelt und hat dir befohlen, jeden einzelnen Splitter der Lampe und des Sparschweins mit der Hand aufzuklauben, sonst würde er noch andere Dinge in deinem Zimmer zertrümmern und nicht damit aufhören, bevor du nicht alle Splitter und Scherben aufgeklaubt hättest. Wer denkt sich denn so was aus, Bea? Das erfinde ich doch jetzt nicht, oder? Manchmal frage ich mich, ob ich mir das alles nicht bloß einbilde. Aber ich frage mich auch, was ich vielleicht alles verdrängt habe.

Erst heute Abend habe ich kapiert, dass er uns damit alle beide bestraft hat. Verrückt, oder? Bisher dachte ich immer, es wäre bei der Strafe nur um dich gegangen. Aber es ging auch um mich, er hat mich gezwungen, danebenzustehen und dir bei deiner Bestrafung zuzusehen, ohne dir helfen zu können. Er muss genau gewusst haben, was das mit mir anstellen würde.

Ich fühlte mich total elend. Monatelang habe ich ihm und Mom Münzen aus dem Geldbeutel geklaut und schließlich für dich das Ersatzsparschwein gekauft. Danach hatte ich plötzlich Angst, dass er es entdecken und dich noch einmal bestrafen könnte. Was er kaputt gemacht hatte, durfte nicht wieder heil werden. Deshalb habe ich das Sparschwein versteckt und dir nie geschenkt. Von da an habe ich die beiden bestohlen, wann immer ich konnte.

Ich weiß, dass es idiotisch ist, dich dafür um Verzeihung zu bitten. Jetzt, sieben Jahre später. Aber ich tue es.

Das ist das Risiko, vermute ich mal, wenn man nach Hause

zurückkehrt – der Schmerz ist wieder da, vermischt mit Schuldgefühlen.

Aber wenigstens habe ich jetzt was zum Anziehen.

Höchste Zeit, mich ins Haus von Joe und seinen Eltern zurückzuschleichen.

Morgen mehr.
Ich schulde dir immer noch ein Sparschwein.

Alles Liebe,
Ezra

Betreff: Problem
Von: Ezra <e89898989@ymail.com>
An: Bea <b98989898@ymail.com>
Datum: Mittwoch, 17. April, 02:09 EST

Ich glaube, Joe hat mich ausgesperrt.
   Und mein Akku ist fast leer.
   Scheiße.

Betreff: Joe ist ein großes Kind
Von: Bea <b98989898@ymail.com>
An: Ezra <e89898989@ymail.com>
Datum: Mittwoch, 17. April, 01:16 CST

Ich hoffe, er klaut dir dein Handy und liest diese Mail.
JOE, WENN DU DAS HIER LIEST, HÖR AUF, EIN ARSCH-
LOCH ZU SEIN!
Ezra, ich befehle dir, gegen die Haustür zu hämmern, bis seine Eltern dir aufmachen. Joe sieht vielleicht aus, als wäre er beinahe schon ein junger Mann, aber innerlich ist er vier Jahre alt, und es darf nicht sein, dass er mit dir solche idiotischen Babyspiele spielt.
(Tut mir leid, wenn das streng klingt, ich hab davon sooo die Nase voll. Von diesem ganzen Unsinn. HALLO, JOE, LIEST DU DAS? ICH HOFFE ES! Wir haben wirkliche Probleme am Hals, Ezra, du und ich, und das ist etwas, was er nie verstanden hat. Ich weiß, dass jeder sein eigenes Päckchen zu tragen hat, wie man immer so schön sagt, und klar, wie kann ich wissen, ob unser Packen so viel schlimmer ist als seiner, wer bin ich, das beurteilen zu wollen – aber die Wahrheit ist, die Scheiße, mit der wir leben müssen, ist viel schlimmer. Viel, viel schlimmer. Da kann Joe schon mal seinen Babytrotz überwinden und die Tür aufmachen.)
HÖRST DU MICH, JOE? SEI EIN MANN UND MACH DIE TÜR AUF!!!

Betreff: Geständnis
Von: Bea <b98989898@ymail.com>
An: Ezra <e89898989@ymail.com>
Datum: Mittwoch, 17. April, 01:23 CST

Ich werde am Computer sitzen bleiben, bis ich weiß, dass sie dich reingelassen haben.

Hab ich dir erzählt, dass Franco und Irene mir erlaubt haben, hier bei ihnen zu wohnen? Sie haben gesagt, dass ich das Schlafsofa und die angrenzende Toilette (mit Dusche!) benutzen kann, und wollen dafür von mir nur 50 Dollar im Monat, das sind nur 20 Dollar mehr, als ich im Hostel für eine einzige Nacht bezahlen muss. Als ich darauf geantwortet habe: »Aber ich hab im Moment gar kein Geld«, sagte Franco: »Wird schon. Dafür arbeitest du ja.« Damit war es abgemacht. Franco und ich wissen, dass er für das Zimmer viel mehr verlangen könnte, aber das tut er nicht. Hinter seiner harten Schale verbirgt sich ein empfindsamer, weicher Kern.

Ich habe mich bemüht, vor Dankbarkeit nicht in Tränen auszubrechen, weil ihn das nur verlegen gemacht hätte, und vielleicht hätte er sein Angebot dann sogar zurückgezogen. Deshalb hab ich nur genickt, so ganz beiläufig, *okay, vielen Dank,* und keine große Sache draus gemacht. Aber es ist eine große Sache, Ez. Eine richtig große Sache.

Franco zeigte mir die neuen Kartons mit Olivenöl und Tapenade und Crackern und Oliven, die angeliefert worden waren und ausgepackt werden mussten. Er zeigte mir, wie ich die

Waren auspreisen soll, in welche Regale sie gehören und auch, wie die altmodische Registrierkasse zu bedienen ist. Was bedeutet, dass zwischen uns jetzt ein ganz anderes Vertrauensverhältnis besteht.

Und dann wiederholte er seine Einladung zum Abendessen, aber ich sagte, ich sei müde und mein kleiner Bruder stecke gerade in Schwierigkeiten und ich müsse mich darum kümmern, dass bei ihm alles okay sei. Nicht erwähnt habe ich, dass du gerade dabei warst, ins Haus unserer Eltern einzubrechen und mit schwarzem Filzstift Penisse auf Fotos zu zeichnen.

(Ist das nicht unglaublich? Er vertraut mir so sehr, dass er mir einen Schlüssel gegeben hat. So steht es jetzt zwischen Franco und mir.)

Ich bin froh, dass du ohne Zwischenfall rein und wieder raus gekommen bist. Fast wünschte ich mir, dass du nicht so ein Gentleman gewesen wärst und tatsächlich etwas mehr Verwüstung hinterlassen hättest. Aber eigentlich bin ich nur froh, dass du wieder draußen und in Sicherheit bist.

Ja, ich erinnere mich an das Sparschwein.

So als wäre es gestern.

Du brauchst dich nicht dafür zu entschuldigen.

Du warst damals neun, Ez. *Neun.*

Was hättest du denn machen sollen?

Darin waren Mom und Darren immer unglaublich gut – uns in unmögliche Situationen zu bringen. Situationen, in denen keiner sich jemals befinden sollte, und erst recht nicht *Kinder.*

Deshalb noch mal: Du brauchst dich dafür nicht zu entschuldigen.

Außerdem muss ich dir auch etwas gestehen.

Ich hätte es dir schon früher erzählen sollen, und es tut mir leid, dass ich es nicht getan habe.

Mir ist wichtig, dass du verstehst, warum ich es bisher verschwiegen habe.

Es klingt vielleicht idiotisch, aber ich hatte Angst, wenn ich es dir erzähle – allein schon, wenn ich es laut aussprechen würde –, würde es sich in nichts auflösen.

Ich habe immer noch Angst, dass das geschehen könnte.

Weil nichts, was gut ist, lange anhält. So ist es doch, Ezra, oder? Anders kennen wir es nicht. Deshalb musste ich mir erst sicher sein.

Das bin ich immer noch nicht, aber ich glaube, inzwischen bin ich ganz nah dran, und außerdem habe ich das Gefühl, es dir einfach sagen zu müssen.

Mystery Man ist unser Vater, Ez.

Er ist Dad.

Und es kommt noch dicker.

Er hat mir erzählt, dass Mom uns ihm weggenommen hat. Aber nicht so wie bei einem Sorgerechtsstreit, den sie gewonnen und er verloren hat.

Sondern wir waren plötzlich nicht mehr da.

Verschwunden. Unauffindbar.

Gekidnappt.

Von unserer eigenen Mutter.

Was bedeutet, dass wir das beschissene Leben, das wir bisher hatten, gar nicht so hätten haben müssen. Wir hätten eine gute Kindheit haben können, mit einem Vater, der uns liebt, hier in St. Louis, Missouri. Wir hätten fröhliche, nette Kinder in einer netten Familie sein können. Wir hätten geliebt werden können.

Verrückt, oder? Auf eine echt durchgeknallte Weise. Alle glauben, dass ich *von zu Hause* weggelaufen bin, dabei bin ich in Wirklichkeit *nach Hause* abgehauen. Kein Wunder, dass sie in den Nachrichten keine Meldung bringen, in der Mom und

Darren mich bitten, nach Hause zurückzukehren. Sie sind *Kidnapper*, zumindest Mom.

Es tut mir leid, dass ich es dir bisher nicht gesagt habe. Ich wollte Dad erst mit eigenen Augen gesehen haben. Mich vergewissern. Mir sicher sein, dass er nicht wie Darren ist. Oder wie Mom. Ich muss mich bei ihm sicher fühlen können.

Ich vermute mal, dass wir beide die Theorie aus der Physik jetzt austesten – nämlich ob Ereignisse in der Zukunft die Vergangenheit ändern können.

Ich treffe ihn Freitag, also quasi übermorgen. Tut mir leid, dass ich es dir nicht früher gesagt habe. Tut mir leid, dass du jetzt nicht auch hier bist. Aber wenn er wirklich unser Vater ist – wenn es sich nicht um einen teuflischen Scherz handelt, der aufs Konto von Mom und Darren geht –, dann ist es für uns beide vielleicht noch nicht zu spät.

Betreff: Mal positiv gesehen
Von: Bea <b98989898@ymail.com>
An: Ezra <e89998989@ymail.com>
Datum: Mittwoch, 17. April, 01:27 CST

Es gab also einen Zeitpunkt, zu dem Mom uns wirklich bei sich haben wollte, sie wollte uns nicht hergeben.

Betreff: Keine Ahnung, wo ich anfangen soll
Von: Ezra <e89898989@ymail.com>
An: Bea <b98989898@ymail.com>
Datum: Mittwoch, 17. April, 07:40 EST

Ein Fenster war offen. Ich bin reingeklettert, habe auf der Couch geschlafen, mein Handy aufgeladen und bin fort, bevor Joe aufgewacht ist.
   Dann habe ich mich auf den Weg zur Schule gemacht. Meine Mails gecheckt.
   Und jetzt das. Jetzt auch noch das.

Ich weiß nicht, wo ich anfangen soll, Bea.
   Ich schreibe einfach drauflos.
   Von allen Geheimnissen, die du vor mir haben kannst, IST DAS WIRKLICH DAS HEFTIGSTE. Und zugleich auch ... HALLO, WIE BITTE?!? Ich weiß, dass ich noch nicht mal auf der Welt war, als er weggegangen ist. Ich weiß, dass du erst drei Jahre alt warst. Deshalb können wir uns kaum auf eigene Erinnerungen berufen. Trotzdem – du willst sagen, dass Mom uns *gekidnappt* hat? Ohne besonderen Grund? Um sich jahrelang allein mit uns durchzuschlagen? Als eine Art Trotzreaktion? Tut mir leid. Nein. Das geht für mich nicht auf. Glaubst du wirklich, dass es in all den Jahren so unmöglich gewesen wäre, uns zu finden? Und plötzlich schreibt er dir auf Twitter?!? Und versetzt dich beim ersten Treffen, bei eurer ersten Wiederbegegnung nach so vielen Jahren?

Erinnerst du dich, was ich über den strahlenden Helden geschrieben habe? An meine Warnung?

SIE GILT HIER VIERFACH.

Ich kenne dich, Bea. Du hättest gerne, dass ich von dieser Wendung der Ereignisse vollkommen überwältigt bin. Ich weiß, dass du dir wünschst, dein Traum vom Retter würde wahr werden. Ich hab's kapiert. Voll und ganz. Das hast du dir immer schon gewünscht – jedes Mal, wenn bei uns so richtig die Scheiße am Dampfen war, hast du mir erzählt, er wäre irgendwo da draußen. Unser Vater, die unerreichbare Lichtgestalt. Weißt du, mir hat diese Geschichte immer gefallen, ich mochte sie ... aber es war für mich immer eine Geschichte. Vielleicht hat es damit zu tun, dass es dich schon gegeben hat, als er noch da war – er hat dich auf dem Arm gehalten, hat dich angesehen, während er mich niemals auf dem Arm gehalten, niemals angesehen hat. Jedenfalls habe ich nie so an ihn glauben können, wie du an ihn geglaubt hast. Und so ist es bis heute geblieben.

Ich verstehe, dass du auch seinen Teil der Geschichte hören willst. Aber bitte vergiss nicht: Es ist und bleibt eine Geschichte.

Tut mir echt leid. Warum kann ich mich nicht einfach für dich freuen? Für uns? Warum reagiere ich auf diese Nachricht nicht begeistert?

Die Drähte in meinem Gehirn laufen heiß. Das gebe ich gern zu. Denn wenn es stimmt, was er sagt – wenn es nicht sein Fehler war, wenn er die ganze Zeit irgendwo da draußen war –, bin ich mir nicht sicher, ob dadurch für uns irgendetwas besser wird. Es könnte sogar alles noch schlimmer machen. Für mich jedenfalls. Wir haben gemeinsam durchgestanden, was wir durchgestanden haben, weil wir keine andere Möglichkeit hatten. Wir hatten keine andere Wahl, Bea. Mir zu sagen, dass es die ganze

Zeit eine andere Möglichkeit gegeben hätte – das halte ich nicht aus. Das bringt mich um. Und führt dazu, dass ich ihn am liebsten auch umbringen würde. Denn ich kann nicht glauben – ich werde NIEMALS glauben können –, dass wir von ihm nicht hätten gefunden werden können.

Besser, ich lege mein Handy jetzt weg. Besser, ich lasse dich jetzt einfach machen, was du sowieso machen wirst. Ich bin total wütend auf dich, weil du mir nichts gesagt hast und weil du das jetzt ohne mich durchziehst. Ich habe das gleiche Recht wie du, ihn zu treffen, Bea. Ich weiß, dass du mich nicht ausgeschlossen hast, weil du mich verletzen oder mir eins auswischen wolltest. Ich weiß, dafür liebst du mich zu sehr, und du versuchst einfach nur, mit der Situation zurechtzukommen und das Beste daraus zu machen, genauso wie ich das tue. Trotzdem. Ich muss daran denken, was du über ihn gesagt hast – dass er dir Mut gemacht hat, dass er dir eine neue Freiheit geschenkt hat. Nicht vor etwas wegzulaufen, sondern auf etwas zu. Auf ein Ziel. Ein Zuhause. Wenn es ihn dafür gebraucht hat, um dich das alles erkennen zu lassen, dann super. Aber befreie dich nicht aus einer Falle, um in der nächsten zu landen.

Mir vorzustellen, dass du deinen eigenen Weg gehst, fällt mir leichter, als mir auszumalen, dass er dir dabei hilft. Warum ist das so? Ich weiß es nicht.

Was ich damit vermutlich sagen will: Lass ihn nicht mit allem so einfach durchkommen, bloß weil du dir sehnlich wünschst, dass er der Mensch ist, von dem du immer geträumt hast. Er hat nicht automatisch das Recht, sich unser Vater zu nennen, bloß weil wir einen Teil unserer Gene von ihm haben. Unser Vater zu sein ist etwas, das verdient werden muss.

Sorg dafür, dass er es sich verdient, Bea. Falls er es überhaupt wert ist.

Und wenn er es nicht wert ist, finde einen anderen Ort, der dein Zuhause werden kann. Bitte.

Und von wegen etwas verdienen – ich werde jetzt mal Joe zur Schnecke machen.

Betreff: ?
Von: Ezra <e89898989@ymail.com>
An: Bea <b98989898@ymail.com>
Datum: Mittwoch, 17. April, 08:35 EST

Ich schreibe dir während des Unterrichts. Ich kann das alles immer noch nicht fassen, das wollte ich dir nur noch mal sagen.

Betreff: ???
Von: Ezra <e89898989@ymail.com>
An: Bea <b98989898@ymail.com>
Datum: Mittwoch, 17. April, 08:37 EST

Außerdem möchte ich schreiend zu Mom rennen, um sie nach der Wahrheit zu fragen.

Betreff: Gerade noch mal die Kurve gekriegt
Von: Ezra <e89898989@ymail.com>
An: Bea <b98989898@ymail.com>
Datum: Mittwoch, 17. April, 12:10 EST

Meine große Redeschlacht mit Joe lief wie folgt ab.
Ich: Warum hast du mich gestern Abend ausgesperrt, Alter?
Joe: Hab ich doch gar nicht, Kumpel.
Ich: Na ja, als ich gestern von Terrence zurückgekommen bin, war die Tür abgeschlossen.
Joe: Muss meine Mom gewesen sein. Sie dreht immer nachts den Schlüssel um und konnte ja nicht wissen, dass du noch nicht zurück warst.
Ich: …
In dieser Pause überlege ich, ob ich ihn jetzt einen fiesen, kleinen Lügner nennen soll. Aber das würde bedeuten, dass ich zu Terrence ziehen muss. Und wenn es bei ihm irgendein Problem gäbe, dann hätte ich gar keine Zuflucht mehr. Außerdem bin ich mir nach gestern Abend nicht mehr sicher, ob Terrence es wirklich wollen würde. Also, er wäre sicherlich einverstanden und seine Eltern wären sicherlich auch einverstanden – aber nur für ein oder zwei Tage. Deshalb wäge ich alles gegeneinander ab und sage …
Ich: Ach, so war das. Der Akku von meinem Handy war leer, deshalb konnte ich dir keine Nachricht schicken. Das nächste Mal nehme ich besser einen Schlüssel mit.
Joe: Ja, gute Idee.
Also vermute ich mal, dass ich weiterhin einen Schlafplatz habe.

Betreff: Nur falls du glaubst, ich denke an andere Dinge ...
Von: Ezra <e89898989@ymail.com>
An: Bea <b98989898@ymail.com>
Datum: Mittwoch, 17. April, 20:35 EST

Wann triffst du dich am Freitag mit ihm?
   Ich sterbe hier vor lauter Aufregung.

Betreff: Ich treffe ihn …
Von: Bea <b98989898@ymail.com>
An: Ezra <e89898989@ymail.com>
Datum: Donnerstag, 18. April, 08:03 CST

… morgen Nachmittag um vier Uhr.

Betreff: Okay
Von: Bea <b98989898@ymail.com>
An: Ezra <e89898989@ymail.com>
Datum: Donnerstag, 18. April, 13:11 CST

Allmählich werde ich richtig nervös.

Ich verstehe, dass du total sauer auf mich bist, Ez. Aber glaub mir, ich hätte dich jetzt gern hier. Ich habe schon gar keine Fingernägel mehr, alles abgekaut.

Du hast bestimmt recht und das ist alles nur eine *Fantasie*, die ich mir in meinem blöden Gehirn zusammengebastelt habe. Was weiß ich schon von der Person, die mir geschrieben hat? Vielleicht handelt es sich ja um einen widerlichen alten Sack oder um eine gelangweilte Hausfrau. Aber was, wenn nicht?

Was, wenn er es wirklich ist?

Betreff: Fragen
Von: Bea <b98989898@ymail.com>
An: Ezra <e89898989@ymail.com>
Datum: Donnerstag, 18. April, 13:19 CST

Was ich alles schon lange von ihm wissen will:

- Warum hast du uns verlassen?
- War Mom immer schon so böse?
- Bist du wirklich so schlimm, wie Mom behauptet?
- Weißt du, dass jetzt Darren bei uns wohnt? Weißt du, wie er uns behandelt?
- Würdest du uns auch so behandeln, wenn du bei uns wohnen würdest?
- Wie warst du als Kind?
- Wolltest du überhaupt Kinder haben?
- Wovor hast du am meisten Angst?
- Was wolltest du immer schon können?
- Mit welchem Avenger identifizierst du dich am meisten?

Bitte lach jetzt nicht, aber die letzte Frage war für mich mit zehn extrem wichtig. Ich habe mir immer vorgestellt, was er darauf wohl antworten würde – und am liebsten wäre mir gewesen, wenn er darauf geantwortet hätte: »Mit Bruce Banner, aber nicht als Hulk, sondern als der nette, sehr menschliche Wissenschaftler, gespielt von Mark Ruffalo.« Steve Rogers hätte mir natürlich auch gefallen und Black Panther sowieso, aber man soll's ja nicht übertreiben.

Das sagte ich mir damals immer wieder: *Übertreib es nicht, Bea. Steck dir keine zu hohen Ziele. So wie Mom und Darren es uns beigebracht haben. Sei dankbar für das, was du hast.*

Als ich dann älter wurde, dachte ich: *Wenn ich irgendwann einmal die Möglichkeit haben sollte, ihn wiederzusehen, und ihm eine einzige Frage stellen könnte, wie würde sie dann lauten?*

Sie würde lauten:

Warum willst du nicht unser Vater sein?

Betreff: Mein großes Versprechen
Von: Bea <b98989898@ymail.com>
An: Ezra <e89898989@ymail.com>
Datum: Donnerstag, 18. April, 13:29 CST

Ich, Beatrix Ellen Ahern (falls das mein wirklicher Name ist), schwöre feierlich, dass ich Mystery Man nicht mit irgendetwas davonkommen lassen werde, nur weil ich eine sentimentale Idiotin bin, die ihren Vater zurückhaben will. Und nur weil alle anderen Elternteile, die wir gekannt haben, total beschissen waren.

Ich verspreche, dass er sich das Recht, unser Vater zu sein, erst verdienen muss.

Und wenn er sich dieses Recht nicht verdient, das schwöre ich, dann renne ich auf etwas anderes zu. Vielleicht eine Mauer aus Ziegelsteinen. Oder einen einfahrenden Zug. Aber so etwas muss es sein, denn wenn das mit unserem Vater nichts wird, habe ich nichts mehr. Dann bin ich nur noch eine Ausreißerin ohne Schulabschluss, die nicht weiß, wohin mit sich.

Betreff: Oder …
Von: Bea <b98989898@ymail.com>
An: Ezra <e89898989@ymail.com>
Datum: Donnerstag, 18. April, 13:35 CST

Wahrscheinlich könnte ich auch hierbleiben und Franco fragen, ob ich auf Dauer bei ihm arbeiten kann. Ich könnte für den Rest meines Lebens als Gegenleistung für ein warmes Essen und einen Schlafplatz Cracker und Olivenöl auspacken und Regale einräumen. Ich könnte mir ab und zu als Straßenmusikantin etwas Geld dazuverdienen und in der Stadtbücherei von St. Louis sämtliche Bücher lesen. Ich könnte hier alt werden, und eines Tages, nach vielen, vielen Jahren, würdet du und Terrence mich einmal besuchen kommen und du würdest denken: *Das war früher meine Schwester, aber jetzt ist sie ein sehr, sehr trauriger Mensch. Ich hätte sie fast nicht mehr wiedererkannt.* Aus Mitleid würdet ihr ein, zwei Stunden mit mir verbringen und danach irgendwohin chic essen gehen. (Ich empfehle dafür *Lorenzo*, obwohl ich dort noch nie war; aber Irene sagt, es schmeckt dort himmlisch.) Vielleicht würdet ihr mir danach etwas mitbringen – ein paar Grissini oder übrig gebliebene Ravioli –, und den Rest meines kurzen Lebens würde ich in Erinnerung an *den Tag, an dem mein Bruder mich besuchen kam*, verbringen.

Betreff: Bitte tu deiner Schwester, der Ausreißerin ohne Schulabschluss, diesen einen Gefallen
Von: Bea <b98989898@ymail.com>
An: Ezra <e89898989@ymail.com>
Datum: Donnerstag, 18. April, 13:41 CST

Ich weiß, dass ich diese Bombe gezündet habe, und ich weiß, dass du dich gerade fühlst, als würde dir der Boden unter den Füßen weggezogen, und es tut mir leid. Es tut mir wirklich sehr leid, Ez. Aber lass mich meinen Traum träumen. Noch diesen einen Tag.
    Wenn du mir etwas schreiben könntest, das mich aufmuntert und nicht total runtermacht, dann wäre das echt nett.

Alles Liebe,
Bea

Betreff: Re: Bitte tu deiner Schwester, der Ausreißerin ohne Schulabschluss, diesen einen Gefallen
Von: Ezra <e89898989@ymail.com>
An: Bea <b98989898@ymail.com>
Datum: Donnerstag, 18. April, 15:12 EST

Okay.

Hier kommt etwas, das du nicht weißt. Oder vielleicht etwas, das du weißt, worüber wir aber nie gesprochen haben.

Terrence war nicht der erste Junge, den ich geküsst habe. Meinen ersten Kuss hatte ich mit Jonny Pryor. Es war in der siebten Klasse. Ein paar von uns Jungs waren zu einer Pyjamaparty bei ihm eingeladen. Die anderen hatten Schlafsäcke dabei und wollten im Partykeller heimlich weiterfeiern und dort die ganze Nacht Xbox spielen. Jonny hat mir angeboten, bei ihm im Bett zu schlafen, und ich dachte, jepp, das klingt gemütlicher als ein Schlafsack, vor allem so einer, wie wir ihn hatten, der aussah, als wäre er für Schießübungen hergenommen worden.

Wir haben also unsere Schlafanzüge angezogen und sind ins Bett gegangen. Von Anfang an hatte ich das Gefühl, hier geschieht gerade etwas. Mit jeder Faser meines Körpers spürte ich seinen, und ich glaube, ihm ging es umgekehrt genauso. Wir sagten uns Gute Nacht und danach lagen wir stundenlang wach nebeneinander, jedenfalls fühlte es sich so an. Als das ganze Haus in Tiefschlaf versunken zu sein schien, fragte er mich schließlich, ob ich noch wach sei, und ich sagte, ja, ich sei noch wach.

»Ich kann dich nicht sehen – es ist so dunkel«, sagte er.

»Ich bin hier«, sagte ich.
»Wo?«, fragte er.
»Hier«, wiederholte ich. »Neben dir.«
Und er streckte die Hand aus, genau wie ich es gehofft hatte, und berührte meine Schulter.
»Oh, da bist du ja«, sagte er.
Ich berührte mit der Hand seine Schulter und sagte: »Und da bist du.«
Er strich mit der Hand meinen Arm entlang. Ich umfasste seinen Hals und zog ihn unmerklich immer näher zu mir heran.
Man kann etwas lange wissen, bevor man in der Lage ist, es in Worte zu fassen. Man kann etwas lange sagen wollen, bevor man es tatsächlich ausspricht. Irgendwann hatte sich in mir das Bild festgesetzt, wenn ich jemanden küssen würde, dann würde es ein Junge sein. Aber das war etwas vollkommen anderes, als es tatsächlich zu tun.
Er hat mich zuerst geküsst, aber ich habe ihn in den Kuss hineingezogen, deshalb zählt es vielleicht auch, wenn ich behaupte, ich hätte ihn zuerst geküsst. Anfangs berührten sich nur unsere Lippen, aber dann wurde daraus etwas, das unsere ganzen Körper einbezog. Später haben wir uns eng aneinandergeschmiegt und sind eingeschlafen. Als wir am Morgen aufwachten, hatten wir uns voneinander gelöst, und sein Blick machte mir sofort klar, dass wir darüber nie reden würden. Und dass es auch nie eine Fortsetzung geben würde. Er sprang aus dem Bett und lief die Treppe runter zu den anderen Jungs, die bereits wieder Xbox spielten. Zu mir rief er hoch, dass ich auch kommen sollte. Einen Moment lang wusste ich nicht, ob ich nicht alles geträumt hatte, aber als ich in den Partykeller kam und bemerkte, wie er meinem Blick auswich, wusste ich, dass es wirklich passiert war.

Ich hatte deswegen kein schlechtes Gewissen. Ich schämte mich nicht dafür. Mir war, als hätte ich für mich eine Bestätigung haben wollen. Und ich hatte sie bekommen. Jonny war sozusagen der Überbringer der Botschaft gewesen, aber die Botschaft war das Entscheidende.

Erst als ich am Nachmittag nach Hause ging, bekam ich es mit der Angst zu tun. Je näher ich zu unserem Haus kam, desto bedrohlicher wurde der Schatten von Mom und Darren. Ich hatte Angst, dass sie mir anmerken würden, was in der Nacht geschehen war, dass sie die besondere Ausstrahlung meines Körpers spüren würden. Ich war mir sicher, sie würden mich ihre Verurteilung in aller Härte spüren lassen – und nicht nur mein Schwulsein ablehnen, sondern vor allem auch, dass ich mir herausnahm, selbst über meine Sexualität zu bestimmen. Das würden sie als Trotz deuten. Als Ungehorsam. Sie würden es auf sich beziehen. Mit unschönen Folgen für mich.

Als ich vor der Haustür stand, hatte sich meine Angst zu Panik gesteigert. Wie absurd das alles war. Obwohl ich wusste, dass sie mich nicht liebten, fürchtete ich immer noch, dass sie mich weniger lieben könnten.

Ich bin rein und direkt hoch zu dir.

Als ich nicht mehr ein noch aus wusste, habe ich instinktiv den Weg zu dir gefunden. Als ich heldenhaft die Tür zu einer neuen Welt aufgestoßen hatte und mir danach überhaupt nicht mehr heldenhaft zumute war, sagte mir mein Gefühl, dass du mich davon abhalten würdest, aus lauter Feigheit und Dummheit die Tür zu dieser neuen Welt wieder zuzuschlagen.

Du hattest keine Lust auf Gesellschaft. Aus deinem Zimmer dröhnte ein uralter Song von den Smashing Pumpkins. Die Tür war zu. Als ich ohne zu klopfen zu dir rein bin, warst du total sauer.

»Was willst du?«, hast du mich angefahren und dabei nicht mal aufgeblickt.

»Kann ich einfach ein bisschen hier bei dir bleiben?«, fragte ich.

Vielleicht war es etwas in meiner Stimme. Jedenfalls hast du den Kopf gehoben und mich angeschaut.

Du hast mich angeschaut und gemerkt, dass da etwas in mir war, das ich nicht kontrollieren, nicht verbergen konnte. Irgendwie scheinst du gespürt zu haben, dass es besser war, mich nicht danach zu fragen. Irgendwie scheinst du gespürt zu haben, dass es das Beste war, mich bei dir bleiben zu lassen.

Es war nicht das erste Mal, dass ich für eine Sache noch nicht bereit war. Und es sollte auch nicht das letzte Mal sein. Aber was damals galt, gilt noch heute: So unsicher in meinem Leben alles war, konnte ich mir doch sicher sein, dass du für mich da sein würdest wie niemand sonst in meinem Leben.

Wir haben nie über diesen Nachmittag geredet. Vielleicht erinnerst du dich auch gar nicht daran, denn für dich war es ein Sonntag wie jeder andere. Aber für mich war es ein historischer Augenblick.

Schnitt. Zwei Jahre später. Ich begegne Terrence. Ich küsse Terrence. Es ist wie ein Wunder. Unglaublich. Ich renne zwar nicht nach Hause, um es dir sofort zu erzählen, aber es ist für mich sonnenklar, dass du die Erste sein wirst, der ich davon berichten werde, von der Begegnung mit diesem Jungen, den ich *wirklich* zu meinem Freund haben möchte. Denn eins weiß ich: dass ich dich für die guten Zeiten genauso brauche wie für die verwirrenden oder die schlechten Zeiten.

Was nicht heißt, dass ich in allem derselben Meinung bin wie du. Was nicht heißt, dass es mir gefällt, jetzt hier zu sein, während du dort bist.

Aber ich will damit sagen, dass du instinktiv immer für mich da warst, wenn es darauf ankam. Und wenn du auf irgendetwas auch jetzt vertrauen kannst, dann darauf. Dein Gespür für das, was richtig und wichtig ist.

Viel Glück, Bea.

Ez

Betreff: JONNY PRYOR?!!!!
Von: Bea <b98989898@ymail.com>
An: Ezra <e89898989@ymail.com>
Datum: Donnerstag, 18. April, 18:01 CST

Ich erinnere mich daran, wie du nach Hause gekommen bist. Ich erinnere mich an den Ausdruck auf deinem Gesicht. Ich erinnere mich an die Stimmung, in der ich war. Ich erinnere mich (Hilfe!) an die Smashing Pumpkins. Ich wusste nicht, was mit dir passiert war, nur dass mit dir etwas passiert war.

Ach, Ez. Im Rückblick wird mir klar, was für eine beschissene Schwester ich gewesen bin. Eine echt beschissene Schwester. Ich war immer so mit mir selbst beschäftigt, alles Leben spielte sich bei mir in meinem eigenen Kopf ab, und ich werde jetzt nicht mit einer Million Entschuldigungen anrücken, warum es so war, weil wir die Gründe beide kennen. In meinem vergangenen Leben, jedenfalls würde ich es gern so nennen, war ich so sehr damit beschäftigt, Schutzwälle zu errichten, um Mom und Darren von mir fernzuhalten, dass ich gar nicht bemerkt habe – bis zu diesem Augenblick hier, in dem ich am Computer eines netten alten fremden Mannes in einer fremden Stadt sitze und dir diese Mail schreibe –, wie das dazu geführt hat, dass ich alle anderen Menschen um mich herum auch von mir ferngehalten habe.

Ich wünschte, ich hätte dich damals gefragt, was der Ausdruck auf deinem Gesicht zu bedeuten hatte. Vielleicht wolltest du ja auch in Ruhe gelassen werden, nicht danach gefragt werden, vielleicht war es gerade das, was du gebraucht hast. Aber in letzter Zeit denke ich immer häufiger, dass wir in unserem Leben bisher viel zu einsam waren. Dass zu viele Menschen sich nicht weiter um uns gekümmert haben.

Danke, dass du der einzige Mensch auf der Welt bist, den ich wirklich mag. Ich liebe dich, Ez. Danke für deine Mail. Danke, dass du du bist.

Alles Liebe,
B

Betreff: Aber mal im Ernst, JONNY PRYOR?!!!!
Von: Bea <b98989898@ymail.com>
An: Ezra <e89898989@ymail.com>
Datum: Donnerstag, 18. April, 18:05 CST

Echt krass.

Betreff: Meinen ersten Kuss …
Von: Bea <b98989898@ymail.com>
An: Ezra <e89898989@ymail.com>
Datum: Donnerstag, 18. April, 18:43 CST

… hatte ich mit Tripp Dugan. Es war in der sechsten Klasse. Wir haben einen Schulausflug ins Kindermuseum gemacht und danach gab's für alle Picknick im Hayes Park. Alle regten sich darüber auf, dass das doch was für Babys sei, in ein *Kindermuseum* zu gehen, und ich habe in den Chor eingestimmt, obwohl ich insgeheim davon begeistert war. Ich LIEBTE es. Ich liebe dieses Museum immer noch. Alles wird dort so klar und einfach erklärt – »so funktioniert das« und »so ist das entstanden« und »hey, versuch's doch mal selbst«. Für mich war es einfach der schönste Ort, den ich mir vorstellen konnte. Ich war glücklich. Die Welt war plötzlich so unglaublich interessant. Alles hat dazu angeregt, Fragen zu stellen und neugierig zu sein. Nicht immer nur *Halt den Mund* und *Benimm dich* und *Frag nicht so dumm* und *Wer keine Ahnung hat, sollte die Klappe halten.*

Aber weil ich Angst hatte, nicht dazuzugehören, tat ich so, als wäre das Museum ein Ort für kleine Babys und als wäre ich total gelangweilt und viel zu erwachsen für so etwas.

Beim Picknick saß Tripp neben mir. Er sagte: »Das war voll ätzend, oder?«

Und ich sagte: »Kann man wohl sagen.« Und hasste mich gleichzeitig dafür, dass ich über einen Ort, den ich liebte, so etwas Fieses sagte. »Ich bin echt zu alt für solche Babysachen.«

»Ich auch.« Und dann presste er unter dem Picknicktisch seinen Oberschenkel gegen meinen, und zuerst dachte ich, es sei nur ein Versehen, aber er presste weiter und deshalb legte ich das Sandwich weg und tat so, als müsste ich gähnen, weil alles so langweilig war. Was er da gerade tat, eingeschlossen. Und die ganze Zeit klopfte mein Herz und ich dachte: OMEINGOTTOMEINGOTTOMEINGOTTOMEINGOTT.

Er sagte: »Weißt du, wofür ich alt genug bin?«

»Wofür denn?«

»Sex.«

Wundert mich, dass ich da nicht laut gelacht habe. Aber in diesem Moment fand ich es total aufregend.

Ich zuckte nur mit den Schultern, nach dem Motto: *Ach so, Sex, diese langweilige alte Sache.*

Er sagte: »Ich werde dich küssen.«

»Aha.«

»Willst du nicht, dass ich dich küsse?«

»Ist mir total egal, ob du's tust oder nicht.«

Da hat er mich angelächelt – erinnerst du dich an sein Lächeln? Damals, als er noch jünger war? Bevor er zu einem so fiesen Typen wurde? Er sagte: »Ich wette, du willst es.«

Dann nahm er das Bein weg, und ich dachte, damit hätte sich die Sache erledigt, ich hätte meine große Chance verpasst, und war halb erleichtert, halb traurig.

Auf der Fahrt zurück in die Schule ist es dann passiert. Ich hab mich ganz hinten ans Fenster gesetzt wie immer, weil ich allein sein wollte, und er ging auch nach hinten durch und stand eine Weile da, und dann hat er sich auf den Sitz neben mir fallen lassen. In dem Moment wusste ich, dass es passieren würde. Er presste seinen Oberschenkel wieder gegen meinen und so saßen wir eine Zeit lang da, und dann fragte er mich: »Was ist denn das?«

»Wo?«

»Da.« Er zeigte an mir vorbei aus dem Fenster und ich drehte den Kopf, um zu sehen, was er meinte, und weil ich nichts als Straße, Bäume und Autos erkennen konnte, drehte ich den Kopf wieder zurück und auf einmal war sein Gesicht dicht neben meinem. Und dann gab er mir auch schon einen Kuss.

Es dauerte nicht lang. Es war wirklich nur eine kurze Berührung unserer Lippen. Mit geschlossenem Mund. Die Zungen waren daran nicht beteiligt. Nur ein kurzer Druck und Gegendruck. Aber es fühlte sich bedeutungsschwer an und gigantisch und wie die größte Sache, die jemals einem Menschen passieren konnte.

Er hat es nicht noch einmal versucht, jedenfalls nicht bei mir. (Später habe ich herausgefunden, dass er so etwas wie ein Serienküsser war, und da ist bestimmt was dran, denn wie viele Mädchen hat er später geschwängert?) Aber von diesem Tag an fühlte ich mich, als würde ich ein wunderbares Geheimnis hüten und wäre dadurch irgendwie beschützt. Solange ich dieses Geheimnis mit mir herumtrug, konnte mir keiner wirklich etwas anhaben – Mom nicht und Darren nicht und auch nicht die fiese Mädchenclique an der Schule oder die Lehrerinnen und Lehrer, die ich nicht mochte, oder überhaupt die ganze Welt. Ich fühlte mich sicher und geborgen.

Du bist der Einzige, dem ich jemals von meinem ersten Kuss erzählt habe. Verglichen mit allen anderen wichtigen Dingen auf dieser Welt ist das nichts, das weiß ich, aber für mich ist dieser Kuss nicht nichts. Sondern etwas, das mir viel bedeutet. Und dir jetzt davon zu erzählen, ist das Mindeste, was ich dir schulde.

Ganz liebe Grüße,
Bea

Betreff: Gute Nacht
Von: Bea <b98989898@ymail.com>
An: Ezra <e89898989@ymail.com>
Datum: Donnerstag, 18. April, 19:07 CST

Franco braucht seinen Computer, deshalb melde ich mich jetzt für heute ab, kleiner Bruder. Danke, dass du mich so gut abgelenkt hast.
    Ich schreibe dir morgen wieder, nachdem ich ihn getroffen habe.
    O weh! Hilfe!
    Nachdem ich ihn getroffen habe.
    Ich fühle mich, als müsste ich gleich kotzen.
    Ich glaube, ich muss tatsächlich kotzen.
    Okay, bin wieder da. Ich musste gerade aufs Klo rennen und kotzen und der arme Franco fängt an, sich um mich Sorgen zu machen. Er sagt, seiner Schwester Dorothea sei auch dauernd übel gewesen – und später habe man herausgefunden, dass sie unter einem Darmparasiten litt. Ich meine, geht's noch? Das war das Letzte, was ich jetzt hören wollte.
    Trotzdem zur Abwechslung mal richtig nett, jemanden um mich zu haben, der sich wirklich Sorgen um mich macht. Noch jemand außer dir, will ich damit sagen. Ich arbeite für Franco im Laden und bin bei ihm ins Büro eingezogen. Es geht also aufwärts.
    Und eins will ich dir noch sagen: Egal, was morgen geschieht, wir werden es schaffen. Hörst du? Wir schaffen es. Du und ich.

Wir haben bereits so viel zusammen durchgestanden. Das hier ist nur eine Etappe von vielen.

Wir werden unser Leben meistern.

Alles Liebe,
Beatrix Ellen Ahern

Betreff: Wer solche Freunde hat …
Von: Ezra <e89898989@ymail.com>
An: Bea <b98989898@ymail.com>
Datum: Donnerstag, 18. April, 23:33 EST

Ich weiß, das ist dir keineswegs unbekannt, aber nur noch einmal fürs Protokoll: *Unsere Mutter ist ein sehr sonderbarer Mensch.* Nicht nur hat sie heute Abend ein weiteres Mal Joes Mutter angerufen und sie beschuldigt, einem Ausreißer Unterschlupf zu gewähren (natürlich nicht exakt ihre Worte), sie hat auch die Mutter von Terrence angerufen, was (laut Terrence) extrem peinlich war, denn ich war zwar bei ihnen als sein »besonders enger Freund« immer willkommen, Mom hat es jedoch so hingedreht, als hätten Terrence und seine Eltern mich zur Homosexualität angestiftet und wären deshalb für mein in jeder Hinsicht abweichendes Verhalten verantwortlich – ein Vorwurf, auf den Terrence' Mutter nicht wirklich vorbereitet war, um es mal harmlos auszudrücken. Nachdem sie aufgelegt hatte, hat sie Terrence in die Küche gerufen und ihn auf den Kopf zu gefragt, ob ich vorhätte, in sein Schlafzimmer einzuziehen, woraufhin er abwehrend »Nein, nein, nein, überhaupt nicht« gestottert habe.

Terrence hat mir das alles getextet und nach dem *Nein, nein, nein, überhaupt nicht* ein *Sorry* ☹ hinzugefügt.

Merkwürdigerweise hat Mom kein einziges Mal versucht, mich anzurufen. Sie hat bloß die anderen Mütter beschimpft und beschuldigt, vor allem die Mutter von Terrence. Damit war für sie die Sache erledigt.

Aber das ist nicht das Einzige, was ich dir unbedingt erzählen muss. Denn ich hatte heute Abend beschlossen, mal ein bisschen spionieren zu gehen. Den Privatdetektiv zu spielen. Um mehr darüber zu erfahren, wovor du eigentlich davongelaufen bist. Und es dürfte dich sehr interessieren, was ich dabei herausgefunden habe.

Wie du weißt, habe ich die letzten Tage mit Nonstop-Joe ziemlich viel Erfahrung gesammelt. Ich bin mir sicher, dass es bei ihm über dich nicht mehr viel Neues zu holen gibt. Aber da war immer noch dieses andere fehlende Puzzlestück: Sloane. Sie hat mich in der Schule weiterhin behandelt, als wäre ich Luft. Sogar nachdem Darren mit seiner Knarre herumgefuchtelt hatte – kein Wort. Nicht dass ich von ihr einen Glückwunsch oder sonst was erwartet hätte. Nur Anerkennung.

Aber sie hat mich gemieden. Sie hat mich definitiv gemieden.

Deshalb beschloss ich, dass es Zeit war, mich ihr in den Weg zu stellen.

Ich konnte Joe nicht darum bitten, mich hinzufahren; wenn ich es getan hätte, hätte er mich dort bestimmt nicht nur abgesetzt. Deshalb habe ich mich nach der Schule zu Fuß auf den Weg gemacht.

Es war für mich immer selbstverständlich, dass du mich so oft gefahren hast. Viel zu selbstverständlich. Denn inzwischen habe ich gemerkt, wie beruhigend es sein kann, zu Fuß zu gehen. Ich habe dann mehr Zeit nachzudenken und fühle mich nicht dauernd eingesperrt – in der Schule, zu Hause, im Auto. Mir wird jetzt erst klar, wie sehr ich mein Leben damit zugebracht habe, mich immer wegzuducken, an etwas vorbeizuhuschen – Mom in der Küche, Darren im Arbeitszimmer, alle beide im Schlafzimmer. Sich wegducken, sich verstecken. Möglichst nicht auffallen. Wenn das deine Grundhaltung zu Hause als Kind ist, kann dich das dein Leben lang prägen. Schnell an den anderen Häusern vorbeihuschen. Schnell durch die Schulflure huschen. Allen aus dem Weg gehen. Wenn du die anderen nicht weiter beachtest, dann beachten sie dich auch nicht.

Während ich an den Häusern vorbeigehe, frage ich mich, ob es vielleicht noch andere Familien wie unsere gibt. Also, ich meine, vielleicht ist ja alles offen sichtbar da, sind die angeblichen Geheimnisse gar nicht so gut versteckt, und es wird nur darauf vertraut, dass wir alle nicht so genau hinsehen. Ich muss immer wieder daran denken, was du über Jessica Wei gesagt hast. Warum hatte ich nicht bemerkt, was in ihrer Familie los war?

Es muss damit zu tun haben, dass ich immer an allem vorbeigehuscht bin. Oder?

Als ich vor dem Coffee Tree ankam, wurde mir klar, dass ich weniger über Häuser, Familien und das Vorbeihuschen hätte nachdenken sollen und mehr darüber, was ich zu Sloane sagen wollte. Wie erwartet stand sie hinter der Theke. Drinnen war es ziemlich leer, weil Starbucks einfach cooler ist und viel näher an unserer Schule liegt. An den Tischen saßen nur wenige Leute – ältere Menschen beim Zeitunglesen und ein paar Studenten, die ihre Utensilien ausgebreitet hatten, als wären sie in der Bibliothek.

Sloane hatte den Blick auf die Tür gerichtet, als ich reinkam, deshalb hat sie mich geradewegs auf sie zusteuern sehen. Sie guckte bereits vorher mürrisch drein, an mir kann es also nicht gelegen haben. Aber ich spürte förmlich, wie sie um sich herum eine Mauer des Schweigens hochzog, die nur einen kleinen Schlitz für Kaffeebestellungen frei ließ. Ihr Chef stand direkt hinter ihr – du weißt schon, Raymond, der dir immer ungefragt dein Horoskop erzählt, während Sloane an der Kaffeemaschine herumhantiert.

»Hallöchen!«, rief Raymond. »Wie immer?«

»Hey, Raymond«, sagte ich. »Einmal Medium, bitte. Und ich würde gern kurz mit Sloane reden.«

Sloanes mürrische Miene wurde noch mürrischer. Sie starrte mich an.

»Ich muss arbeiten«, sagte sie.

Raymond lachte auf. »Ich glaube, zehn Minuten kann ich schon mal auf dich verzichten, wenn dein Boyfriend hier so dringend mit dir reden muss.«

Ich sah, wie Sloane ihm am liebsten ein FUCK YOU ins Gesicht geschleudert hätte. Aber seit sie kurz vor Weihnachten bei Starbucks gefeuert worden ist, scheint sie kapiert zu haben, wie man mit seinem Boss besser nicht redet.

»Zwei Minuten reichen«, sagte sie. Die Schürze nahm sie erst gar nicht ab und stürmte zur Eingangstür hinaus.

Ich rannte ihr hinterher und hörte noch, wie Raymond rief: »Viel Glück, Alter! Deinen Kaffee mache ich dir, wenn ich weiß, dass du das überlebt hast.«

Sie wartete bei den Abfallcontainern neben dem Seiteneingang auf mich, wo es nach verfaulten Eiern stank, von Kaffeeduft keine Spur.

»Was willst du?«, fragte sie.

»Nur mit dir reden«, sagte ich.

»Dann rede.«

»Warum bist du so ekelhaft zu mir?«

»Ich bin überhaupt nichts zu dir. Ezra. Ich muss ja zum Glück nicht länger was mit dir zu tun haben. Warum sollte ich? Ich dachte, das hätte ich dir klargemacht.«

»Okay«, sagte ich. »In Ordnung. Aber ich werde nicht weggehen, bis du mir nicht erzählst, was zwischen dir und Bea vorgefallen ist.«

»Warum fragst du nicht deine Schwester?«, erwiderte sie. Und da hatte sie mich am Wickel, Bea. Sie merkte, wie ich nachdenken musste, bevor ich darauf antwortete. Deshalb fuhr sie fort: »Du hast mit ihr geredet, oder? Das ist wieder mal typisch.«

»Ich hab nicht mit ihr geredet«, entgegnete ich. »Und was soll daran typisch sein?«

Gut möglich, dass ich Verachtung und Mitleid in einem Gesicht nicht richtig unterscheiden kann, denn ich schwöre dir, Bea, ich hätte nicht sagen können, was in diesem Moment bei Sloane überwog.

»Deine Schwester ist ein Vampir, Ezra. Sie braucht immer einen Menschen, den sie aussaugen kann. Sie benutzt andere gern. Und weil sie die Macht über mich verloren hat und weil es ihr zu langweilig wurde, aus Joe alles Lebensblut auszusaugen ... bist nur du ihr noch geblieben. Ich weiß nicht, ob es dir aufgefallen ist, aber außer mir hatte sie keine anderen Freundinnen. Da fragt man sich doch, warum das so ist, oder?«

Obwohl ich wusste, dass du abgehauen bist, ohne sie in deine Pläne einzuweihen – und obwohl du mir erzählt hattest, dass du dir Sorgen um eure Freundschaft machst –, hätte ich nie erwartet, dass sie so kalt und hartherzig über dich reden würde. Sie war als Einzige bei uns zu Hause gewesen, sie war deine einzige Freundin, deine einzige Komplizin beim Gang durch unser tägliches Minenfeld, auch dann noch, als sie tatsächlich wusste, welche Minen da lauerten.

»Was ist passiert?«, fragte ich. »Ich dachte immer, ihr wärt wie Schwestern.«

Sloane seufzte. »Ähm, na ja – nicht alle Schwestern reden noch miteinander, wenn sie erwachsen sind. So ist das Leben.«

»Ich weiß, dass du stinksauer bist, weil sie ohne ein Wort zu sagen abgehauen ist. Ich bin auch total sauer auf sie. Aber –«

»Nein«, unterbrach mich Sloane. »Um wirklich sauer zu sein, hätte ich davon überrascht sein müssen. Aber es hat mich nicht überrascht.«

»Was willst du damit sagen?«

»Hör mal, ich bin nicht blöd. Ich spüre, wenn jemand was vor mir geheim hält. Und zwischen deiner Schwester und mir? Da war es früher so, dass ich nicht nur gespürt habe, wenn sie vor mir was geheim halten wollte, ich hab auch ziemlich schnell gewusst, was für ein Geheimnis das war. Zwischen uns passte früher kein Blatt Papier. Und plötzlich mauerte sie. Und was mich dabei am meisten verletzt hat, war, dass sie geglaubt hat, ich würde es nicht bemerken. Okay, dann sollte sie doch mauern. Ich hatte die Nase voll davon, dass alles immer nach ihren Regeln zu geschehen hatte. Und ehrlich gesagt, hatte ich auch die Nase voll davon, mit ansehen zu müssen, wie Joe auf sie reingefallen ist, obwohl er es nicht so sehen will.«

»Aber mit Joe redest du doch auch nicht mehr. Warum nicht?«

»Weil er mit mir immer nur über sie reden möchte. Aber ich hab genug von dem Thema. Von eurer beschissenen Familie. Sie hatte davon auch die Nase voll. Themenwechsel, ein für alle Mal. Und das würde ich dir auch empfehlen.«

»Ich bemühe mich ja«, sagte ich.

Als diese Worte aus meinem Mund kamen, fühlte ich mich wieder wie der lästige kleine Bruder von früher, die zehnjährige Heulsuse. Und ich habe tatsächlich angefangen zu heulen.

Damit bin ich zu ihr durchgedrungen. Nur für einen Moment.

»Ich weiß«, sagte sie. »Als ich mitgekriegt habe, dass du es geschafft hast, da rauszukommen, hab ich mich echt für dich gefreut, Ezra. Ich hab gedacht: *Es besteht also noch Hoffnung.* Aber ich kann dir nur raten, lass dich nicht von Bea genauso runterziehen, wie ich von ihr runtergezogen worden bin.«

»Was hat sie mit dir denn angestellt?«, fragte ich.

Aber Sloane schüttelte den Kopf. »Basta. Die zwei Minuten sind vorbei. Mehr kriegst du aus mir nicht raus. Ich würde dir ja gern empfehlen, sie zu fragen, aber du wirst nichts als Lügen zu hören bekommen. So ist das bei ihr. Und jetzt lass mich – ich will von dir nicht wieder in diese ganze Scheiße hineingezogen werden. Lass mich in Frieden. Ich will einfach meine Ruhe haben, okay?«

(Das waren genau ihre Worte: *Lass mich in Frieden.* Erst auf dem Rückweg dachte ich: *Wir sagen das alle so oft, aber wer, verdammt noch mal, will wirklich in Frieden gelassen werden, jetzt mal im Ernst? Das klingt doch wie im Grab.*)

Ich suchte nach einer Antwort. Ich wollte an irgendetwas in ihr appellieren, das sie dazu bringen würde, noch länger mit mir zu reden. Gleichzeitig wurde mir klar, wenn sie mit dir durch war, dann war sie mit mir erst recht durch.

»Komm bloß nicht mehr mit rein.« Sie strich ihre Schürze glatt. »Ich werde Raymond sagen, dass du deine Bestellung gecancelt hast. Wenn du einen Kaffee willst, geh ins verdammte Starbucks oder such dir eine Zeit aus, in der ich nicht hier bin.«

Das war's. Ich kann nicht sagen, dass es mir viel weitergeholfen hat. Ich weiß jetzt, dass sie sehr wütend ist und dass irgendwas zwischen euch mächtig schiefgelaufen ist. Aber was genau und warum, weiß ich immer noch nicht.

Und was ihre Warnung vor dir angeht – na ja, ich hab's dir hiermit erzählt.

Ich fühle mich hier wie in einem Spinnennetz gefangen. Ich bin rechtzeitig zum Abendessen mit Joe und seinen Eltern nach

Hause gekommen und kurz darauf hat Mom angerufen, und dann hat Terrence mir geschrieben, dass Mom bei ihnen auch angerufen hat. Danach habe ich mit Joe zwei Stunden lang Videospiele gespielt und anschließend in viel kürzerer Zeit meine Hausaufgaben gemacht und jetzt schlafen alle und ich sitze unten im Wohnzimmer, und einer der Gründe, warum ich an alle diese Dinge gleichzeitig denke, ist bestimmt, dass ich nicht zu viel daran denken will, dass du morgen möglicherweise unseren Vater triffst. Ich weiß, dass du sehr stark darauf hoffst, ihn morgen wirklich zu treffen, und mich hast du inzwischen auch dazu gebracht zu hoffen, dass es so sein wird – und sei es nur, damit wir Antworten auf unsere vielen Fragen bekommen, Bea, selbst wenn es nur halbe Antworten sind oder Antworten, die sich als Lügen herausstellen, mit denen wir nichts anfangen können.

Und darum jetzt noch einmal viel Glück! Halte mich auf dem Laufenden.

Ich liebe dich,
Ez

PS: Von Sloane kann man das sicherlich nicht mehr behaupten.

Betreff: Sloane
Von: Bea <b98989898@ymail.com>
An: Ezra <e89898989@ymail.com>
Datum: Donnerstag, 18. April, 22:57 CST

Typisch Sloane.
Franco ist nach Hause gegangen, und ich habe mich wieder an den Computer gesetzt, um zu sehen, ob mein kleiner Bruder mir vielleicht noch einmal schreibt, bevor ich mich für heute Abend endgültig abmelde. Denn wie du weißt, sehe ich morgen nach fünfzehn Jahren unseren Vater wieder und meine Fingernägel sind bis zum Fleisch abgekaut und kotzen musste ich auch schon wieder und ich sollte versuchen, wenigstens ein paar Stunden zu schlafen.
Ich werde dir kurz eine Szene schildern, Ez, weil du dann am besten verstehst, was ich meine.
Die Rolle der besten Freundin wird von Sloane gespielt. Joe ist der jugendliche Liebhaber. Der Schurke bin natürlich ich.
Zeit der Handlung: Dezember letzten Jahres. Ort der Handlung: die Weihnachtsparty von Bradley Hoyt. Du weißt, wie sehr ich Partys liebe – vor allem Highschoolpartys –, und mit *lieben* meine ich, dass ich alles daran hasse. Aber die beste Freundin hatte zu mir gesagt: *Komm schon, Bea, nur dieses eine Mal, du hast nie Lust auf irgendwas, worauf ich Lust habe, immer bist du in deiner eigenen Welt, immer nur mit dir selbst beschäftigt, immer nur du, du, du, tu einmal was für mich und geh mit auf diese verdammte Party.* Und immer so weiter und immer so weiter, bis ich be-

schlossen habe, ihr den Gefallen zu tun, denn ich konnte es mir nicht leisten, Sloane auch noch zu verlieren. So weit klar, oder? Und so bin ich zu dieser verdammten Party gegangen.

Allerdings war ich etwas zu spät dran, weil Darren an dem Abend beschlossen hatte, alle Geschenke unter dem Weihnachtsbaum einzukassieren und vors Haus zu befördern. Du erinnerst dich an das große Weihnachtsgeschenkevernichten letztes Jahr. Nicht dass es viele Geschenke gewesen wären, aber musste er wirklich über alle mit dem Auto drüberfahren?

Ich war nicht gerade in Partystimmung, aber du warst bei Terrence, Sloane und Joe waren auf der Party und zu Hause bleiben war das Allerletzte, was ich wollte.

Und so habe ich mich zu Fuß auf den Weg dorthin gemacht. Weil, wie du weißt, gehen manchmal das Einzige ist, was hilft. Als ich schließlich auf der Party aufgekreuzt bin, war die beste Freundin nirgendwo zu sehen. Und der jugendliche Liebhaber auch nicht. Aber ich war den ganzen Weg zu Fuß gelaufen und nach Hause zurück wollte ich nicht. Warum auch? Um Mom dabei zuzusehen, wie sie die Geschenkpapiere und -bänder aufsammelte, die über den Rasen geweht wurden? Wie sie die Unordnung in der Einfahrt beseitigte?

Deshalb bin ich geblieben und hab mir einen Drink geholt und mit Bradley Hoyts idiotischen Freunden geplappert. Ich stand auf der Party herum wie ein ganz normaler, gewöhnlicher Mensch mit einem ganz normalen, gewöhnlichen Leben – jemand, dessen Geschenke heil ausgepackt unter dem Weihnachtsbaum und nicht zertrümmert auf dem Asphalt lagen – und ich dachte: *Geht ganz leicht. Sollte ich öfter machen.*

Ich tat so, als sei ich, Bea Ahern, ein ganz normales Mädchen. Ich lachte und quasselte mir die Seele aus dem Leib und bemerkte, wie Bradley und seine Freunde alle ganz überrascht waren. So als sei ich ein Tier, von dem sie bisher geglaubt hatten, es sei unfähig zu normaler menschlicher Konversation. Du hättest mich erleben sollen.

Irgendwann machte ich mich auf die Suche nach der Toilette und da fand ich die beiden. Die beste Freundin und den jugendlichen Liebhaber. Sie waren in dem kleinen Zimmer, in dem Bradleys Eltern ihr Workout-Equipment aufbewahren, das sie nie benutzen. Die beste Freundin thronte auf einem Hometrainer und der jugendliche Liebhaber saß ihr zu Füßen. Allerdings taten sie nicht, was man von ihnen vielleicht erwarten würde. Sie frönten keiner unerlaubten Leidenschaft. Ich habe sie nicht *in flagranti* erwischt. Auch nicht beim Küssen. Ich erwischte sie dabei, wie sie über mich geredet haben. Darüber, wie egoistisch ich bin. Darüber, dass ich immer alle Menschen verletze und enttäusche. Darüber, dass ich sage, wir treffen uns auf der Party, und dann tauche ich nicht auf. Dass ich sage, ich liebe dich für immer und ewig, aber dann will ich Schluss machen. Dass ich sogar dann eine Lügnerin bin, wenn ich die Wahrheit über mein familiäres Minenfeld sage, weil ich nämlich die mieseste aller Freundinnen bin, die einfach immer, immer, immer nur an sich denkt und nie auch nur die Möglichkeit in Erwägung zieht, dass andere Menschen vielleicht auch Probleme haben. Das Minenfeld bei mir sei natürlich schlimm, trotzdem sei ich ja wohl nicht der einzige Mensch auf der Welt, der mit so etwas kämpft. Die beste Freundin muss es ja auch. Der jugendliche Liebhaber auch. Vielleicht nicht dasselbe Minenfeld, vielleicht nicht mit derselben Explosivkraft. Aber hindert sie das daran, für andere da zu sein? Nein. Hindert sie das daran, rechtzeitig zu einer Party zu kommen? Nein.

Und dann haben sie sich geküsst, was echt total abgeschmackt ist. Und soweit ich das durch den Türspalt erkennen konnte, war es ein sehr schlabberiger Kuss, wie zwei Hunde, die sich gegenseitig das Gesicht ablecken. Aber das hat mich nicht mal so sehr gekränkt. Dieser idiotische Kuss war mir total egal. Was mich unglaublich gekränkt hat, war, dass die beiden Menschen, die mir – neben dir – am wichtigsten waren, so über mich hergezogen sind. Dass sie sich darüber unterhalten haben, wie scheiße ich bin. Es war nämlich echt nett, eine Zeit lang mal dran zu glauben, dass in der ganzen Welt noch jemand anders als du, mein Bruder, der Meinung war, ich sei gar kein so übles menschliches Wesen.

Dann habe ich die Party verlassen. Jedenfalls bin ich raus. In die Nacht. In die Kälte. Weil ich nicht nach Hause gehen wollte, hab ich eine Weile im Garten gehockt. Kann es sein, dass ich dir da eine Nachricht geschrieben habe? Hab ich das? Ich erinnere mich nicht mehr. Jedenfalls hatte ich es vor.

Ich saß da.

Und saß da.

Und saß da.

Und wartete, aber ich wusste nicht worauf. Vielleicht darauf, dass die Zeit verging und dass ich nach Hause gehen könnte und dann wäre dort alles anders, die Geschenke würden wie durch Zauberhand wieder unter dem Baum liegen und Mom würde sagen: »Da bist du ja. Wir haben uns Sorgen um dich gemacht. Komm rein, es ist kalt draußen, ich hole dir was Heißes zum Trinken.« So wie sie es manchmal gemacht hat, als wir noch klein waren, damals vor Darren.

Ich war immer noch dort, draußen vor dem Haus der Bradleys, als es passierte. Die Sache, die später für so viel Aufregung gesorgt hat. Sloane knutschte nämlich auf der Party mit Reggie Tan und Reggie hat dann an der Schule damit angegeben, er hätte ihr sein Ding reingesteckt, was Sloane aber nie freiwillig mit sich hätte machen lassen, das weiß ich ganz genau, denn sie will mit Sex noch bis zum College warten. Die Geschichte wirft Sloane mir jetzt am meisten vor. Wenn ich da gewesen wäre, sagt sie, wäre das nicht passiert, weil sie dann nämlich nichts getrunken hätte, jedenfalls nicht so viel, und sie wäre nicht so wütend gewesen und hätte auf der Party einfach nur eine gute Zeit gehabt. Aber weil ich nicht aufgekreuzt war, habe sie sich einsam und verlassen gefühlt. Wieder mal war ich schuld.

Ich lüge nicht. Du kannst mir glauben, wenn ich dir etwas vorlügen wollte, hätte ich mir eine bessere Geschichte ausgedacht.

Die Wahrheit ist immer trauriger als eine Lüge. Mickriger und trauriger und viel komplizierter. So wie das wirkliche Leben, verglichen mit einem Roman. So wie wir selber.

Mickrig, traurig, das sind wir.

Und jetzt geh ich ins Bett. Du kannst Sloane glauben oder mir, Ez, das ist mir völlig egal.

Ist es mir natürlich nicht. Es ist mir nicht egal. Ich bin jetzt nur zu müde, um zu versuchen, dich wieder auf meine Seite zu ziehen.

Alles Liebe,
Bea

Betreff: DER MORGEN
Von: Bea <b98989898@ymail.com>
An: Ezra <e89898989@ymail.com>
Datum: Freitag, 19. April, 08:29 CST

Um fünf Uhr war ich hellwach. Nachdem ich eine Weile an die Decke gestarrt und auf den Fingerkuppen herumgekaut hatte (dort, wo früher mal meine Fingernägel waren), bin ich schließlich aufgestanden und habe mich fertig gemacht. Ich habe sogar Make-up aufgetragen und versucht, irgendwas mit meinen Haaren anzustellen, und dann bin ich raus in den Laden.

Ich habe Waren ausgepackt und mit Preisen versehen, zuerst das Olivenöl, dann die Tapenade, dann die Cracker, dann die Oliven. Jede Flasche, jedes Glas, jede Packung war wunderbar. Ich bin damit so zärtlich und vorsichtig umgegangen wie mit Diamanten. Die meisten kamen von weit her. Ich schloss die Augen und stellte mir vor, wie es wäre, in einem der Pakete von Italien bis nach New York zu reisen. Ich stellte mir vor, wie es wäre, an einem Ort voller Leben und Lärm und Farben und Elektrizität ausgepackt zu werden, inmitten fremder Menschen, die nichts von mir und meinem bisherigen Leben wissen. Ich sortierte die Konservendosen und Flaschen und Packungen Stück für Stück an die richtigen Plätze in den Regalen ein und dachte daran, wie weit sie gereist waren, um schließlich hier ihren Bestimmungsort zu finden, genauso wie ich. Es war ein sehr stiller, nachdenklicher Augenblick, Ez. Du wärst stolz auf mich gewesen.

Dann habe ich den Besen genommen und den ganzen Laden gefegt, bis in alle Ecken, und die ganze Zeit habe ich mir dabei vorgestellt, ich würde mein altes Leben wegfegen. Ich habe gefegt und gefegt, und danach bin ich auf den Knien herumgerutscht und habe alles feucht gewischt – fort mit Mom, Darren, Sloane, der alten Bea –, bis die Holzdielen sauber geglänzt haben.

Irgendwann wurde in der Ladentür der Schlüssel umgedreht und Franco kam herein. Er hat mich, die Regale, den Boden angeschaut und genickt. Dann hat er eine weiße Papiertüte hochgehalten und gesagt: »Jetzt frühstücken wir erst mal.«

Wir setzten uns auf die Hocker hinter dem langen Holztresen und aßen Donuts, ganz frisch und noch warm aus der Bäckerei. Franco ließ die Blicke durch den Laden wandern und nahm alles in sich auf, die fein säuberlich eingeräumten Regale, den glänzenden Boden, wie alles im Morgenlicht strahlte. Du weißt, dass ich ein ziemlich unordentlicher (okay, schlampiger) Mensch bin, Ez. Aber du weißt auch, dass Aufräumen mir immer schon dabei geholfen hat, den Kopf klar zu kriegen. Und das hier war meine beste Aktion überhaupt. Ich habe mich damit bei Franco und Irene bedankt, dass sie mir vertraut und mich bei sich aufgenommen haben. Ohne darum groß Worte zu machen, was Franco nur in Verlegenheit gebracht hätte.

Ich verdrückte mehrere Donuts hintereinander. Schließlich nickte Franco anerkennend, nachdem er ein letztes Mal die Regale und den Boden gemustert hatte. Er schaute mich an und sagte: »Sehr schön.« Kurz, aber freundlich.

Den Rest des Frühstücks verbrachten wir schweigend. Und es war wirklich sehr schön. Alles.

Was auch immer heute geschehen mag, Ez, ich liebe dich auch.

Betreff: NACHMITTAGS
Von: Ezra <e89898989@ymail.com>
An: Bea <b98989898@ymail.com>
Datum: Freitag, 19. April, 15:49 EST

Keine Ahnung, wie ich Joe jetzt gegenübertreten soll, ohne ihm ein blaues Auge zu verpassen. Oder ihm in die Eier zu treten.
 Aber nicht, dass du dir darüber jetzt Gedanken machen müsstest. Oder über irgendetwas anderes von dem, was ich jetzt schreibe. Ich erzähle es dir vor allem, um den Kopf frei zu kriegen. Denn natürlich habe ich nicht vergessen, dass du das nächste Mal, wenn du mir schreibst, Neuigkeiten von unserem Vater zu berichten haben wirst. Oder auch nicht. Je nachdem, ob er aufkreuzt oder nicht.
 Aber mal abgesehen von dem ganzen Scheiß, den du mir zu Joe und Sloane vor die Füße gekippt hast, gibt es da etwas, was Sloane gesagt hat, das mich seit gestern beschäftigt – die Sache, die ich aus dem Kopf kriegen möchte. Den ganzen Tag habe ich heute in der Schule nämlich immer nur eins denken können:
 Warum habe ich nicht mehr Freunde?
 Also, ich meine, ich bin ja kein totaler Einzelgänger. Ich habe Terrence. Mit ihm rede ich die ganze Zeit. Und außer ihm habe ich noch –
 Was ich sagen will, ist, wenn ich die Menschen aufzähle, mit denen ich wirklich rede, nicht nur Leute, mit denen ich in der Cafeteria zusammenhocke, dann gibt es da Terrence und dann gibt es da noch –

Meine guten Freunde ...
Scheiße.
Ich gehe durch die Schulflure und sehe die vertrauten Gesichter, aber dann frage ich mich plötzlich, wie gut ich die anderen wirklich kenne. Die anderen in meinem Jahrgang. Wie viel ich über sie und ihr Leben weiß. Es ist ja nicht so, dass ich nicht die Augen offen halte. Ich weiß, wer mit wem zusammen ist. Ich weiß, wer im Unterricht ständig seine Weisheiten zum Besten gibt und wer nie etwas sagt. Ich weiß, wer von welchem Lehrer gern aufgerufen wird und wer in Sport zuerst in eine Mannschaft gewählt wird. Und ich weiß auch, wer normalerweise mit wem an welchem Tisch in der Cafeteria sitzt.

Aber das kann man nicht Freundschaft nennen.

Und erst recht nicht, wenn ich mich frage, wie viel die anderen eigentlich von mir wissen.

Was mich zu der Frage führt:

Haben sich die anderen all die Jahre vor mir versteckt? Oder habe ich mich all die Jahre vor ihnen versteckt?

Ich habe nicht einmal das Gefühl, dass ich sie angelogen habe. Ich habe nur um mich herum so viel Distanz geschaffen, dass mich keiner jemals nach der Wahrheit fragen konnte.

Terrence hat jede Menge Freunde. Freunde aus der Kirchengemeinde. Kindergartenfreunde. Schulfreunde. Sportvereinsfreunde. Und keiner von ihnen scheint etwas dagegen zu haben, wenn ich auch dabei bin. Aber es geht nie über Fünf-Minuten-Gespräche im Schulflur oder gemeinsame Wochenendunternehmungen hinaus, ich bin nie mit einem von ihnen allein, bin mit ihnen nie als ich, Ezra, sondern nur als Anhängsel von Terrence zusammen.

Ich sehe keinen Weg, darüber mit Terrence zu reden, ohne dass er sich noch weiter von mir entfernt. Es ist so schon schwierig genug, weil Mom diesen unsäglichen Anruf bei seiner Mutter gemacht hat und seine Eltern mir jetzt nicht mehr über den Weg trauen. (Natürlich drückt er das anders aus.) Er sagt ununterbrochen so Sachen wie »Das stehen wir gemeinsam durch« oder »Wenn du willst, rede ich mal mit ihnen« oder »Du wirst immer mein Freund sein, egal was sie sagen«. Das ist echt süß von ihm. Ich weiß, dass er es nur nett meint. Aber für mich fühlt es sich an, als würde er eine Fahnenstange hochhalten, auf der keine Fahne mehr gehisst ist, und ich stehe daneben, als würde mich das alles nicht mehr betreffen, und die Fahne steckt mir wie ein Knebel im Mund.

Während ich darüber nachdenke, wie ich es überhaupt geschafft habe, fünfzehn Jahre alt zu werden, ohne dass mir dabei fünfzehn Freunde geholfen haben, sehe ich Jessica Wei vor ihrem Spind stehen und darin vor der Mittagspause ihre Bücher verstauen. Und ich denke: *Jetzt kannst du gleich mal beweisen, dass du dich nicht versteckst. Geh auf sie zu, rede mit ihr!*

Sie verhält sich nicht, als wäre es ungewöhnlich, dass ich in ihrer Nähe herumlungere. Im Gegenteil, sie verhält sich, als hätte sie darauf gewartet, dass ich mich zu ihr stelle.

»Wie läuft's bei dir so?«, frage ich.

»Nicht schlecht.« Sie schließt ihren Spind ab und schaut mich an. »Die Frage ist: Wie geht's dir?«

»Bei mir ist das totale Chaos«, sage ich. »Ich weiß nicht, wo ich hinsoll. Und ganz ehrlich, das fühlt sich beschissen an.«

Und Jessica, die mich eigentlich überhaupt nicht kennt, sagt: »Fuck. Ich hab mir schon gedacht, dass es bei dir ganz schön übel aussieht. Aber mir war gar nicht klar, dass du mehr oder weniger obdachlos bist.«

Meine erste Reaktion ist, dagegen zu protestieren. Ihr zu entgegnen, nein, nein, nein, nein, nein – ein Obdachloser ist ein alter Mann, der seit Wochen nicht mehr geduscht hat und einen

Einkaufswagen mit leeren Flaschen vor sich herschiebt. Obdachlos ist eine Familie, deren Haus von einem Tornado verwüstet wurde. Obdachlos sind queere Teenager, die wegen ihrer sexuellen Orientierung von ihren Eltern verstoßen wurden und in einer Obdachlosenunterkunft, unter einer Brücke oder in einem Auto leben müssen.

Ich bin nicht obdachlos, sage ich zu mir selbst.

Und dann frage ich mich: *Aber was bin ich dann? Wo habe ich denn ein Zuhause?*

Und mir wird bewusst, dass ich es wirklich bin: obdachlos.

Jahrelang hatte ich kein Zuhause, in dem ich mich sicher und geborgen fühlte.

Jetzt habe ich gar kein Zuhause mehr.

Jessica gibt mir nicht das Gefühl, als wäre es sonderbar, dass ich eine Weile geistesabwesend bin, während sie neben mir steht. Als ich aus meinem gedankenverlorenen Zustand auftauche, will ich mich bei ihr entschuldigen. Aber sie sagt, nein, das müsste ich nicht. Kein Problem.

Dumm ist nur, dass in diesem Moment Serena auftaucht und fragt, wo Jessica denn bleibt. Warum sie so lange braucht. Serena fragt das, während ich neben Jessica stehe. Es ist sonnenklar, dass ich der Grund dafür bin.

Ich bin kindisch genug, mir zu wünschen, Jessica würde zu Serena sagen, sie soll uns allein lassen. Aber Serena ist eine gute Freundin von Jessica. Vielleicht ihre beste Freundin. Ich dagegen bin für sie niemand. Was kann ich da erwarten?

Jessica sagt, dass sie gleich kommen wird, und Serena zieht zufrieden in Richtung Cafeteria ab.

Dann dreht Jessica sich zu mir und sagt: »Komm doch mit. Setz dich in der Cafeteria zu uns.«

Ich schüttele den Kopf und sage, das könne ich leider nicht.

Sie fragt mich, warum. Und ich sage: »Mit dir allein würde ich ja.« Als ich merke, wie komisch das klingt, füge ich hinzu: »Das geht jetzt nicht gegen Serena und deine anderen Freundinnen. Sie sind okay. Aber ich kann zu ihnen nicht dieselben Dinge sagen, die ich zu dir sagen kann. Also, nicht dass du dich in irgendeiner Weise verpflichtet fühlen müsstest, dir meine Sachen anzuhören. Ich meine, ich bin für dich ja ein Fremder. Oder jedenfalls fast. Ich meine, wir sind ja nicht wirklich Freunde. Und ist doch klar, dass du mit deinen Freundinnen zusammen sein willst.«

Ich sag dir, Bea, mein Herumgedruckse war jämmerlich. Als hätte ich vergessen, wie menschliche Wesen sich in Gegenwart von anderen verhalten.

Doch statt vor mir die Flucht zu ergreifen, sagt Jessica: »Nein, nein, ich versteh dich. Ehrlich, wenn ich könnte, würde ich jetzt auch lieber mit dir reden. Aber wir müssen was für die sechste Stunde vorbereiten und sind damit noch lange nicht durch, da kann ich sie jetzt nicht hängen lassen. Wie wär's, wenn wir morgen nach der Schule einen Kaffee trinken gehen? Nur wir beide.«

»Gern«, sage ich und versuche meine Enttäuschung zu verbergen. Jetzt hätte ich eine Freundin oder einen Freund gebraucht, nicht morgen Nachmittag.

Obwohl das ziemlich idiotisch ist. Denn was hätte ich zu ihr sagen wollen? *Hey, du kennst mich zwar kaum, aber ich bin gerade am Durchdrehen, was auch damit zu tun hat, dass meine Schwester, die vor ein paar Wochen verschwunden ist, in ein paar Stunden möglicherweise unseren verschwundenen Vater trifft, deshalb ist es für mich gerade so, als würde sich etwas ganz Entscheidendes in meinem Leben Tausende Kilometer entfernt abspielen, ohne dass ich daran beteiligt bin.*

Nein, das könnte ich nicht.

Der einzige Mensch, zu dem ich so etwas sagen kann, bist du.
Deshalb habe ich es dir jetzt hier geschrieben.
Mein Leben?
Steht still, bis ich wieder von dir höre.
Inzwischen ist es mir vollkommen egal, wie die Sache ausgeht.
Ich will nur, dass es vorbei ist. Damit wir wissen, woran wir sind, und uns überlegen können, wie wir damit umgehen.

Viel Glück,
Ezra

Betreff: Hallo
Von: LONDON WOOSTER <l89989889@ymail.com>
An: Ezra <e89898989@ymail.com>
Datum: Freitag, 19. April, 20:03 CST

Lieber Ezra Ahern,

mein Name ist London Jonathan Calvin Wooster. Ich bin vierzehn Jahre alt (fast fünfzehn!) und Bea hat mir gesagt, dass ich dir diese Mail schreiben soll. Ich bin derjenige, der sie kontaktiert hat. Ich bin schuld daran, dass sie zwei Monate vor ihrem Schulabschluss von zu Hause weggelaufen ist. Ich bin schuld daran, dass du euer Haus angezündet hast und bei einem Freund unterkommen musstest. Ich habe ihr die Textnachrichten geschrieben und sie gebeten, hierherzukommen. Ich habe gehofft, sie würde dich auch mitbringen. Ich bin dein Bruder.
    Es tut mir leid.

Mit freundlichen Grüßen
London Wooster

Betreff: Noch mal hallo
Von: LONDON WOOSTER <l89989889@ymail.com>
An: Ezra <e89898989@ymail.com>
Datum: Freitag, 19. April, 21:21 CST

Lieber Ezra Ahern,

ich bin's noch mal, London Wooster. Ich weiß, du kennst mich nicht, und es tut mir leid, wenn ich dich in die Scheiße geritten habe. Und auch dass da plötzlich für euch so was wie eine Bombe explodiert ist. Aber ich glaube, es ist am besten, wenn ich versuche, es dir zu erklären. Dann kommen wir aus dieser Katastrophe vielleicht gemeinsam wieder raus.
    Ich bin dein Bruder. Technisch gesprochen dein Halbbruder. Überraschung! Ich schreibe dir, weil Bea verschwunden ist und ich nicht weiß, wo sie ist und ob ich sie jemals wiedersehe oder noch mal von ihr höre, und weil es ein paar Dinge gibt, die du wissen solltest.
    Was ich zu sagen habe, lässt sich nicht auf eine gute Weise sagen. Ich versuche mir vorzustellen, wie ich mich fühlen würde, wenn ich eine solche Mail von jemandem bekommen würde, den ich nicht kenne. Wahrscheinlich würde ich mir denken: *Fuck you*, und vielleicht würde ich gar nicht weiterlesen. Andererseits weiß ich, dass ich neugierig bin, deshalb würde ich wahrscheinlich doch weiterlesen.
    Ich hoffe, dass du auch weiterliest. Das ist das Schwierigste, was ich jemals getan habe. Wofür ich am meisten Mut brauche.

Dir zu schreiben, meine ich. Das Dümmste, was ich jemals getan habe, ist das:

Ich habe vor ein paar Monaten Bea geschrieben und dabei so getan, als wäre ich unser Vater.

Es hat eine Weile gedauert, bis sie mir geantwortet hat, aber sie hat geantwortet und danach haben wir uns regelmäßig geschrieben. Ich konnte es gar nicht fassen! Irgendwann habe ich ihr erzählt, dass ich bald sterben würde. Natürlich nicht wirklich ich, sondern ich in meiner Rolle als Dad. Ich habe mir das nicht vorher ausgedacht, es ist einfach so passiert. Ich habe so geschrieben, als wäre ich Dad. Und bevor ich es wieder löschen konnte, hatte ich schon auf Senden gedrückt. Und dann hat sie geschrieben, dass sie sich nach St. Louis aufmachen würde, um mich noch einmal zu sehen. Bevor es zu spät ist. Und ich habe nichts getan, um sie davon abzuhalten. Ich hätte ihr schreiben können, dass ich bereits im Sterben lag und dass ich sehr schwach war, dass ich keinen Besuch bekommen dürfte, solche Sachen. Aber das habe ich nicht gemacht. Und dann ist sie tatsächlich gekommen!

Es war auch nicht vollständig gelogen. Das mit Dad – mit unserem Vater –, meine ich, und seinem Tod. Er ist letztes Jahr an einem Herzinfarkt gestorben. Er war ein guter Vater. Ich sage das nicht, um dich zu verletzen. Aber das war er. Er war ein guter Vater, vielleicht der großartigste, den es geben kann. Aber ich habe ja keinen anderen Vater, mit dem ich ihn vergleichen kann, oder irgendwelche wissenschaftlichen Beweise dafür. Ich habe ihn einfach nur geliebt. Und er fehlt mir. Alles, was ich Bea über ihn geschrieben habe, stimmt. Um 11:11 Uhr hat er uns immer etwas Gutes gewünscht. Er ist nie links abgebogen. Er hat nie einen Glückspenny aufgehoben, weil er gesagt hat, er sei bereits glücklich, deshalb würde er den Glückspenny für andere liegen lassen. Und ich könnte noch viel mehr solche Sachen schreiben.

Das mit der Scheiße, in die ich euch reingeritten habe, tut mir echt leid. Aber ich glaube, ein bisschen kann ich nachempfinden, wie du dich jetzt fühlst. Jedenfalls das mit der Bombe, die auf einmal explodiert ist. Weil ich das über euch nämlich auch erst vor Kurzem herausgefunden habe. Ich habe nach Dads Tod Sachen von ihm durchgestöbert. Da war alles Mögliche, und plötzlich bin ich auf euch gestoßen. Genauer gesagt auf Bea. Vor langer Zeit hat er mal Tagebuch geschrieben. Und da habe ich von euch gelesen. Von seiner zweiten Familie, die er vor uns hatte und die er nie erwähnt hat. Von den Privatdetektiven, die er angeheuert hatte und die herausfanden, dass deine Schwester unter dem Namen Beatrix Ahern bei eurer Mutter in Indiana lebte.

Du wirst im Tagebuch nicht erwähnt. Von dir habe ich erst durch Bea erfahren. Keine Ahnung, ob Dad von dir überhaupt wusste.

Das tut mir alles so leid. Irgendwie habe ich das Gefühl, an allem schuld zu sein, weil eure Mutter, Anne Wooster, euren und meinen Vater verlassen hat, nachdem meine Mutter mit mir schwanger geworden war.

Mit der aufrichtigen Bitte um Entschuldigung,
London Wooster

Betreff: Ein paar Dinge über mich
Von: LONDON WOOSTER <l89989889@ymail.com>
An: Ezra <e89898989@ymail.com>
Datum: Freitag, 19. April, 21:50 CST

Lieber Ezra Ahern,

meine Freunde nennen mich Lo. Nicht dass wir Freunde wären und nicht dass ich damit behaupten will, wir werden das jemals sein. Ich wollte nur, dass du weißt, wie du mich nennen kannst, wenn du willst.

Oder vielleicht fällt dir ja ein anderer Name für mich ein, was auch cool wäre. Ich wollte immer schon einen Spitznamen haben, den sonst keiner hat. Mein bester Freund, Thomas Warmflash, heißt seit der zweiten Klasse für alle nur Wormy. Und meine Freundin Megan Louise Vanacore heißt für ihre Familie immer nur Midge, für Wormy und mich The Meg, für ihre Freundin Vanna und für alle anderen Lou.

Noch ein paar andere Dinge über mich:

Ich schreibe dir heimlich auf meinem Handy, während ich auf einem knorrigen Ast der Eiche vor meinem Zimmer sitze. Als ich sieben war, habe ich ihr den Namen Captain America gegeben, weil sie so groß und stark war und so freundlich gewirkt hat. Das klingt für dich wahrscheinlich ziemlich verrückt. Aber es muss für dich sowieso alles ziemlich verrückt klingen.

Meine Mutter heißt mit Vornamen Amelia. Sie ist Landschaftsarchitektin, deshalb weiß ich jede Menge über Pflanzen.

(Die meisten nennen sie Ames, aber unser Vater hat sie immer Amélie genannt, nach dem Film.)

Vom Captain aus kann ich bis zum Fluss und zum Gateway Arch sehen.

Ich bin in der neunten Klasse.

Ich schicke dir ein Foto von mir, damit du weißt, wie ich aussehe. Bea und ich haben festgestellt, dass wir dieselbe Nase haben. Die Nase von unserem Vater. Sie hat einen Blick darauf geworfen und gesagt: »Du hast sie also auch. Tut mir leid für dich.«

Ich habe einen Hund, der sechs Jahre alt ist. Er heißt Mustache.

Ich will später Archäologe werden. Dad hat mich häufig mitgenommen, damit ich mir die Ausgrabungen ansehen konnte, die sie hier von der Uni aus durchführen, und manchmal haben sie mich auch mithelfen lassen.

Ich bin ziemlich gut darin, Dinge auszugraben.

Ich hab mir immer schon einen Bruder gewünscht.

Mit herzlichen Grüßen
Lo

Betreff: Noch etwas
Von: LONDON WOOSTER <l89989889@ymail.com>
An: Ezra <e89898989@ymail.com>
Datum: Freitag, 19. April, 22:03 CST

Lieber Ezra,

ich sollte wahrscheinlich besser aufhören, dir zu schreiben, weil ich dich ja nicht vollkommen zulabern oder zuschwallen will. Aber ich wollte dir noch mal sagen, wie leid es mir tut.
    Hoffentlich hast du vor, mir zu antworten. Ich werde so lange hier draußen im Captain sitzen bleiben.

Dein Bruder,
London

Betreff: Ein letztes Mal, das schwöre ich
Von: LONDON WOOSTER <l89989889@ymail.com>
An: Ezra <e89898989@ymail.com>
Datum: Samstag, 20. April, 00:52 CST

Lieber Ezra,

ich wollte dir nur sagen, dass ich nicht wirklich die ganze Nacht im Captain sitzen bleibe. Denn bequem ist es da nicht gerade und ich muss morgen früh raus, zu einer Ausgrabung beim Sappington House, dem ältesten Backsteinhaus hier in der Gegend. Außerdem würde Mom mich umbringen. Und was, wenn du stundenlang nicht antwortest oder überhaupt niemals? Dann müsste ich ewig hier draußen im Baum hocken und hätte irgendwann auch Hunger.
Gute Nacht, Ezra. Und falls du beschlossen hast, mir nicht zu antworten: Mach's gut. Es tut mir leid, dass ich dich nicht kennengelernt habe. Und wer weiß? Vielleicht tut es dir eines Tages ja auch leid, dass du mich nicht kennengelernt hast.

London

PS: Das sollte jetzt nicht wie eine Drohung klingen. Ich meine damit nur, vielleicht hast du dir ja auch immer einen Bruder gewünscht, so wie ich mir einen gewünscht habe. Und hier bin ich!

PPS: Am liebsten würde ich in eine Zeitmaschine klettern und alles anders machen, aber irgendwie hatte ich das Gefühl, wenn ich dich kennenlernen würde, wäre das so, als würde ein Stück von Dad wieder lebendig.

Betreff: Fwd: Ein letztes Mal, das schwöre ich
Von: Ezra <e89898989@ymail.com>
An: Bea <b98989898@ymail.com>
Datum: Samstag, 20. April, 02:12 EST

Bea,

bitte schreib mir endlich, was los ist. Ich muss es von dir hören, sonst glaube ich es nicht.

Ez

Betreff: Fwd: Hallo
Von: Ahern, Ezra
An: Hall, Terrence
Datum: Samstag, 20. April, 07:24 EST

Terrence,

das habe ich heute Nacht bekommen.

Hier schlafen noch alle, aber sie stehen bestimmt bald auf. Ich muss hier weg.

Ich habe keine Ahnung, wie ich reagieren soll. Aber wenigstens weißt du jetzt, was bei mir los ist.

xoxo
Ezra

Betreff: Re: Fwd: Hallo
Von: Hall, Terrence
An: Ahern, Ezra
Datum: Samstag, 20. April, 07:27 EST

Komm rüber. Jetzt gleich.
 Ich bin für dich da.

<3 T

Betreff: Re: Fwd: Ein letztes Mal, das schwöre ich
Von: Ezra <e89898989@ymail.com>
An: Bea <b98989898@ymail.com>
Datum: Samstag, 20. April, 10:12 EST

Ich habe ihn um Hilfe gebeten und er war da. Terrence.
Diese einfache Sache, die mir noch nie leichtgefallen ist – diesmal hat sie funktioniert.
Da sind mir die Tränen gekommen, weil es bei mir noch nie geklappt hat. Nicht so.
Ich musste weinen, weil Mom nie für mich da war, wenn ich sie gebraucht hätte. Nicht wirklich.
Ich weinte, weil du nicht hier bist, um für mich da zu sein.
Ich weinte, weil mein Vater gestorben ist und nie in meinem Leben für mich da war.
Ich weinte, weil ich keine Ahnung hatte, wie tief man in die Tiefe fallen kann, wie es sich wirklich anfühlt zu ertrinken.
Ich war in Tränen aufgelöst und es war nicht schlimm, weil ich in Terrence' Armen weinte. Diesmal wusste er alles von mir, was er wissen musste. Ich gab ihm alles von mir preis, was nach Halt in seinen Armen suchte.
Ich weinte, weil die Tatsache, dass er für mich da war, es mir möglich machte, zu weinen.
Ich weinte, Bea, weil ich in diesem Augenblick zu erschöpft war, um wütend zu sein, zu aufgelöst, um gegen irgendjemanden zu wettern und zu toben.
Ich weinte, weil Terrence' Vater, als ich bei Terrence auf-

kreuzte, nicht verstand, warum ich so früh am Samstagvormittag zu ihm kam, und weil Terrence da endlich sagte, wie es mit ihm und zwischen uns stand: »Wir sind zusammen, Dad. Er ist nicht bloß ein guter Freund von mir. Ich liebe ihn, und wenn das für dich im Moment schwer zu akzeptieren ist, können wir später darüber reden. Aber jetzt braucht er mich, deshalb versuch nicht, dich zwischen uns zu stellen.«

Ich weinte, weil ich nicht geahnt hatte, wie viel es mir bedeuten würde, dass er das sagt.

Ich weinte, weil Terrence' Vater daraufhin zur Seite trat und seine Mutter mir Frühstück machte.

Ich weinte, weil ich allmählich begriff, dass jemanden zu lieben, wirklich zutiefst und von ganzem Herzen zu lieben, bedeutet, mit ihm einen so vertrauten Umgang haben zu wollen, als wäre er Teil der Familie.

All diese Gefühle und Gedanken wuchsen in mir an und drängten nach außen. Ich fühlte alles gleichzeitig. Ich ließ geschehen, dass ich alles gleichzeitig fühlte. Den Verlust spürte ich am meisten. Den Verlust des Zuhauses, das ich nie gehabt hatte. Das Fehlen von so vielem in meinem Leben bis zu diesem Augenblick. Mangel war für mich bisher etwas Dumpfes gewesen. Ein Gefühl von Leere. Aber so ist es nicht. Mangel ist das, was am meisten schmerzt.

Haben Mom und Darren uns mehr durch das, was sie getan haben, verletzt, fragte ich mich, oder durch das, was sie nicht getan haben? Was hinterlässt schlimmere Wunden – der spürbare Hass oder die fehlende Liebe?

All das ging mir durch den Kopf. All das fühlte ich.

Und dann tauchte ich aus der Tiefe wieder auf. Ich spürte, was ich alles in mir habe, ich eignete mir alles neu an. Ich spürte Terrence' Nähe.

Ich sagte mir, das ist der Neuanfang, das ist der erste Tag, der erste Morgen von etwas Neuem in meinem Leben.

Ich hörte auf zu weinen.

Ich saß bei meinem Freund auf dem Fußboden. Er sammelte um mich herum die nass geweinten Papiertaschentücher ein und hielt mir ein neues hin. Er war bei mir, in meiner tiefsten Tiefe, und keiner von uns beiden sagte ein Wort.

Noch nie waren wir einander so nah gewesen. Nicht auf diese Weise. Natürlich waren wir bereits in die Untiefen eingetaucht, hatten das seichte Wasser verlassen, als wir über die Liebe seines Vaters gesprochen haben, die an bestimmte Bedingungen geknüpft war, und die Ohnmacht seiner Mutter, ihn davon abzubringen. Oder als ich ihm – soweit ich es vermochte und wollte – davon erzählte, was bei uns zu Hause seit Jahren geschah. Eines Abends hat er mich direkt ins Gesicht gefragt, ob der Missbrauch jemals über Anschreien und Schläge hinausgegangen sei. Ich antwortete, das sei alles gewesen, und er sagte darauf, das sei schon unerträglich genug. Und ich widersprach ihm nicht, aber wir vertieften das Thema auch nicht weiter, sondern versuchten uns einen Plan auszudenken, wie ich all dem entfliehen konnte. Da hielten wir uns nicht mehr im seichten Wasser auf, wir strampelten bereits etwas. Aber wir waren noch nicht im tiefen Wasser angelangt, denn ich hatte das Gefühl, immer noch Boden unter den Füßen zu haben, sobald ich zu strampeln aufhörte.

Aber jetzt, im wirklich tiefen Wasser, brauche ich ihn neben mir, denn wenn ich zu strampeln aufhöre, wenn ich zu müde werde, gehe ich unter. Und tauche vielleicht nie wieder auf. Dann muss er mich ans Ufer bringen. Durch seine Umarmung lässt er mich wissen, dass er dafür die Kraft in sich spürt.

Ich bin immer noch hier. Sitze bei ihm auf dem Fußboden. In die Tiefe abgetaucht. Doch jetzt mit seinem Notebook. Er gibt mir etwas Raum, damit ich dir schreiben kann. Er sagt, dass ich dir schreiben muss. Er sagt, ich muss mich der Situation stellen. Ich weiß, dass er recht hat. Ich spüre, dass es schlecht ausgehen kann, wenn ich mich zu sehr auf ihn verlasse. Aber ich spüre auch, dass es idiotisch wäre, mich nicht auf ihn zu verlassen. Er war immer zuverlässig für mich da. Verlässlich. Seit ich ihn kenne. Ich glaube, mir wird erst jetzt richtig klar, was es bedeutet, sich auf jemanden verlassen zu können. Zu Hause haben wir das jedenfalls nicht kennengelernt.

Okay, tief durchatmen ... Das ist es, was ich dir schreiben will:

Auch wenn London Wooster der ist, der er zu sein behauptet – und der einzige Grund, warum ich es ihm abnehme, ist, dass du ihm sonst niemals meine Mailadresse gegeben hättest –, weiß ich trotzdem nicht, ob ich mit ihm irgendetwas zu tun haben will. Es tut mir leid, dass sein Vater gestorben ist. Ich verstehe, dass er sich immer einen Bruder gewünscht hat. Aber mehr kann ich an Gefühlen für ihn nicht aufbringen. Der Rest ist Wut und Erschöpfung.

Zu wissen, dass unser biologischer Vater ein guter Mensch war, macht es nur noch schlimmer.

Und zu wissen, der er inzwischen tot ist und dass wir von seiner Güte nie mehr etwas abbekommen werden, macht es noch mal schlimmer.

Aber was es für mich am schlimmsten gemacht hat, war, das alles von einem Fremden zu erfahren, nicht von dir.

Mir kommt es vor, als hätte ich mein ganzes Leben lang mit mir selbst ein Spiel namens *Es könnte alles noch viel schlimmer sein* gespielt. Unser Leben mit Mom und Darren, so habe ich mir dauernd gesagt, *könnte noch viel schlimmer sein*: Sie hätten uns sexuell missbrauchen können. Oder uns krankenhausreif prügeln können. Oder uns tatsächlich auf die Straße setzen, wie sie es so oft angedroht haben. Sie hätten uns verbieten können, Omama zu sehen, den einzigen Menschen, der uns geliebt hat. Es hätte *alles noch viel schlimmer sein* können. Ich war ein Meister darin, mir auszudenken, wie *alles noch viel schlimmer sein* könnte.

Warum hat mir nie jemand gesagt, dass es das falsche Spiel war? Warum habe ich nie gemerkt, dass mein Bezugsrahmen überhaupt nicht stimmte? Und dass ich nichts dazu getan hatte, dass dem so war? Ich war nicht schuld daran.

Ich habe immer gespürt, dass in mir ein wildes Feuer lodert, Bea. Ich dachte immer, es sei so strahlend und so hell wie die Sonne, und wenn ich jemanden direkt in dieses Feuer schauen ließe, würden wir davon alle geblendet.

Aber das stimmte nicht.

Es war keine Sonne.

Oder höchstens eine schwarze Sonne.

Eine Sonnenfinsternis.

Und jetzt spüre ich, was passiert, wenn all die Lügen, die falschen Spiele und die Realitätsverweigerung mir unter den Füßen weggezogen werden.

Ich verstehe jetzt, warum du weggelaufen bist, Bea.

Ich verstehe dich total.

Wir haben es noch lange nicht geschafft, uns aus den Untiefen zu befreien.

Wie, verdammt noch mal, kommen wir aus all dem raus?

Ez

Betreff: Untiefen
Von: Bea <b98989898@ymail.com>
An: Ezra <e89898989@ymail.com>
Datum: Samstag, 20. April, 21:15 CST

Ja, Ez. Es ist wahr. Wir haben einen Bruder. Einen kleinen, aufgeregt herumwuselnden Welpen von Bruder, vierzehn-aber-bald-fünfzehn Jahre alt, der London heißt und mich unter Vorspiegelung falscher Tatsachen dazu gebracht hat, mein bisheriges Leben hinzuschmeißen. Wegen ihm bin ich von zu Hause fortgelaufen und habe die Schule abgebrochen. Das lässt sich nicht so leicht wiedergutmachen.

Tut mir leid, dass ich es dir nicht selbst erzählt habe, aber ich konnte nicht. Wenn ich es dir geschrieben hätte, hätte ich danach kehrtgemacht und diesen Welpen erwürgt. Nicht dass mein bisheriges Leben der Hit war, aber der Gedanke, dass ich durch diese Aktion die vielleicht einzige Chance vertan habe, etwas draus zu machen, ist schwer zu ertragen.

Er sieht uns unglaublich ähnlich, Ez.

Und das ist geschehen:

Wir waren im Forest Park verabredet, diesem riesigen Park, von dem ich dir, glaub ich, schon mal erzählt habe, in dem sich das Kunstmuseum, der Zoo und das Historische Museum befinden und auch der Turtle Playground, ein Skulpturenpark mit Betonschildkröten, die so groß wie Dinosaurier sind und auf denen man herumklettern kann. Es war ein schöner Tag, warm, blauer

Himmel, und ganz St. Louis schien auf den Beinen zu sein, unterwegs im Park. Auf dem Turtle Playground wimmelte es nur so von Kindern.

Mein erster Gedanke war: *Vielleicht ist Dad nicht bewusst, dass ich inzwischen achtzehn bin und zu alt, um auf Schildkrötenskulpturen herumzuklettern.* Das letzte Mal, als wir uns gesehen hatten, war ich ja noch ein Kleinkind.

Ich setzte mich ins Gras und wartete. Dann dachte ich, vielleicht ist das keine gute Idee – womöglich entdeckt er mich im Gras nicht. Deshalb stand ich auf und stellte mich neben eine Schildkröte. Aber das fühlte sich schnell sehr steif an, und ich weiß nie, was ich im Stehen mit den Händen machen soll, deshalb setzte ich mich schließlich auf den Kopf der Schildkröte, ließ die Beine baumeln und versuchte mich – *la, la, la* – locker zu machen. Von diesem Aussichtspunkt aus konnte ich in alle Richtungen schauen. Ich hatte keine Ahnung, woher er kommen würde.

Jedes Mal, wenn ich einen Mann ungefähr in Dads Alter sah, machte mein Herz einen Sprung, ich dachte, das ist er, und bekam Schnappatmung. Und dann ging er an mir vorbei oder bog vorher ab und ich sank jedes Mal etwas tiefer in mich hinein, verschmolz mit dem schlammig-braunen Beton des Schildkrötenkopfs.

Arme Bea.

Und dann –

Dann kletterte dieser Junge auf eine der Schildkröten. Er stand ungefähr eine Minute lang da, hielt die Hand vor die Augen, spähte in alle Richtungen. Er fiel mir auf, weil er eine leuchtend rote Steppweste trug, obwohl es echt warm war. Als er mich sah, sprang er von dem Schildkrötenpanzer und lief auf mich zu.

Ich wusste sofort, dass wir miteinander verwandt sein mussten. Aber selbst in diesem Moment, als er auf mich zukam und mir klar war, dass er in irgendeiner Beziehung zu dir und mir stehen musste, hielt ich über seinen Kopf hinweg immer noch nach Dad Ausschau.

»Hi«, sagte er.

»Ähm. Hallo?«

Er stand vor mir und blinzelte mich durch seine Brillengläser an, und weißt du, was er dann sagte? »Deine Haare sind anders. Sie waren vorher lang. Jetzt sind sie kurz. Und weiß.«

»Sie sind nicht weiß. Sie sind blond.«

»Von hier unten sehen sie weiß aus. Du bist immer noch hübsch. Aber anders.«

»Ich habe eine Verabredung«, sagte ich. »Hau ab.«

»Ich weiß«, sagte er.

Und in diesem Augenblick wusste ich, dass Dad nicht kommen würde. Dass Dad, wo auch immer er sein mochte, keine Ahnung davon hatte, dass ich hier war. Mein Magen machte einen Purzelbaum und trotz der Hitze wurde mir eiskalt bis auf die Knochen.

»Dein Vater ist Jonathan Wooster«, sagte er. »Jonathan Calvin Wooster.«

»Jonathan Calvin Ahern.«

»Nein. Wooster.«

»Du hast behauptet, sein Nachname sei Ahern.«

»Weil es auch dein Nachname ist. Der Nachname, von dem du bisher immer geglaubt hast, es sei seiner. Und ich wollte ja, dass du mir vertraust.«

»Und jetzt sagst du mir, dass sein Nachname Wooster war?«

»Ja.«

»Soll das heißen, dass mein Nachname eigentlich Wooster ist?«

»Wäre die logische Schlussfolgerung.«

»Äh-ähm. Glaub ich nicht.«

»Ich kann's beweisen.«

Ich würde doch hier nicht tagelang mit einem Teenager rumdiskutieren. »Und wie?«, fragte ich.

»Weil ich sein Sohn bin.«

»Von wem?« Ich blickte weiter in alle Richtungen, falls Dad sich doch noch zeigen sollte, vielleicht wurde er ja von einem Baum verdeckt oder vielleicht kam er gerade den Weg entlang.

Der Welpe sagte: »Von Jonathan Calvin Wooster.« Und dann streckte er die Hand aus und sagte: »Ich bin dein Bruder.«

»Nein«, sagte ich.

»Doch.«

»Nein.«

»Doch.«

»Ich warte auf meinen Vater.«

»Ich weiß.«

»Wenn du wirklich der Sohn von Jonathan Ahern alias Jonathan Wooster bist«, sagte ich, »dann beweis es mir.« Mein Magen machte inzwischen den Salto mortale und Eiseskälte breitete sich in mir aus.

Da hielt er mir sein Handy vor die Nase und zeigte mir die Fotos von ihm und dem Mann, der wie Dad aussah oder jedenfalls wie der Mann, an den ich mich vage erinnere. Und dann zeigte er mir seinen Schülerausweis, auf dem sein Name stand – *London Wooster* – und ein Foto von ihm zu sehen war, ohne Brille und etwas verschwommen, mir selbst mit fünfzehn so zum Verwechseln ähnlich, dass ich einen Moment lang glaubte, ich sei es tatsächlich.

Deshalb sagte ich: »Du hast sie also auch. Tut mir leid für dich.« Damit meinte ich Dads Nase. Und dann fragte ich: »*London?*

Im Ernst?« Und mein Herz pochte wie verrückt, weil ich wusste, dass er es war. Obwohl er einen anderen Namen trug. Der Mann auf dem Handy. Er war unser Vater.

»Ja«, sagte London. »Aber alle nennen mich Lo. Du kannst mir auch einen anderen Spitznamen geben, wenn du willst.«

»Nein, danke.«

»Ich bin fast fünfzehn.«

»Schön für dich. Und wo kommt *Wooster* her?«

»Deine Mutter hat den Nachnamen geändert, nachdem sie mit euch weggezogen war.«

Klang ganz nach Mom. Aber warum sollte ich diesem Jungen glauben?

»Was willst du, London Wooster?«

»Lo. Dich kennenlernen.«

»Warum?«

»Weil unser Dad letztes Jahr gestorben ist und ich ein Einzelkind bin.«

Das hat er einfach so gesagt, Ez. *Weil unser Dad letztes Jahr gestorben ist.* Ganz beiläufig und sachlich.

»Nicht mein Problem«, antwortete ich. Aber da war es bereits so weit, dass ich nur noch nach Luft schnappte. Ich versuchte, mich darauf zu konzentrieren, auf dem Kopf der Dinosaurierschildkröte nicht das Gleichgewicht zu verlieren und mit einem Plumps vor seinen Füßen zu landen.

»Deshalb bist du doch gekommen«, sagte er.

»Um ihn zu treffen, nicht dich.«

»Ich bin hier und er nicht. Stattdessen könntest du mich kennenlernen. Es tut mir leid, dass ich dich angelogen habe. Ich hätte nie geglaubt, dass du mir antwortest. Und dann hast du es getan und ich konnte mein Glück gar nicht fassen, und du hast tatsächlich geglaubt, ich wäre Dad, und ich wollte gerne noch mehr mit dir reden, deshalb habe ich dir nicht geschrieben, wer ich bin.«

»Ist dir klar, wie bescheuert das war?«

»Ja.«

»Also, ich meine, wirklich absolut total bescheuert.«

»Ich wollte nicht ...«

»Ich habe alles hingeschmissen, mein ganzes bisheriges Leben, um ihn zu sehen. Nicht dich.«

»Tut mir leid.«

»Und Ez habe ich auch zurückgelassen.«

»Wer ist Ez?«

»Ezra. Mein Bruder.«

»Ich habe einen Bruder?«

Ich sagte: »Nein.«

»Aber –«

»Nein.«

»Aber du hast gerade gesagt –«

»Nein.«

»Ezra? Er heißt Ezra?«

»Nein.«

Und so ging es eine Ewigkeit weiter, Ez.

Bis er sagte: »Vielleicht könnte er ja auch herkommen ...«

Da bin ich aufgestanden, und ich war viel größer als London Wooster, weil ich auf dem Kopf der Schildkröte stand. »Nein«, sagte ich. »Hör auf damit. Ich bin nicht deine Schwester. Er ist nicht dein Bruder. Vielleicht rein biologisch betrachtet. Aber das ist auch schon alles. Wir haben nicht denselben Vater. Wie können wir denselben Vater haben, wenn Ezra und ich nie einen hatten?« Kann sein, dass ich es laut herausgebrüllt habe. Kinder hörten auf zu spielen. Erwachsene starrten uns an. Ich starrte zurück. »Er ist nicht mein Bruder«, brüllte ich. »Mein Bruder heißt Ezra und ist zu Hause. Der hier« – ich deutete auf London – »IST NICHT MEIN BRUDER.« Daraufhin hörten sie auf, zu uns herüberzustarren, sammelten hastig ihre Kinder ein und eilten davon. Mich anzusehen, traute sich keiner mehr.

London hatte angefangen zu heulen und tat mir jetzt schon fast leid. Aber um ehrlich zu sein, Ez, ich tat mir vor allem selbst leid. Denn was sollte jetzt aus meiner alten Liste mit den vielen Fragen werden?

Warum hast du uns verlassen?
War Mom immer schon so böse?
Bist du wirklich so schlimm, wie Mom behauptet?
Weißt du, dass jetzt Darren bei uns wohnt? Weißt du, wie er uns behandelt?
Würdest du uns auch so behandeln, wenn du bei uns wohnen würdest?
Wie warst du als Kind?
Wolltest du überhaupt Kinder haben?
Wovor hast du am meisten Angst?
Was wolltest du immer schon können?
Mit welchem Avenger identifizierst du dich am meisten?

Auf keine dieser Fragen werde ich eine Antwort bekommen, denn unser Vater hat sie mit ins Grab genommen. In diesem Moment, als ich auf dem Kopf der Dinosaurierschildkröte stand, wurde mir klar, wie dringend ich die Antworten wissen wollte. Sie wissen *musste*. Ich hatte über Dad früher nie besonders viel nachgedacht, mich immer nur gefragt, ob er uns wirklich so gehasst hat, dass er uns nicht nur verlassen, sondern uns bei unserer Mutter gelassen hatte. Und auf einmal habe ich monatelang jeden Tag an ihn gedacht. Mir mit ihm Textnachrichten geschrieben. Und mir wurde klar, wie sehr ich mir wünschte, ihn zu treffen. Mit ihm zu reden. Ihm alle meine verdammten Fragen von früher zu stellen.

Und ich habe angefangen zu weinen, wodurch die Welt auf einmal ausgesehen hat, als würde ich sie durch einen mit Wasser bespritzten Duschvorhang betrachten. Ein wahrer Dammbruch. Ich wusste gar nicht, dass man so viele Tränen haben kann.

Und dann bin ich vom Kopf der Schildkröte runtergestiegen und einfach fortgegangen, fort von diesem Welpen, unserem Bruder. Aber vorher habe ich noch zu ihm gesagt: »Du bist derjenige, der uns das hier eingebrockt hat. Deshalb musst du es jetzt Ez schreiben.« Ich schnappte mir sein Handy, tippte deine Mailadresse ein und ließ ihn neben der Schildkröte stehen.

Betreff: Tiefste Untiefen
Von: Bea <b98989898@ymail.com>
An: Ezra <e89898989@ymail.com>
Datum: Samstag, 20. April, 21:47 CST

Ich bin aus St. Louis fortgegangen. Wortwörtlich. Habe die Interstate 70 gefunden und bin an ihr entlangmarschiert, bis ich die Stadtgrenze hinter mir gelassen hatte. Ich wollte so weit wie möglich fort, fort vom Turtle Playground, fort aus der Stadt. So weit die Füße mich trugen.

Und dann habe ich den Daumen rausgestreckt und bin getrampt. Mein Ziel war Columbia. Keine Ahnung, warum. Vielleicht weil ich von der Stadt schon mal gehört hatte, was ich von den meisten Städten hier in Missouri nicht behaupten kann. Und vielleicht auch, weil der junge Typ, der mich mitgenommen hat, so unglaublich gut aussah, auf eine sympathische, natürliche Weise, und mir gesagt hat, er sei nach Columbia unterwegs. Er heißt Patrick Aaron Robinson, von seinen Freunden auch Patch genannt, und spielt im Basketballteam der St. Louis University. Obwohl er wie der hilfsbereite, nette Junge von nebenan aussieht – haselnussbraune Augen, freundliches Lächeln –, trug er ein Sex-Pistols-T-Shirt und vom Rückspiegel seines Pick-ups baumelte statt eines Duftbäumchens ein Pin-up-Girl. Mein altes Ich hätte ihn einmal kurz gemustert und sich dann gesagt: *Vergiss es, Bea. Lass ihn weiterfahren. Der Typ ist viel zu hübsch für dich. Geradezu Furcht einflößend hübsch.* Erinnerst du dich an Marcus Doyle, der eine Klasse über mir war? Patrick Aaron Robinson sieht sogar noch besser aus. Die alte Bea hätte gleich abgewinkt: *Kommt für mich niemals infrage.* Sie hätte auch gar nicht gewusst, was sie mit so jemandem reden sollte. Aber die neue Bea, die Ausreißerin und Schulabbrecherin, stieg einfach zu ihm ins Auto.

Zuerst versuchte er, mit mir ein Gespräch anzufangen, aber als ich nicht geantwortet habe, hörte er damit schnell auf. Fast die gesamte Strecke haben wir nicht miteinander gesprochen, ich war mit mir selbst beschäftigt und musste immer nur daran denken, dass ich wegen eines Fast-Fünfzehnjährigen mein Leben vermasselt hatte. Und jetzt würde mich der Typ, der mich mitgenommen hatte, bestimmt gleich umbringen und meinen Leichnam hier im Nirgendwo auf einem Feld aus dem Auto schubsen, und das alles, weil ich keinerlei Menschenkenntnis besaß und mich superleicht hinters Licht führen ließ und Serienmörder manchmal wie ganz normale, nette, hilfsbereite Jungs von nebenan oder Zac Efron (siehe *Extremely Wicked, Shockingly Evil and Vile*) aussehen, und bei diesem Jungen hier war beides der Fall. Mein Gehirn feuerte ununterbrochen Signale ab wie *Du musst dringend hier raus* oder *Spring sofort aus dem Auto,* obwohl wir auf der Interstate fuhren. Aber mein Körper blieb sitzen.

Irgendwann sagte ich zu dem Jungen neben mir: »Wenn du mich umbringen willst, kannst du es auch gleich tun.«

Woraufhin er mich ansah, als ob ich den Verstand verloren hätte.

»Tu's. Im Ernst. Mir ist lieber, wir bringen's gleich hinter uns.«

»Willst du wirklich, dass ich dich umbringe?«, fragte er und lächelte dabei ein schiefes Lächeln mitsamt Grübchen, als würde ich einen superironischen Witz machen.

»Nicht wirklich.«

»Dann tu ich's auch nicht.«

Ungefähr eine Minute lang sagte danach keiner von uns beiden ein Wort. Dann sagte er: »Du weißt, dass ich Spaß gemacht habe, oder? Ich bin kein Mörder. Sogar einen Fisch, den ich an der Angel habe, werfe ich wieder ins Wasser. Mein Vater regt sich darüber jedes Mal total auf.«

»Dann ist ja alles klar zwischen uns«, sagte ich.

»Wie heißt du?«

»Braucht dich nicht zu interessieren. Ich sitze nur neben dir, um von A nach B zu kommen.«

»Dann werde ich dich Martha nennen. Ich finde, du siehst wie eine Martha aus.«

»Du machst wohl Witze.«

»Nein. Du siehst für mich wirklich wie eine Martha aus.« Schiefes Lächeln, Grübchen. »Wenn du mir deinen echten Namen nicht sagen willst, dann nenne ich dich eben Martha.«

Natürlich machte er auf total süß und unwiderstehlich. Und das war er auch. Aber darum ging es nicht. Ich verdrehte die Augen und schaute aus dem Fenster.

»Also, Martha, sag mal: Hast du einen Plan oder wartest du einfach ab, wohin das Leben dich so führt?«

Er hat sich sicherlich nichts dabei gedacht, aber irgendetwas ist dabei in mir zerplatzt. Als würde alles, was ich mit mir herumtrug, auf einmal viel zu schwer für mich, und nach und nach entglitt mir alles und plumpste auf den Boden und plötzlich waren meine Hände leer und ich hielt darin nur noch Luft. Nicht dass ich jemals riesengroße Pläne für mein Leben gehabt hätte, aber plötzlich hatte ich gar keine mehr. Als hätte sich in dem Augenblick, in dem ich London Wooster traf, alles, das nur im Entferntesten Ähnlichkeit mit einem Plan gehabt hatte, in Luft aufgelöst.

Ich fing an zu weinen. Schon wieder. Ein richtig scheußliches Heulen, mit Keuchen und Schluckauf. Ich heulte alles aus mir heraus.

Da hielt er mit seinem Auto auf dem Seitenstreifen an und ich dachte: *Jetzt, jetzt passiert es gleich. Jetzt bringt er mich um.* Er stellte den Motor ab. Zwei, drei Minuten lang, die sich wie zwei, drei Stunden anfühlten, saßen wir da. Ich weiß, dass es zwei, drei Minuten waren, weil ich dabei auf die Uhr auf seinem Armaturenbrett geschaut habe.

Schließlich sagte er: »Wenn es nach mir ginge, dann würde ich jetzt wie alle meine Freunde an der KU studieren, an der University of Kansas. Aber mein Vater hat andere Pläne.« Und dann erzählte er mir, dass er sich mehr für Forensische Psychologie als für Basketball interessiert, und dass er nur noch seinen Vater hat (seine Mutter ist gestorben, als er noch klein war), und dass sein Vater ihn nicht wahrnimmt, nicht so, wie er wirklich ist, obwohl er es nur gut mit ihm meint. Und die ganze Zeit saß ich da, hielt mir die Hände vors Gesicht und heulte. Fragte mich, ob das Gespräch so eine Art Serienmörder-Vorspiel war. Ob er mir das alles wie eine Art Lebensbeichte erzählte, und danach würde er mir das Ladekabel seines Handys um den Hals schlingen und mich tot am Straßenrand liegen lassen.

Dann fragte er mich plötzlich: »Und was ist deine Entschuldigung dafür?«

Ich ließ die Hände sinken. Schaute ihn an. »Wofür?«

»Davonzulaufen.«

»Wer sagt, dass ich vor etwas weglaufe?« Mit den Handrücken wischte ich mir, so gut ich konnte, das Gesicht trocken.

Er schaute mich an, von den Schuhen bis hoch zu meinem nassen, verheulten Gesicht.

»Das tust du.«

Beinahe hätte ich da die Autotür geöffnet und wäre ausgestiegen. Es war vielleicht meine letzte Chance auf dem langen, geraden Highway. Aber dann dachte ich: *Was habe ich noch zu verlieren? Bis hierher bin ich gekommen, und jetzt? Ich hocke neben einem Fremden auf einem Highway in Missouri und habe meinen Bruder – und auch meinen neuen Bruder, diese miese kleine Kröte – und alle anderen Menschen, die ich kenne, einschließlich Franco und Irene, einfach verlassen.* Deshalb sagte ich: »Du solltest es mal ausprobieren. Wenn du dein Leben so hasst. Warum läufst du nicht weg?«

Er schaute mich so lang an, dass ich dachte, jetzt bringt er mich wirklich um. Und dann sagte er: »Du hast recht. Vielleicht sollte ich das. Aber die Sache ist die, Martha ...« Seine Stimme klang dunkel, weich, rau. »Die Sache ist die, dass ich lieber auf etwas zusteuere als vor etwas wegzulaufen. Verstehst du, was ich meine?«

Ich hickste. Nickte. Krächzte: »Ja.«

»Dummerweise habe ich noch nicht gefunden, worauf ich zusteuern will.«

Er ließ den Motor wieder an. Wir fuhren auf dem Highway weiter, und die nächsten zehn Minuten dachte ich darüber nach, was er gesagt hatte: *Dummerweise habe ich noch nicht gefunden, worauf ich zusteuern will.*

Ich saß da und dachte darüber nach, wie oft ich schon weggelaufen war und dass diesmal das erste Mal gewesen war, dass ich dabei auf etwas zugesteuert bin. Selbst wenn es sich danach als Luftnummer herausgestellt hatte. Trotzdem schien mir auf etwas zuzusteuern besser zu sein, als vor etwas davonzulaufen.

Und das brachte mich dazu, über diesen idiotischen London Wooster mit seiner idiotischen Brille und seinem idiotischen

Gesicht mit Dads idiotischer Nase in der Mitte nachzudenken. Er war auf mich zugesteuert. Auf uns beide, Ez. Er hat es auf eine bescheuerte, verdruckste Weise getan. Aber das ändert nichts daran, dass er sich zu mir auf den Weg gemacht hat, weil er mich kennenlernen wollte. Vielleicht hätte ich ihm doch zuhören sollen, egal wie dumm er es angestellt hat. Schließlich sind wir beide, du und ich, familienmäßig nicht gerade überversorgt und in der Not darf man nicht wählerisch sein, wie es so schön heißt. Vielleicht hätte ich ihm deine Mailadresse nicht geben sollen. Es tut mir leid, dass du es nicht von mir erfahren hast. Aber vielleicht wollte ich auch bewusst nicht diejenige sein, die dir das alles erzählt. Ich hatte das Gefühl, dass er dir die Erklärung dafür schuldig war, warum deine Schwester dich allein gelassen hatte. Ich finde, er ist uns beiden die Erklärung dafür schuldig – und die Bitte um Verzeihung.

Je weiter wir uns von St. Louis entfernten, desto stärker trieb es mich um. Ich bekam den Welpenjungen einfach nicht aus dem Kopf. Deshalb bat ich Patch, umzukehren und zurückzufahren. Zuerst dachte er, ich würde nur einen Witz machen, aber dann meinte er: »Okay, wenn du mir sagst, wie du heißt.«

»Ich heiße Martha«, sagte ich. »Du hattest recht.«

Er wusste, dass ich log, das spürte ich genau. Aber er sagte: »Okay, Martha.« Und drehte mit seinem Pick-up um.

»Ich kann natürlich auch trampen«, sagte ich. »Wahrscheinlich wartet jemand auf dich. So ein Collegegirl mit perfekter Frisur und einem perfekten Leben. Dreh wieder um und fahr zu ihr. Sie vermisst dich. Ohne dich wird ihr Leben leer und sinnlos sein. Obwohl sie intelligent und begabt ist und wahrscheinlich ein Stipendium erhält, auch wenn ihre Eltern sich zehn Colleges gleichzeitig leisten könnten. Ihre Familie hat sie immer nach Kräften gefördert und war immer für sie da, in jeder Hinsicht, vor allem aber glaubt ihre Familie an sie. Ihre Eltern würden alles für sie tun. Du willst sie doch nicht warten lassen. *Felicity.* So heißt sie. Du darfst Felicity nicht warten lassen. Eine Felicity lässt man nicht warten.«

Darauf sagte er: »Niemand wartet auf mich. Jedenfalls niemand, der wichtig wäre. Vor allem keine Felicity. Und trampen ist gefährlich.« Wieder dieses Lächeln. »Sag mir nur eins: Heißt nach St. Louis zurückzufahren für dich, auf etwas zuzusteuern?«

»Vielleicht. Ja.«

»Das reicht mir.«

Eine Weile lang sagten wir wieder nichts, dann fuhr er fort: »Klingt wie ein Albtraum.«

»Was?«

»Was du von dieser Felicity erzählt hast.«

»Warum?«

»Da kriegt man ja echt zu viel.«

»Aber zu viel des Guten. Anders als bei mir. Bei mir ist es zu viel des Schlechten.«

»Wer sagt das?«

»Alle.«

»Echt jetzt?«

»Aber es stimmt nicht.«

»Nein?«

»Nein. Ich finde, dass ich ziemlich cool bin.« Und als ich das sagte, glaubte ich es irgendwie auch. Es war ziemlich cool von mir gewesen, fand ich, auf dem Kopf der Schildkrötenskulptur zu stehen und die Gaffer ringsum anzubrüllen, alle diese Mütter und Väter, die mich im schlimmsten Augenblick meines Lebens anstarrten, als wäre ich zu ihrer Unterhaltung da, als hätte ich sie eingeladen, sich einen Stuhl zu holen und bei der Bea-hat-einen-

Nervenzusammenbruch-Show zuzuschauen. Ich sah sie vor mir, wie sie davongerannt waren, nachdem ich sie angebrüllt hatte, und plötzlich fand ich das Ganze urkomisch und musste im Pick-up von Patrick Aaron Robinson, von seinen Freunden Patch genannt, laut auflachen.

Er schaute mich genauso an, wie die Leute im Park mich angeschaut hatten, und ich sagte: »Das hättest du erleben müssen.«

Eine Viertelstunde saßen wir wieder schweigend nebeneinander. Ich starrte auf die hässliche, langweilige Landschaft und fragte mich, wie es sich wohl anfühlte, dort aufzuwachsen. Fragte mich, wie unser Leben sich angefühlt hätte, wenn wir hier aufgewachsen wären. Ich war ganz in Gedanken versunken, das kennst du ja von mir, bis Patch auf einmal die Musik *höllisch, höllisch, höllisch* laut aufdrehte und mir davon der Kopf dröhnte und ich nichts anderes mehr denken konnte. Musik. Hip-Hop von N.W.A.

Ich beugte mich rüber und stellte sie leiser.

»Was?«, fragte ich.

»Ah, du lebst noch. Ich sagte, bei mir ist es auch ein ganz schöner Packen an Problemen.«

»Bei dir?«

»Ja.«

Ich beugte mich noch mal zu ihm rüber, diesmal um die Sonnenblende runterzuklappen und auf den Spiegel zu zeigen. »Niemals. Schau dich doch an.«

Er tat so, als würde er sich im Spiegel bewundern. »Übernimm mal das Lenkrad, Martha. Muss ich überprüfen.« Er ließ das Lenkrad los und ich griff instinktiv danach, damit wir nicht von der Straße abkamen oder in entgegenkommende Autos hineinrauschten. Er drehte seinen Kopf nach rechts und nach links, lächelte sich an, zwinkerte sich zu.

Dann lehnte er sich zurück und kreuzte die Arme, während ich weiter das Lenkrad hielt. »Du glaubst, dass du die Menschen kennst, weil du eine Überlebende bist. Weil dich jemand sehr verletzt hat. Glaub mir, ich weiß, wie sich das anfühlt. Aber tu nicht so, als würdest du mich kennen.« Er klappte die Sonnenblende hoch und übernahm wieder das Lenkrad. Die Atmosphäre zwischen uns hatte sich verändert. Er streckte die Hand aus und drehte die Musik wieder lauter.

Den Rest der Fahrt redeten wir kein Wort. Es dauerte eine Stunde, bis wir in St. Louis waren. Als wir zu den Schildkröten kamen, war dort kein London mehr zu sehen. Ich hatte nicht wirklich erwartet, dass er in seiner roten Steppweste noch herumstehen würde, und dunkel war es auch schon. Trotzdem hätte ich heulen können, weil er nicht mehr da war.

»Er ist weg«, sagte ich.

Patch antwortete: »Dann lass uns nach ihm suchen.«

»Du weißt nicht mal, nach wem ich suche.«

»Ist egal. Das hier ist spannender als alles andere, was ich stattdessen vorhaben könnte. Deine Felicity eingeschlossen.«

»Scheiß auf Felicity«, sagte ich.

Er lachte. »Everly«, sagte er.

»Was?«

»Everly. Der Name des Mädchens, zu dem ich unterwegs war, als du mein Auto und mich gekidnappt hast.«

»Everly?«

»Everly.«

Ich verdrehte die Augen. »Everly. Felicity. Ein und dieselbe. Tut es dir leid? Dass du jetzt hier bist, mit mir?«

»Nein.« Und ich konnte den Ernst und die Aufrichtigkeit in seiner Stimme hören. Wir beide, du und ich, Ez, haben gelernt zu erkennen, ob jemand die Wahrheit sagt oder nicht. Er hatte die Hände in die Hosentaschen gesteckt, weil es kühler geworden war, und ich dachte: *Er ist jemand, der einfach so dastehen kann und weiß, was er dabei mit seinen Händen machen soll.*

»Du siehst echt gut aus«, sagte ich.

Er lachte und sagte: »Ist nur Oberfläche.« Dabei machte er eine Geste, wie um zu sagen, *mein Gesicht, dieses alte Ding da,* und steckte dann die Hand wieder zurück in die Hosentasche. »Weißt du, wo er wohnt? Der geheimnisvolle Mensch, den du suchst? Von dem du gehofft hast, er wäre noch hier?«

»Nein, aber das finde ich gleich heraus.« Ich zog mein Handy raus, tippte *Jonathan Calvin Wooster* ein und im Handumdrehen, einfach so, poppte eine Adresse auf. Nach all den Jahren, in denen wir uns gefragt hatten, was aus unserem Vater wohl geworden war, hätten wir nur seinen Namen in eine Suchmaschine eingeben müssen, und schon war er da. Das heißt, wenn wir seinen Nachnamen gewusst hätten.

Ich hielt mein Handy hoch.

»Das ist er?«

»Das ist sein Vater. Also eigentlich auch mein Vater. Allem Anschein nach ist er tot.«

»Okay. Tut mir leid, dass er gestorben ist.«

»Danke. Und danke fürs Mitnehmen.«

»Gern. Aber so leicht wirst du mich nicht los, Martha.« Er drehte sich um und ging in Richtung Parkplatz zurück, zu seinem Pick-up. Als ich ihm nicht folgte, blickte er über die Schulter zu mir und sagte: »Na, komm schon. Du kannst bei mir im Wohnheim übernachten oder wir fahren zu mir nach Hause, wo du dann meinen einschüchternden, aber wohlmeinenden Dad kennenlernst.«

»Ich weiß auch so, wo ich übernachten kann.«

»Natürlich. Also, willst du?«

Ich bin mit ihm gegangen, Ez.

Und so kommt es, dass ich dir jetzt vom Notebook eines Studenten namens Nando in einem Wohnheim auf dem Campus der St. Louis University schreibe. So ist das mit dem Leben. Du weißt nie, wohin es dich führt.

Betreff: Tiefste Untiefen (Teil zwei)
Von: Bea <b98989898@ymail.com>
An: Ezra <e89898989@ymail.com>
Datum: Sonntag, 21. April, 01:28 CST

Okay, da bin ich wieder. Du hast natürlich nicht gewusst, dass ich fort war. Darin besteht auch der Zauber solcher Mails. Die letzten beiden Stunden saßen Patrick Aaron Robinson, genannt Patch, und ich in zwei alten Liegestühlen auf dem Dach seines Wohnheims, unter einem zumindest teilweise funkelnden Sternenhimmel, und haben miteinander geredet. Ich habe ihn nach Everly gefragt.

»Also, was ist das für eine Geschichte zwischen euch?« Ich schaute ihn dabei an. Falls er beschloss, mich bei seiner Antwort anzulügen, wollte ich es sehen können.

»Zwischen Everly und mir?«

»Ja.«

Er nahm einen Schluck von seinem Drink, lehnte sich zurück und streckte im Liegestuhl seine langen Beine aus. »Weiß nicht. Bevor ich es herausfinden konnte, wurde ich abgelenkt.«

»Durch mich?« Obwohl ich die Antwort wusste.

Er lachte. Ihm entgeht auch nichts. »Durch dich.«

»Wie lange seid ihr schon zusammen?«

»Wir sind nicht zusammen. Sie studiert an der University of Missouri in Columbia. Deshalb war ich dorthin unterwegs. Ich habe sie hier in St. Louis kennengelernt, in einer Kneipe. Letzte Woche. Es sollte unser erstes richtiges Date sein.«

Plötzlich war es, als würden sich die Sterne verfinstern. Ich weiß nicht, warum, aber mich packte auf einmal eine wahnsinnige Wut. Auf ihn. Auf diese Studentin in Columbia, Missouri, die wahrscheinlich das schönste Leben hatte, das man sich denken kann, ohne böse Stiefväter oder abgrundtiefe Traurigkeit oder Menschen, die vor ihrem Leben davonlaufen wollen.

»Lass dich durch mich nicht davon abhalten«, sagte ich.

»Zu spät.« Und er lächelte wieder dieses Lächeln. »Wenn ich Everly wirklich hätte sehen wollen, hätte ich nicht angehalten, um dich mitzunehmen.«

Die Sterne funkelten am Himmel wieder alle an ihrem Platz, dort wo sie hingehörten, und ich konnte wieder atmen.

»Und was ist mit dir?« Jetzt schaute er mich an. »Wer wartet auf dich?«

»Keiner«, sagte ich. Aber es fühlte sich wie eine Lüge an und hier oben auf dem Dach, unter dem Sternenhimmel, wollte ich nicht, dass es irgendwelche Lügen gab. »Doch, Joe«, sagte ich. »Joe wartet auf mich. Zu Hause. Aber zwischen uns ist es aus, schon länger, und das weiß er auch, aber ...« Ich redete nicht weiter. Ich wollte nicht, dass Joe hier auf dem Dach als Dritter dabei war.

»Aber er kann nicht loslassen. Und das treibt dich dann erst recht in die Flucht.«

Ich warf ihm einen *Hahaha, sehr witzig*-Blick zu, aber er machte sich nicht über mich lustig. Er lächelte mich mit seinem süßen, sexy, offenen Lächeln an.

»Ich glaub, ich werde in Zukunft gut auf dich aufpassen müssen, Martha.«

Da musste ich auch lächeln, ich konnte nicht anders, und ein paar Sekunden lang lächelten wir uns wie zwei idiotische Teenager in einem idiotischen Film an.

Dann drehte er den Kopf weg und schaute in die Ferne und

zeigte zum Haus seines Vaters, jedenfalls in die Richtung. Er erzählte mir, er sei dort seit Weihnachten nicht mehr gewesen, weil sein Vater und er sich über sein Leben uneins seien. Und eigentlich führe er ja das Leben, das sein Dad sich für ihn wünsche, »was aber nicht heißt, dass ich damit glücklich bin. Doch genau das will er von mir hören, und das kann er nicht von mir verlangen, das ist einfach zu viel.«

Das ganze Gespräch machte mich unendlich traurig, weil ich immer nur denken musste: *Wenigstens kümmert es seinen Vater, wie es ihm geht.* »Wenigstens kümmert es ihn, wie es dir geht«, sagte ich.

»Das weiß ich«, sagte Patch. »Aber es gibt einen Unterschied zwischen sich kümmern und zuhören. Er hört mir nie zu.«

Ich erzählte ihm von Mom und Darren und dass sie sich noch nie um uns gekümmert oder uns zugehört haben. Und dann erzählte ich ihm, dass ich mich deshalb auf und davon gemacht habe. Und sogar dich, meinen Bruder Ezra, verlassen habe.

»Ich weiß nicht, wie ich es noch länger aushalten soll, ohne davonzulaufen«, sagte er.

»Vielleicht musst du es dann tun.«

Er zuckte mit den Schultern.

»Tu's.«

»Ach, es ist kompliziert«, sagte er. Es klang verärgert und so, als wollte er, dass ich die Klappe hielt und das Thema fallen ließ. Aber du kennst mich ja, Ez. Du weißt, wie ich sein kann. Wie ein Hund mit einem Knochen. Ich lasse nicht so schnell locker.

»Aber du kannst natürlich auch einfach immer weiterjammern.« Ich spürte, wie ich zunehmend ungeduldig und genervt war. Du weißt, dass ich noch nie viel Geduld hatte, Ez. Aber jetzt, wo ich das Gefühl habe, auf eigenen Füßen zu stehen, und mir so richtig bewusst wird, was wir alles durchgemacht haben, kommt es mir so vor, als sei ich es noch weniger als früher. Und als ich das so zu ihm sagte, fühlte ich mich plötzlich sehr erwachsen. Und unglaublich verantwortungsbewusst. Da saß dieser intelligente, großartige Mensch neben mir, dem die Welt offenstand, und ich gab ihm gute Ratschläge, als wäre ich eine weise Alte, die bereits hundert Leben gelebt hat. Ich hätte ihn am liebsten geschüttelt und ihm gesagt, er solle sofort damit aufhören, sonst würde aus ihm noch einer dieser Menschen werden, die immer nur jammern und sich über ihr Leben beklagen und daran nie etwas ändern. Manchmal haben die Menschen, und sie mögen noch so klug und sympathisch sein, einfach keinen klaren Blick auf sich selbst und die Welt.

Denn eines ist mir klar geworden, Ez: So chaotisch bei uns beiden das Leben im Moment auch sein mag, wir versuchen wenigstens, etwas daran zu ändern.

Also, ich wollte dir nur mitteilen, wie es bei mir gerade aussieht. Keine Ahnung, wie es jetzt weitergehen soll. Ich weiß nur, dass ich dieses Wochenende mit dem schönsten Basketballspieler der Welt verbringe und wir am Montag zu dem Haus fahren werden, in dem Dad gewohnt hat. Und dass ich dort mehr über den Jungen erfahren werde, der behauptet, unser Bruder zu sein.

Liebe Grüße,
Martha

PS: Wahrscheinlich wird ihm das aus meinem Mund nicht besonders wichtig sein, aber richte Terrence bitte ein Dankeschön aus. Ich werde heute Nacht besser schlafen, weil ich weiß, dass du bei ihm bist und er weiß, was bei uns los ist, und dass du dich, egal was geschieht, egal, wie tief die Untiefen sind, auf ihn verlassen kannst.

Betreff: Von Bea
Von: Bea <b98989898@ymail.com>
An: franco@francositmarket.com
Datum: Sonntag, 21. April, 01:50 CST

Lieber Herr Franco,

ich bitte Sie vielmals um Entschuldigung. Es tut mir leid, dass ich nicht früher geschrieben habe, um mitzuteilen, dass es mir gut geht. Aber ich habe erst jetzt Zugang zu einem Computer.
    Ich bin nach St. Louis gekommen, um meinen verschollenen Vater zu treffen. Deshalb bin ich von zu Hause fortgelaufen. Vielleicht haben Sie sich das so oder so ähnlich schon gedacht. Es hat sich allerdings herausgestellt, dass mein »Vater«, der sich mit mir treffen wollte, mein Halbbruder war, von dem ich vorher gar nichts wusste. Mein Vater ist letztes Jahr gestorben.
    Die alte Beatrix wäre einfach verschwunden und hätte sich nie mehr bei Ihnen gemeldet, obwohl Sie mich so freundlich bei sich aufgenommen haben. Aber ich bemühe mich, die alte Bea zu überwinden. Die neue Bea möchte sich bei Ihnen bedanken und bittet Sie und Ihre Frau nochmals um Entschuldigung.
    Ich versuche gerade, ein paar wichtige Dinge in meinem Leben auf die Reihe zu bringen. Bitte entschuldigen Sie, dass ich ein paar Habseligkeiten von mir in Ihrem Büro zurückgelassen habe. Wenn ich nicht in einer Woche zurück bin, schmeißen Sie alles einfach weg.
    Nochmals vielen Dank.

Ihre Freundin
Bea

Betreff: Nachtgedanken
Von: Bea <b98989898@ymail.com>
An: Ezra <e89898989@ymail.com>
Datum: Sonntag, 21. April, 02:09 CST

Wenn du mit Terrence zusammen bist, hast du dann jemals das Gefühl, dass du dich von deiner besten Seite zeigen musst, als der beste Ezra, den es jemals geben kann und geben wird? Hast du das Bedürfnis, dein altes Selbst unters Sofa zu kehren? Und alles, was an dir fleckig, staubig, voller Spinnweben, aufgeraut oder angestoßen ist, aufzupolieren, damit der andere es nicht bemerkt?

    Mit Joe ist es mir nie so ergangen, aber Patch ist so nett und hübsch und lustig, dass er mich damit richtig einschüchtert. Und als ob das nicht ausreichen würde, ist er auch noch intelligent. Aus irgendeinem Grund redet er gern mit mir – oder jedenfalls wirkt es auf mich so –, aber ich wäre gern eine strahlendere, brillantere Bea. Dann könnte diese neue, bessere Bea meinen Platz einnehmen und neben ihm auf dem Dach seines Wohnheims sitzen und mit ihm über die Sterne reden.

Betreff: Sunday, Bloody Sunday
Von: Ezra <e89898989@ymail.com>
An: Bea <b98989898@ymail.com>
Datum: Montag, 22. April, 03:21 EST

Der Tag hat damit angefangen, dass ich in die Kirche mitgegangen bin.

Ich weiß, ich weiß – dir ist jetzt bestimmt die Kinnlade runtergefallen. Krieg dich wieder ein! Es hat mich selber kalt erwischt. Aber als Terrence' Mutter mich gefragt hat, ob ich am Sonntagvormittag in den Gottesdienst mitgehen wollte, wusste ich, dass das gigantisch war. Ich konnte Terrence ansehen, dass es eine Riesensache war. Seine Mutter wagte sich auf ein Terrain vor, das sie nie vorher ausgetestet hatte. Also nahm ich die Einladung an.

Das Problem war: Ich hatte dafür nicht die richtigen Klamotten. Und du weißt, dass ich auch nicht gerade Terrence' Kleidergröße habe. Aber seine Mutter ließ sich dadurch nicht abschrecken – sie ging zu einem Wandschrank im Flur und holte einen Anzug heraus, von dem sie sagte, sein Vater hätte ihn zu Collegezeiten getragen.

Und da bin ich jetzt, als einziger weißer Junger in einer Kirche mit lauter Schwarzen, ich rieche nach Mottenkugeln und die Hosenbeine meines Anzugs sind viel zu lang. Und weißt du, wie die Leute reagieren? Sie freuen sich alle, dass ich da bin. Natürlich werde ich als »guter Freund« von Terrence vorgestellt und nicht als »sein Freund«. Aber habe ich was dagegen? Nein, überhaupt nicht.

Der Gottesdienst beginnt und ich habe keine Ahnung, was ich wann sagen oder singen oder tun soll. Aber ich weiß, warum ich hier bin. Nicht nur, weil es sich gut anfühlt, in einer Familie willkommen geheißen zu werden, obwohl das auch zählt. Nein, der Grund, warum ich an diesem Sonntagvormittag hier in der Kirche bin, ist, dass mein Vater gestorben ist. Aber ich konnte nicht bei seiner Beerdigung sein und brauche jetzt etwas Raum dafür, um ihm im Kopf meine eigene Trauerfeier zu widmen. Auf dieser Trauerfeier werden nicht viele Reden gehalten, denn ich habe keine Ahnung, was ich sagen soll. Der Sarg ist geschlossen, denn ich weiß ja gar nicht, wie mein Vater aussieht. Aber um mich herum erklingen Gebete und Lieder, es wird Amen gesagt und Halleluja gesungen. Wir sitzen bei meiner Trauerfeier in der letzten Reihe, Bea. Keiner weiß, dass wir da sind. Ich sehe London in der ersten Reihe sitzen, mit seiner Mutter, beide schluchzen. Ich sehe viele andere Menschen, die ihnen die Hände schütteln und ihnen Beileid aussprechen. Der Mann, der gerade gestorben ist und den ich nie kennengelernt habe, lebt in der Erinnerung all dieser Menschen fort. Während der Trauerfeier denken sie alle an ihn. Du und ich recken die Hälse, um in ihre Köpfe hineinzusehen. Wir wollen mehr über unseren Vater erfahren. Wir wollen auch das Gefühl haben, dass wir dazugehören, dass wir ein Recht haben, bei dieser Trauerfeier zu sein.

Ich fange an zu weinen, hier, in der wirklichen Kirche. Ich schluchze nicht, aber mir laufen Tränen über das Gesicht, die ich hastig wegzuwischen versuche. Alle sind so mit ihrem *Jesus Jesus Jesus* beschäftigt, dass ich überzeugt bin, keiner merkt was davon. Da nimmt Terrence' Mutter ein Papiertaschentuch aus ihrer Handtasche und reicht es mir. Als ich mir die Tränen getrocknet habe, legt sie ihre Hand kurz auf meine. *Alles wird gut.* Sie braucht es nicht zu sagen, ihre Berührung teilt es mir mit.

Ich spreche ein Gebet für London und seine Mutter, weil ich weiß, dass sie gerade eine schwere Zeit durchmachen – und vielleicht gehören sie ja zu den Menschen, die an die Kraft von Gebeten glauben.

Nach dem Gottesdienst stehen alle noch beieinander und reden. Terrence fragt seine Eltern, ob wir zu Fuß nach Hause gehen können, weil das Wetter so schön ist. Bestimmt ist seinen Eltern klar, dass es ihm hauptsächlich darum geht, mit mir allein zu sein, aber sie haben nichts dagegen. Der Spaziergang dauert nur eine halbe Stunde und wahrscheinlich sind wir noch vor ihnen da, auf jeden Fall rechtzeitig zum Mittagessen (sie nennen es *Dinner*).

Von unserem Spaziergang gibt es nicht viel zu erzählen – wir gehen einfach nur nebeneinander her. Der Tag ist schön. Wie du dir leicht denken kannst, haben Terrence und ich an diesem Wochenende sehr viel Zeit miteinander verbracht, haben miteinander geredet, eine Pause gemacht, weitergeredet. Es gibt nichts mehr, was wir uns dringend sagen müssen, und das fühlt sich angenehm an statt quälend. Er erzählt mir Anekdoten über ein paar Kirchgänger, und ich versuche herauszufinden, wen er meint. (Dafür beschreibt er mir jedes Mal, was derjenige anhatte, aber ich traue mich nicht, ihm zu sagen, dass ich mich, anders als er, an kein einziges Kleidungsstück erinnere.)

Und dann sind wir auch schon vor dem Haus angekommen. Ich bin so in uns beide, in Terrence und mich, versunken, dass ich Darrens Auto, das auf der gegenüberliegenden Straßenseite geparkt ist, gar nicht bemerke. Erst als ich Darrens Stimme höre, die meinen Namen ruft, drehe ich mich um und entdecke ihn auf dem Fahrersitz. Das Seitenfenster ist runtergelassen.

»Ezra!«, brüllt er. »Komm rüber und steig ein! *Sofort!*«

Mom sitzt neben ihm, Bea. Ich sehe sie, wie sie dasitzt und durch die Windschutzscheibe starrt.

»Jetzt!«, brüllt Darren. »*Sofort!*«

Ich stehe wie erstarrt da.

Dann die Drohung: »Oder soll ich erst aus dem Wagen steigen?«

Ich kann mich nicht rühren.

Ich spüre, wie all die anderen Male an mir zerren, wenn er mir so gedroht hat. Wie ich gleichzeitig Widerstand leisten und nachgeben will. Das reflexartige Abwägen zwischen Befehl und Verweigerung, das Wissen, dass es leichter ist, dem Befehl zu folgen, als die Folgen der Verweigerung zu spüren zu bekommen. *Oder soll ich erst aus dem Wagen steigen? Ich sag das nicht zweimal. Ist dir lieber, dass ich zu dir komme? Oder soll ich dir das Spielzeug wegnehmen und in den Müll schmeißen? Willst du, dass mir die Hand ausrutscht? Du hast es nicht anders gewollt.* Als ob es ihm jemals leidgetan hätte, mich zu verprügeln.

»Ezra«, sagt Terrence und zieht an meinem Arm. »Lass uns reingehen.«

Die Autotür geht auf. Die Autotür schlägt mit einem Knall zu. Darren kommt über die Straße.

Terrence zieht heftiger. Er wird der Anzugjacke seines Vaters noch den Ärmel abreißen.

Warum kann ich mich nicht rühren?

Geh einfach mit ihm. Steig ins Auto. Du hast doch gewusst, dass es so kommen würde. Du hast gewusst, dass du nicht hierbleiben kannst.

Terrence hört auf, an meinem Arm zu ziehen. Er gibt auf. In

diesem Moment bin ich fest überzeugt davon, dass er mich aufgibt.
Ja, lass nur, Terrence, denke ich. *Schon okay. Ich gehe mit ihm.*
Doch er geht nicht weg, sondern stellt sich zwischen mich und Darren.
»Verschwinden Sie von hier!«, brüllt Terrence. »Das ist unser Grundstück.«
Stopp, denke ich. *So was funktioniert bei ihm nicht.*
Darren lacht und geht weiter. Hat die Straße bereits überquert. »Na klar. Ist euer Grundstück. Gehört euch. Und ich hole nur, was mir und seiner Mutter gehört. Höchste Zeit für ihn, dass er sich für alles entschuldigt, was er ihr angetan hat.«
»Mich entschuldigen?«, frage ich.
Wutentbrannte Blicke, sein Zorn trifft mich mit voller Wucht. »Du wirst deine Mutter nicht länger verletzen, hast du mich verstanden? Von jetzt an benimmst du dich wieder. Schluss mit diesen Kindereien. Beweg deinen Hintern, steig ein und lass uns nach Hause fahren.«
Wie lautete das eine Wort, das wir gegenüber Darren nie benutzen durften? Vier Buchstaben, fängt mit n an und hört mit n auf? Das Triggerwort. Das abgrundtief falsche Wort. Das Wort, das ihn nur noch wütender machte und zu noch viel schlimmerer Bestrafung führte?
Ich weiß, was passiert ist, wenn du es benutzt hast. Ich musste es jedes Mal mit anhören.
Es hat ihn nie von irgendetwas abgehalten.
Und um ehrlich zu sein – um dir die eklige, hässliche Wahrheit zu sagen, Bea –, ich hätte dieses Wort vielleicht auch jetzt nicht benutzt, wenn Terrence nicht da gewesen wäre, wenn ich mich nicht so dafür geschämt hätte, dass Terrence das alles mitbekam und mich in meiner Erstarrung und Ohnmacht erlebte.

Das war mir so unerträglich, dass ich auf einmal die Kraft hatte, zu Darren zu sagen:

»Nein.«

Kaum habe ich das Wort ausgesprochen, stürzt er sich auf mich. Terrence versucht, ihn aufzuhalten, wird von Darren beiseitegeschoben. Pure Raserei, Bea. Wut, Zorn und Raserei. Und schon stößt Darren mich zu Boden.

Mein Aufprall auf dem Asphalt. Darren auf mir. Terrence, der aufschreit und Darren von mir wegzuzerren versucht. *Gleich werde ich sterben*, denke ich, und *Tut mir leid wegen dem Sonntagsanzug*. Stimmengewirr, Nachbarn eilen herbei. Rufe. »Lassen Sie ihn los!« Und dann, ein Wunder, lässt Darren mich los. Wird von mir weggezerrt. Entwindet sich Terrence und Mr Anderson von nebenan. Mrs Anderson brüllt: »Polizei! Ich rufe die Polizei!« Vielleicht ist es dieses Wort, das zu ihm durchdringt. Ich kann nicht aufstehen. Er brüllt sie alle an, sagt, dass ich sein Sohn sei, dass er seinen Sohn bestrafen könne, wie er wolle. *Du hast es nicht anders verdient*, lautet die Botschaft an mich. Auch wenn er mich nicht anschaut. Ich liege immer noch auf dem Boden. Noch mehr Nachbarn kommen aus ihren Häusern. »Ich geh ja schon, ich geh schon«, knurrt Darren. Ich drehe den Kopf und blicke zum Auto.

Unsere Mutter, Bea.

Unsere Mutter.

Sitzt.

Einfach.

Da.

Und starrt durch die Windschutzscheibe.

Hier bin ich, Mom.

Am liebsten würde ich es laut rufen. Aber ich habe keine Lust, dass Darren noch einmal umkehrt.

Terrence hält mir die Hand hin, um mir hochzuhelfen. Ich fasse mir an den Hinterkopf und Terrence sagt: »Oh, Scheiße.« An meinen Fingern ist Blut.

Die Autotür knallt zu. Darren setzt zurück, wendet und eine Sekunde lang denke ich, jetzt überfährt er uns. Aber das Auto bleibt auf der Straße, fährt davon.

Mrs Anderson begutachtet meinen Hinterkopf. Sagt, so schlimm sehe es nicht aus. Aber ich solle liegen bleiben, sie komme gleich mit Verbandszeug und etwas Wasser wieder.

Ich bleibe also liegen, wo ich bin. Eine andere Nachbarin, Mrs Clemmons, sagt, sie habe alles mit dem Handy aufgenommen, einschließlich des Autokennzeichens. Terrence hockt sich neben mich, hält meine Hand. Die Nachbarn bemerken es und es scheint sie nicht zu stören. Sie stellen sich mir als Mr Anderson und Mrs Clemmons vor.

Mrs Anderson reinigt die Wunde (»Nur eine Platzwunde«, beruhigt sie mich) und legt mir dann einen Verband um. In diesem Moment parken Terrence' Eltern vor dem Haus.

Es gibt vieles zu erzählen und zu erklären und ich verschweige nichts.

Ich erkläre alles, so gut ich kann.

Sie rufen die Polizei. Sie weisen die Polizisten darauf hin, dass Darren mir im Kino mit einem Gewehr gedroht hat. Sie verlangen, dass gegen ihn eine einstweilige Verfügung erwirkt wird. Die Polizisten sagen, dass sie ihm verbieten werden, sich mir zu nähern, und erklären, welche Schritte unternommen werden müssen, um eine einstweilige Verfügung zu erwirken. Keiner redet von Jugendamt, Pflegeeltern, allem, wovor ich Angst habe. Sie fragen mich nach dir und ich sage, dass du bereits achtzehn bist und dass wir in Kontakt stehen und dass es dir gut geht. Terrence' Eltern schildern die Situation so, als würde ich bereits ganz normal bei ihnen wohnen, als würden sie sich bereits wie Pflegeeltern um mich kümmern.

Ich erzähle dir das alles nicht, um dir Stress zu machen. Bei mir ist alles in Ordnung. So grauenhaft und abscheulich das Ganze war – ich habe jetzt erfahren, dass die Leute auf meiner Seite sind, nicht auf seiner, und je mehr sie von meiner Geschichte hören, desto mehr sind sie auf meiner Seite. Ich habe immer noch Angst vor ihm, aber ich drehe nicht mehr durch vor Angst. Nicht mehr so wie vorher.

Terrence' Mutter wollte danach unsere Mutter anrufen und ihr am Telefon so richtig die Meinung sagen – ich habe seine Mutter noch nie so wütend erlebt. Und weißt du was? Da habe ich plötzlich zu ihr gesagt, *nein*, das wäre etwas, das ich machen würde. Nicht jetzt. Aber bald. Ich muss dauernd daran denken, wie sie vor sich hin starrte, und ich weiß, dass ich nicht mehr länger schweigen kann. Mein Schweigen reicht als Antwort nicht mehr aus. Es wird der Augenblick kommen, und zwar bald, in dem ich ihr meine Worte entgegenschleudere. Nicht mein Schweigen, sondern was ich ihr zu sagen habe, soll sie mit sich herumtragen müssen.

Aber nicht heute. Es ist spät. Terrence hat vorhin gesagt, dass er im Bett nicht auf mich warten wird. Aber ich bin mir sicher, dass er noch nicht schläft. Bei mir passiert gerade so viel ... und trotzdem ist morgen wieder Schule.

Aber, hey, kommt dir das nicht gerade bekannt vor? Wie fühlt es sich an, in einem Wohnheimzimmer zu übernachten? Und was meinst du, wie fühlt es sich an, aufs College zu gehen? Wir sollten das beide irgendwann mal ausprobieren, findest du nicht?

Aber immer der Reihe nach. Finde erst einmal so viel wie möglich über unseren Vater heraus.

Und ich werde mir Gedanken darüber machen, was unsere Mutter unbedingt mal gesagt bekommen muss. Ein für alle Mal. Für Vorschläge bin ich offen und dankbar.

Ez

PS: Richte London Grüße von mir aus. Denn, hey, warum eigentlich nicht?

Betreff: #fuckdarren
Von: Bea <b98989898@ymail.com>
An: Ezra <e89898989@ymail.com>
Datum: Montag, 22. April, 07:36 CST

Verdammte Scheiße, Ez.
    Verdammte. Scheiße.
    Natürlich bin ich sofort online gegangen, um herauszufinden, ob Darren wieder eingelocht worden ist, aber falls da irgendwo was zu *böser Stiefvater + unfähige Mutter + Nahkampf mit dem Teenager-Sohn der unfähigen Mutter + Freund des Teenager-Sohns + Nachbarn* zu lesen sein sollte, habe ich es jedenfalls nicht aufgetrieben.
    Also, ich erzähle Patch von meinem total coolen, irren kleinen Bruder, denn so grässlich und beschissen und erbärmlich das Ganze war (und ich weiß genau, wie es sich anfühlt), ich bin wirklich wahnsinnig stolz auf dich, und er sagt, da geht es jetzt um noch viel mehr als darum, dass Darren versucht hat, dich unter Drohungen/mit Gewalt ins Auto zu zerren. Das nimmt jetzt andere Dimensionen an als das, was wir gewohnt sind. Zuerst kapier ich noch nicht ganz, weil ich daran gewöhnt bin, über alles, was Darren und Mom und die Geschehnisse hinter den verschlossenen Türen des Hauses 885 Hidden Valley Circle betrifft, wie ein Grab zu schweigen, und deshalb ist meine erste Reaktion: VERDAMMTE SCHEISSE, MEIN BRUDER IST SO IRRE COOL, UND WENN ICH DARREN JEMALS WIEDERSEHEN SOLLTE, TRETE ICH IHM MIT SOLCHER WUCHT

INS GESICHT, DASS ER DANACH SEINE NASE AUFKLAUBEN KANN.

Und auf unsere Mutter lass mich besser nicht los.

Aber was ich sagen wollte: Als ich Patch das alles erzähle, richtet er sich auf, wird sehr ernst und schüttelt seinen schönen Kopf. »Oh Mann, Martha«, sagt er mit einem Tonfall, als hätte er die ganze Zeit die Luft angehalten. »Dein Bruder hat echt Glück, dass er bei Terrence bleiben kann.«

»Ja«, sage ich und fange bereits an, mir wegen Terrence und seinen Eltern Sorgen zu machen. Keine Ahnung, wie lange ihre Gastfreundschaft andauern wird.

»Aber«, sagt Patch, »mir fällt noch was ganz anderes ein – vielleicht teilt die Polizei eurer Mutter ja mit, dass ihr Ehemann das Haus nicht mehr betreten darf und Abstand von Ezra halten muss. Dann wär alles okay. Dann könnte Ezra wieder nach Hause, wenn er will.« Patch scheint ein ziemlich positiver Mensch zu sein, was mir auf die Nerven gehen könnte, wenn er nicht zugleich so reflektiert und selbstkritisch wäre.

Doch wir beide, Ezra, du und ich wissen genau, wie die Antwort ausfallen würde, sollte die Polizei unserer Mutter plötzlich mitteilen, sie müsse sich zwischen dir und Darren entscheiden. Natürlich würde sie sich dann für dich entscheiden, oder? Ihren Sohn. Na klar. Denn welche Mutter entführt ihre beiden Kinder, stiehlt sie dem biologischen Vater und lässt sie dann wegen irgend so einem Scheißkerl im Stich, den sie später geheiratet hat?

Na ja, vielleicht genau so eine Mutter, wie wir sie haben, die so tut, als würde ihr Scheißehemann nicht gerade ihren Sohn auf der Straße attackieren und ihn mit Gewalt ins Auto zerren wollen. Während sie auf dem Beifahrersitz hockt. Und aus dem Fenster schaut. Als würde nichts geschehen. Als ginge sie das alles gar nichts an.

Nein.
Nein.
Scheiß auf sie.
Scheiß auf sie beide, Ez.
Ich schick dir das jetzt und hoffentlich antwortest du mir sofort.
Es tut mir leid, dass ich nicht da bin.
Es tut mir leid, dass ich weggelaufen bin.
Es tut mir leid.
Es tut mir leid.
Es tut mir leid.

Alles Liebe,
Bea

Betreff: Von Franco
Von: franco@francositmarket.com
An: Bea <b98989898@ymail.com>
Datum: Montag, 22. April, 08:02 CST

Bea,

danke, dass du uns geschrieben hast. Lass uns wissen, wo du bist und wie es dir geht. Pass auf dich auf. Deine Sachen sind hier. Wir werden sie nicht wegwerfen.

Dein Freund
Franco

Betreff: SLU (mein Tag, Teil eins)
Von: Bea <b98989898@ymail.com>
An: Ezra <e89898989@ymail.com>
Datum: Montag, 22. April, 22:13 CST

Ich weiß nicht recht, wo ich anfangen soll. Wir wissen beide, dass ich heute bei unserem Bruder war. Am besten, ich beschreibe einfach, wie es war.

Aber zuerst muss ich noch was anderes erzählen.

Patch und ich wollten um 14 Uhr vom Campus aufbrechen, nach seiner Einführung in die Forensische Psychologie. Aus Zeitgründen bin ich mit ihm in die Vorlesung. Keiner hat dort was gemerkt, denn im Hörsaal sitzen ungefähr zweihundert Studierende. Die Professorin ist noch jung, vielleicht Ende dreißig, und wird von allen Dr. Naomi genannt, mit ihrem Vornamen. So cool ist sie drauf. Egal, ich sitze jedenfalls neben Patch und konzentriere mich auf den Duft seiner Seife, seine beruhigende Nähe, um mich von zwei Dingen abzulenken: 1) der Tatsache, dass mein kleiner Bruder (du) gerade einen größeren öffentlichen Nahkampf mit dem Arschloch-Ehemann unserer Mutter hinter sich hat, und 2) der Tatsache, dass ich den Nachmittag mit meinem überraschend aufgetauchten kleineren kleinen Bruder (London) und seiner Mutter (die nicht unsere Mutter ist) verbringen werde, in ihrem Haus, das das Haus unseres unlängst verstorbenen Vaters war.

Ich atme also Patchs Körpergeruch ein und wieder aus und höre überhaupt nicht zu, was Dr. Naomi an ihrem Pult vorne vorträgt. Erst als sie anfängt, über Gene vs. Umwelt zu sprechen und welche Folgen diese Debatte für das Verständnis von Kriminalität hat. *Sind Kriminelle von Geburt an böse? Gibt es so etwas wie eine Veranlagung zur Kriminalität? Liegt kriminelle Neigung in den Genen? Oder hat die Tatsache, dass manche Menschen kriminell werden, mit ihrer Erziehung zu tun, mit dem sozialen Umfeld, mit ihren Eltern, mit ihren Erfahrungen?* Und so weiter und so weiter.

Ich merke erst, dass ich meine Hand hochhalte, als Patch mich mit dem Ellenbogen anstößt. Als ich zu ihm blicke, nickt er in Richtung meiner Hand. Meine Augen folgen seinem Blick, hoch und immer höher, bis zu meiner hochgereckten Hand, die alle sehen können. Ich ziehe sie hastig zurück, aber zu spät. Dr. Naomi sagt: »Ja?«

Sie sagt es freundlich. Einladend, offen und wirklich interessiert. Deshalb mache ich den Mund auf und sage: »Und was, wenn es eine Mischung aus beidem ist? Was, wenn Kriminelle mit solchen Veranlagungen geboren werden, wenn wir alle mit solchen Veranlagungen geboren werden, wenn diese Veranlagungen aber durch ihre Umgebung gefördert werden? Was, wenn ihre genetische Grundausstattung nicht anders ist als bei allen anderen Menschen, so normal oder unnormal wie bei uns allen, aber wenn ihre Umwelt ihnen immer wieder und wieder zu verstehen gibt, dass sie böse sind, sodass sie am Ende gar keine andere Wahl haben, als böse zu sein?«

Weißt du was, Ez? Ich fange nämlich allmählich an zu kapieren, dass du und ich hier nicht das Problem sind. Egal, was Mom und Darren uns dauernd weismachen wollen. Seltsam, wie man Dinge über sich selbst für wahr hält, wenn sie dir jemand nur oft genug sagt. Mom und Darren sind das Problem, nicht wir.

Dr. Naomi scheint meine Wortmeldung zu schätzen und nennt Beispiele von Menschen, die durch eine Art Gehirnwäsche zu Verbrechen angestiftet wurden – Sektenanhänger oder die Mitglieder der Manson Family. Ich sitze neben Patch und denke über die jungen Frauen und Männer der Manson Family nach, die sieben Morde begangen haben, und finde, dass ich im Vergleich eigentlich sehr okay bin – denn so beschissen Mom und Darren auch sind, niemals würde ich auf die Idee kommen, jemanden zu ermorden oder mir auf der Stirn ein Hakenkreuz einzuritzen. Und dann ist die Vorlesung vorbei.

»Guter Beitrag«, sagt Dr. Naomi zu mir, als ich an ihr vorbeigehe. Sie scheint in ihrem Gedächtnis nach meinem Namen zu suchen.

»Martha«, sage ich.

»Martha«, wiederholt sie. »Bis zum nächsten Mal. Ich freue mich auf weitere Wortmeldungen von Ihnen.«

Das erste Mal in meinem Leben sagt jemand so etwas zu mir. Ich bleibe wie unter Schock stehen und kann mich erst wieder rühren, als Patch mir die Hand auf die Schulter legt und mich aus dem Raum schiebt.

College. Während wir zum Haus von London und seiner Mutter fahren, muss ich die ganze Zeit darüber nachdenken. Das ist mir nie in den Sinn gekommen. Früher vielleicht, vor ungefähr hundert Jahren, als ich noch klein war. Als ich Celia Wie-war-noch-mal-ihr-Nachname? Nachhilfeunterricht gegeben und Bücher gelesen habe, die nicht einmal Mom und Darren (falls sie überhaupt jemals ein Buch in die Hand genommen haben) verstanden. Aber als ich auf die Highschool kam, wurde mir klar, dass das einfach nicht infrage kam. Weil das Geld dafür sowieso nicht da sein würde, weil ich dafür niemals gut genug wäre, jedenfalls wurde mir das von Mom und Darren immer eingetrichtert. Ab und zu habe ich daran gedacht, aber wir wissen beide, dass an etwas denken und es Wirklichkeit werden lassen zwei ganz unterschiedliche Paar Schuhe sind. Wenn ich es als Möglichkeit gesehen hätte, aufs College zu gehen, wäre ich niemals von zu Hause ausgerissen, sondern hätte gemeinsam mit Joe und Sloane und dem Rest der Klasse meinen Schulabschluss gemacht.

College.

Ich stelle mir vor, wie ich – eine andere, bessere Version von mir, keine abgerissene Ausreißerin mehr, sondern, hey, ein Mädchen, das ganz genau weiß, was es will – über den Campus gehe, in Hörsälen und Seminarräumen sitze, die Hand hebe, überall mitdiskutiere. Ich stelle mir mein Zimmer im Wohnheim auf dem Campus vor, mit Plakaten in leuchtenden Farben an der Wand, am liebsten von Andy Warhol. Ich werde mir ein Outfit wie Edie Sedgwick zulegen, dick schwarz umrandete Augen und Miniröcke und Stiefel, vielleicht auch eine ironische Baskenmütze. Ich werde allen auf dem Campus freundlich zuwinken und auf Partys gehen, aber niemand außer Patch und ein paar ausgewählten Freundinnen und Freunden wird mich wirklich kennen. Alle anderen werden sich bewundernd zuflüstern, wie intelligent ich bin, wie tough. Wie geheimnisvoll. Und dass sie davon gehört haben, wie schwierig mein soziales Umfeld war und dass ich es trotzdem geschafft habe.

Ich stelle mir vor, wie ich mit Kappe und Robe bei der Abschlussfeier am College auf die Bühne komme, und im Publikum sitzt du mit Terrence, und London sitzt da vielleicht auch und Patch lächelt sein unglaublich schönes Lächeln. Ich halte eine Rede darüber, wie wichtig es ist, verzeihen zu können und an sich selbst zu glauben – und wie jede/r es schaffen kann, wenn ich es geschafft habe. Das Publikum lauscht mir mit Tränen in den Augen, und ich habe auch Tränen in den Augen, und dann verlasse ich die Bühne und tief in meinem Herzen weiß ich, dass ich alles erreichen kann.

Hübscher Tagtraum für ein Mädchen wie mich, oder?

Alles Liebe,
Bea

Betreff: London Wooster (mein Tag, Teil zwei)
Von: Bea <b98989898@ymail.com>
An: Ezra <e89898989@ymail.com>
Datum: Montag, 22. April, 23:02 CST

Teil zwei
Zu Hause bei London Wooster

Patch fährt mit mir quer durch St. Louis und versucht, mich vor der Begegnung etwas zu coachen. Und tatsächlich bin ich froh darum. Ein paar aufmunternde Worte kann ich gut gebrauchen. Positive Gedanken. Mein eigener Kopf ist immer voller negativer Gedanken und Selbstzweifel, wenn auch etwas weniger als früher. Patch redet und ich höre zu.

»Egal, was geschieht, das ändert alles nichts daran, wer du als Mensch bist. Nichts kann etwas an der Tatsache ändern, dass du, Martha, einzigartig und besonders bist und dass dein Lächeln – wenn es mal aufblitzt – den dunklen Missouri-Himmel erstrahlen lassen kann. Du bist intelligent, du bist kreativ, dein Gehirn arbeitet schnell, du sagst faszinierende, kluge Sachen. Du bist mutiger, als du glaubst. Für mich bist du ein menschliches Feuerwerk, elektrisierend und voll schillernder Farben. Du hast ein großes Herz. Und du wirst immer Ezra als deinen Bruder haben, egal, wie weit ihr räumlich voneinander entfernt seid, egal, wie viele Halbbrüder oder Halbschwestern noch aufkreuzen werden.«

Bevor ich mir ausmalen kann, wie eine Reihe kleiner London

Woosters, alle in leuchtend roten Steppwesten, nacheinander am Straßenrand auftauchen und mir zuwinken, sagt Patch: »Du schaffst das, Martha.«

»Und was ist mit dir?«, frage ich.

»Ich?«, fragt er zurück.

»Du solltest deinem Vater erzählen, dass du deinen eigenen Lebenstraum hast.«

Er wischt die Bemerkung mit einer Handbewegung beiseite. Schaut durch die Windschutzscheibe auf die Straße. »Wir reden jetzt hier über dich«, sagt er.

»Wir reden immer über mich«, antworte ich und in meiner Stimme liegt eine gewisse Schärfe. Obwohl du mich ja kennst, Ez. Ich habe es immer genossen, wenn sich alles um mich dreht.

»Du bist einfach viel interessanter. Und außerdem sind meine Probleme nicht neu. Das müssen wir nicht ausgerechnet jetzt besprechen.« Er stellt das Radio an, dreht es voll auf und singt einen alten Song von Prince mit. Es klingt grauenhaft und ich muss lachen, und dann muss er auch lachen und alles ist wieder gut. Den Rest der Fahrt singe ich aus vollem Hals mit und kann mich nicht mehr erinnern, wann ich so etwas das letzte Mal gemacht habe – so viel Raum einzunehmen, so viel Lärm zu machen, ohne mir deswegen Gedanken zu machen. Er stimmt mit ein, und dann greift er nach meiner Hand und ich lasse zu, dass er sie nimmt. Mit Joe habe ich Händchenhalten gehasst. Irgendwas daran fühlte sich für mich immer klebrig und erstickend an. Aber manchmal tut es gut, die Berührung einer anderen menschlichen Hand zu spüren.

Ich schiele immer wieder auf das Navi. Die Entfernung wird geringer und geringer, bis wir fast da sind. Noch zwei Kilometer. Noch ein Kilometer. Nur noch ein paar Straßenkreuzungen. Noch fünfhundert Meter.

Wir fahren durch ein Viertel, in dem klar erkennbar Menschen wohnen, die zur gehobenen Mittelschicht zählen. Gepflegte Gärten, ein- und zweistöckige Häuser, manche mit Säulen und Veranda, manche ohne. Keine billigen Fertighäuser, alles ältere Häuser, manche Villen, jedes Haus anders. In den Einfahrten parken viele SUVs.

Vierhundert Meter. Dreihundert Meter. Zweihundert Meter. Ziel fast erreicht. Und plötzlich sehen wir es – das einzige Haus in der ganzen Straße, vielleicht sogar im ganzen Viertel, das komplett anders ist als alle anderen. Lauter Kanten und Kuben, alles ineinander geschachtelt, mit unterschiedlichen Ebenen. Sehr modern, auf eine schöne Weise. Ich muss an ein Gemälde von Picasso denken.

Bevor ich ausgestiegen bin, geht bereits die Haustür auf. Patch ist noch dabei, mir zu sagen, dass ich ihn anrufen soll, wenn ich mit dem Besuch fertig bin, egal wann, und dass er dann kommen wird, um mich abzuholen. Danach lässt er mich (bestimmt zum zehnten Mal!) seine Telefonnummer wiederholen, damit ich ihn von egal wo anrufen kann, weil ich immer noch kein eigenes Handy habe, auf dem ich seine Nummer speichern kann. London steht auf den Stufen vor der Haustür, sein schlabbriges Spider-Man-T-Shirt hängt ihm bis zu den Knien. Er winkt mir zu.

Einen Moment lang ist mir danach, Patch zu sagen, dass er weiterfahren soll. Dass er uns verdammt noch mal hier rausbringen soll. Dass ich nicht aus seinem Pick-up aussteigen werde, bevor er es nicht schafft, seinem Vater gegenüberzutreten und für sich selbst, sein eigenes Leben, einzustehen, so wie ich es gerade versuche.

Aber dann sagt er noch einmal: »Du schaffst das, Martha.« Und ich will ihn nicht enttäuschen und will auch London nicht enttäuschen, der breit grinsend und winkend vor der Haustür steht, als würden wir uns in einer riesigen Menschenmenge befinden und er hätte Angst, dass wir ihn nicht sehen.

Deshalb steige ich aus, lasse hinter mir die Autotür zufallen, die jetzt Patch und mich voneinander trennt, und gehe über die ordentlichen, gepflegten Steinplatten auf die Haustür zu. London streckt mir seine Hand entgegen, und anstatt zu ihm zu sagen: *Du bist ein so durchgeknallter, sonderbarer Beinahe-Fünfzehnjähriger*, ergreife ich seine Hand und schüttle sie. Dann folge ich ihm ins Haus.

Ich würde dir so gern alles ganz genau beschreiben, Ez, aber das würde noch ewig dauern und meine Mail ist jetzt schon so lang und dabei habe ich noch nicht mal das Haus betreten und es gibt so viel zu erzählen. Dad hat das Haus selbst entworfen. Er war zwar kein Architekt, aber London sagt, dass er gut zeichnen konnte und als Jugendlicher Architektur studieren wollte. Das Haus ist sehr modern, das habe ich ja schon gesagt, aber drinnen fühlt es sich trotzdem familiär und gemütlich an. Ein bisschen wie in einer Wohnzeitschrift, aber viel lebendiger, nicht alles in ein und demselben Stil eingerichtet. Offen und luftig, aber wohnlich. Mit viel Licht. Und viel Kunst an den Wänden. Auch Fotografien, die von Dad stammen, meistens in Schwarz-Weiß, von Bäumen und dem Himmel, viele Landschaften. Die Zimmer gehen offen ineinander über. London zeigt mir Dads Fotoapparat, und ich versuche mir vorzustellen, wie dieser Mann, den ich kaum gekannt habe, an den ich mich nur undeutlich erinnere, damit unterwegs war und Augenblicke festgehalten hat, die ihm wichtig waren. Ich versuche, nicht daran zu denken, wie viele Augenblicke wir mit ihm nicht erlebt haben.

Bevor London seine Führung durchs Haus beenden kann, taucht eine Frau auf. Sie lächelt mich an. Sie ist hübsch. Große, dunkle Augen, dunkelrote Lippen, schulterlange rotbraune

Haare, die ihr lockig in die Stirn und über die Wangen fallen. Sie sagt: »Ich bin Londons Mutter. Amelia. Du musst Bea sein.« Sie stammt aus den Südstaaten, was das Bild irgendwie komplett macht. Man sieht auf den ersten Blick, dass sie das vollständige Gegenteil von unserer Mutter ist.

Und dann umarmt Amelia mich, als wäre es die natürlichste Sache auf der Welt. Umarmt. Mich. Das älteste Kind ihres verstorbenen Ehemannes. Eine Fremde, die nichts als Unordnung in ihr Leben bringt. Sie legt ihre Arme um mich, schlanke, aber kräftige Arme, und drückt mich an sich. Eine solche mütterliche Umarmung kenne ich nur aus Fernsehserien oder Filmen. Londons Mutter duftet nach Honig und Blüten – vielleicht Rosen – und ich atme diesen Duft tief ein.

Die Umarmung dauert leider nur kurz und danach bietet sie mir etwas zu trinken an. London und ich beenden unseren Rundgang in seinem Zimmer. Es ist nicht größer als deines oder meines. Vielleicht sogar etwas kleiner. Aber darin befinden sich alle seine Lieblingserinnerungsgegenstände, die er mir nacheinander zeigt – das Zahnfeekissen mit der aufgenähten kleinen Tasche, seine Avenger-Action-Figuren, das Spiderman-Kostüm, das er mit zehn an Halloween getragen hat, seine alten Nerf-Spielzeugpistolen, seine Bücher, das letzte Foto, das Dad von ihm gemacht hat. Und so geht es weiter und weiter und weiter, bis ich es nicht mehr aushalte.

Ich muss raus aus diesem Zimmer, in dem so viel Glück angesammelt ist, und zwar schnell. London ist mitten in einem Satz und will mir gerade noch etwas zeigen, als ich mich abrupt umdrehe und zur Treppe gehe. Unser Halbbruder folgt mir mit einem Buch in der Hand und wir kehren ins Wohnzimmer zurück, in dem Amelia auf dem gläsernen Couchtisch für uns zwei Gläser mit einer Flüssigkeit, die nach Eistee aussieht, bereitgestellt hat. Ich setze mich auf die lange dunkelgrüne Couch, Teil einer richtigen Sitzlandschaft, und trinke das Glas mit einem langen Schluck aus, auch wenn es mir von der vielen Zitrone den Mund zusammenzieht. Hinter der großen Glasfront des Wohnzimmers erstreckt sich im Garten eine Wasserfläche. London lässt sich neben mich fallen und sagt: »Der alte Tümpel. Dad hat immer gescherzt, wir hätten ein Haus mit Seeblick.«

Amelia kommt und setzt sich zu uns. Da sitzen wir jetzt zu dritt. Zu viert, wenn man Mustache, den Hund, mitzählt. London sagt zu seiner Mutter: »Erinnerst du dich daran? Wie Dad immer gesagt hat, wir würden mit Seeblick wohnen?«

»Ja, ich erinnere mich.«

Sie bemerkt mein leeres Glas, springt auf und eilt hinaus, um mir nachzuschenken. Eigentlich habe ich keinen Durst mehr, außerdem war mir der Eistee zu stark gezuckert, aber ich halte sie nicht auf, weil sie so nett ist.

»Ist sie immer so?«, frage ich London.

»Wie denn?«

»So nett.«

Er zuckt mit den Schultern. »Meistens.«

London sieht mich an. Ich sehe ihn an. »Tut mir leid wegen neulich«, sage ich.

»Schon okay. War meine Schuld. Ich hab dir was Falsches vorgespiegelt. Ich hätte nicht so tun sollen, als wäre ich Dad. Wenn ich geahnt hätte, dass du deswegen von zu Hause wegläufst, die Schule abbrichst und Ezra allein lässt, hätte ich es niemals gemacht.«

»Ja, stimmt, das hättest du nicht tun sollen.« Ich kann mich von außen sehen – struppige gebleichte Haare, zerknittertes T-Shirt, zerrissene Jeans. Ernste, misstrauische Miene. Was für eine Enttäuschung ich als unbekannte Schwester sein muss.

»Aber ich bin sehr froh, dass ich durch dich von Dad erfahren habe«, füge ich hinzu. Und das sage ich nicht nur, weil ich das Gefühl habe, dass ich es ihm schuldig bin, auch mal ein bisschen nett zu ihm zu sein. Ich sage es, weil es wahr ist.

Er lächelt und ich lasse auf meinem Gesicht auch ein Lächeln zu. *Siehst du? Gar nicht so schwer. Einfach die Muskeln entspannen und schon passiert es wie von selbst.*

Amelia erscheint wieder und stellt ein neues Glas Eistee vor mir auf den Couchtisch, dann setzt sie sich mir gegenüber auf die Kante eines Sessels und beugt sich nach vorne, die Ellenbogen auf den Knien abgestützt.

Ich weiß nicht, was ich sagen soll, deshalb deute ich auf die Bücher im Regal an der Wand. Bibliophile Ausgaben von James Joyce, Herman Wouk, Zora Neale Hurston. »Hab ich alles gelesen«, sage ich. Was stimmt.

Amelias Augenbrauen gehen nach oben und ihr Blick wandert zu dem Bücherregal. »Ich hätte nicht gedacht, dass überhaupt irgendjemand es durch Joyce geschafft hat.« Sie lacht.

»Doch, ich.« Das hört sich platt und humorlos an, aber genauso fühle ich mich auch. Als wäre ich nur zweidimensional, eine Bea aus Papier, die ein Windstoß jederzeit von diesem Sofa fortwehen könnte.

»Also, ich finde das ganz erstaunlich!«, antwortet Amelia. Dann blickt sie kurz zu London und fragt mich: »Hat er sich bei dir entschuldigt?«

»Ja.«

»Gut.« Sie lächelt. Ihr Ton ist freundlich und mütterlich. »Ich will es auch noch einmal tun. Ich entschuldige mich für ihn.« Einen Augenblick bin ich mir nicht sicher, ob sie London oder unseren Vater meint. »Mein Sohn hat verstanden, was er da angerichtet hat.« Oh, okay. Also London, nicht Dad.

Und dann sitzen wir beieinander und unterhalten uns wie alte Freundinnen. Amelia Wooster ist eine warmherzige Frau mit einer angenehmen, melodiösen Stimme. Wir machen höflichen Small Talk, worin ich noch nie gut gewesen bin, und nach einer Weile sagt sie: »Ich bin sicher, du hast viele Fragen.« Und danach sitzt sie da und wartet.

Die Fragen an Dad, die ich mir vor vielen Jahren aufgeschrieben habe, sind in diesem Augenblick in meinem Kopf wie ausgelöscht. Stattdessen frage ich, was mir jetzt als Erstes einfällt, nämlich: »Stimmt es, dass er unsere Mutter mit Ihnen betrogen hat?«

Sie zuckt nicht zusammen. Zögert nicht. So als hätte sie erwartet, dass ich diese Frage stellen würde. »Ja. Rein formal gesehen, ja.«

»Darf ich fragen, wie das – ich meine, wie ist das passiert? Also natürlich nicht die Details, aber ...« Ich spreche den Satz nicht zu Ende.

»Na ja.« Sie blickt zu London, und ich überlege, ob ich sie das besser unter vier Augen und nicht in Gegenwart ihres Sohnes hätte fragen sollen.

»Tut mir leid ...«

»Nein, Bea. Schon in Ordnung. Ich will mich auch nicht rausreden, aber zwischen deinen Eltern hat es am Schluss nicht mehr funktioniert. Sie waren nicht mehr glücklich miteinander. Und als dein Vater und ich uns getroffen haben ... na ja, da haben wir es einfach gewusst.«

»Was gewusst?«

»Dass wir füreinander bestimmt waren.« Sie gibt ein hilfloses kleines Lachen von sich. *Liebe auf den ersten Blick. Schicksal. Was kann man dagegen tun?*

Ich spüre, dass sie von Herzen meint, was sie sagt. Trotzdem finde ich, dass es nicht unbedingt der passende Satz gegenüber der vaterlos aufgewachsenen Tochter ihres verstorbenen Ehemannes ist. Nicht wenn man dafür verantwortlich ist, dass die erste Ehe des verstorbenen Mannes mit der Mutter der vaterlos aufgewachsenen Tochter endgültig in die Brüche gegangen ist, so fürchterlich diese Ehe auch gewesen sein mag.

»Aber natürlich braucht es immer zwei. Das weiß ich. Das wusste er auch. Deshalb bitte ich dich um Verzeihung, Bea. Es tut mir leid, dass ich dazu beigetragen habe, dass eure Familie zerbrochen ist. Es tut mir aufrichtig leid und ich möchte dich dafür um Verzeihung bitten.«

Sie sagt es so ernst und aufrichtig, dass es mich kalt erwischt. In meinen Augen spüre ich ein ungewohntes Brennen. Zuerst denke ich, es ist ein Sandkorn oder eine urplötzlich auftauchende Bindehautentzündung, vielleicht wegen der voll klimatisierten Luft im Haus. Aber dann merke ich, dass es sich um Tränen handelt.

»Danke.« Aber ich kriege das Wort kaum raus, denn ich empfinde zu viele Dinge gleichzeitig. Amelia ist ein netter Mensch. Meine Mutter ist kein netter Mensch. Mein Vater war vielleicht ein netter Mensch, vielleicht auch nicht. Das erste Mal in meinem Leben habe ich trotzdem das Bedürfnis, meine Mutter in Schutz zu nehmen. Meine Mutter, die noch nicht einmal bei der Polizei angerufen hat, um mich als vermisst zu melden. Meine Mutter, die mir verkündet hat, sie würde sich von Ez und mir, vor allem aber von mir, im Leben nichts erwarten, denn wir seien zu schwierig und zu gestört. Genau diese Wörter hat sie benutzt: *Schwierig. Gestört.*

London zappelt ungeduldig. Er ist noch ein kleiner Junge, noch nicht mal fünfzehn. Aber irgendwie ist er auch schon ein großer Junge, schon beinahe fünfzehn. Ein großer kleiner Erwachsener. Er will mit mir spielen, will mir den Teich zeigen, will mir den Hobbyraum im Keller und das große, loftähnliche Zimmer unter dem Dach zeigen. Aber ich habe noch mehr Fragen, ich will wissen, ob Amelia unsere Mutter kennengelernt hat, ob Dad und Mom noch versucht haben, ihre Ehe zu retten. Oder war zwischen ihnen sofort und endgültig alles aus, als er seiner netten, so überaus netten, künftigen zweiten Ehefrau begegnet ist? Hat er jemals versucht, uns zu finden? Hat er wirklich ernsthaft nach uns gesucht? Wie war er als Vater? Stimmt es, dass er nie von Ezras Existenz erfahren hat?

Meine Fragen füllen den Raum, breiten sich über die grüne Couch aus, den Glastisch, die Zeitschriften, die darauf herumliegen – *Architectural Digest*, *The New Yorker*, *Garden & Gun*, *Vanity Fair* –, bis zum Teppich mit seinem geometrischen Muster.

»Ich habe Anne nie kennengelernt«, sagt Amelia. »Wir haben einmal miteinander telefoniert, aber ich habe sie nie getroffen.«

»Sie haben mit ihr telefoniert?«

»Ein einziges Mal. Sie hat bei uns angerufen, um uns mitzuteilen, dass du einen neuen Vater hättest und dass Jonathan aufhören sollte, nach euch zu suchen.«

»Darren. Ihr Ehemann, der ein Arschloch ist. Er war nie ein Vater für uns.«

»Das tut mir leid. Und mit ihm ist sie zusammengeblieben?«

»Leider. Soweit ich weiß, ist er zurzeit im Gefängnis. Das lässt mich schon fast wieder an Gott glauben.«

Ich glaube zu bemerken, wie Amelias Augen sich schockiert weiten. Dann fasst sie sich wieder, ist ganz Haltung, rot geschminkte Lippen und weich schimmernde Locken. »Deine Mutter und dein Vater waren sechs Jahre lang verheiratet. Sie haben ihre Ehe beide als Fehler bezeichnet. Aber dass sie dich bekommen haben, haben sie nicht dazugerechnet. Sie haben dich beide gewollt.«

»Tröstlich zu wissen«, werfe ich ein. Es klingt sarkastisch und so ist es auch gemeint.

»Einmal war er nahe dran, dich zu finden. Er hatte einen Detektiv angeheuert, dem es gelungen war, ihr auf die Spur zu kommen. Da hat sie wieder bei uns angerufen, noch bevor der Detektiv seinen Bericht verfasst hatte. Sie sagte, dass sie dich weit, weit fortbringen würde, falls er noch einmal versuchen sollte, dich zu finden. Und dass sie dafür sorgen würde, dass du dich nie auf eigene Faust nach ihm auf die Suche machen kannst. Die Antwort lautet also Ja. Er hat es versucht. Er hat deswegen viele schlaflose Nächte verbracht. Er hat viele Wochen lang wach gelegen und sich im Bett gewälzt. Aber auch sonst war das bei ihm oft so. Er hat immer gesagt, er könne sein Denken nur schwer abschalten.«

Genau wie ich, denke ich.

»Hat er danach aufgegeben, nach uns zu suchen? Nach ihrem Anruf?«

»Ja.«

»Warum?«

Sie rutscht auf der Couch hin und her, scheint sich unwohl zu fühlen, und mir kommt es plötzlich vor, als würde ich vor einem Gericht die Rolle der Anklage vertreten. Ich trinke einen Schluck von dem übersüßten Eistee und stelle das Glas neben dem Untersetzer ab. Amelia bemerkt es missbilligend.

»Warum hat er nicht mehr weitergesucht?«

Ich bin jetzt schon so weit gegangen, dass ich nur noch weiter kann, nicht mehr zurück. Jetzt muss ich alles fragen, was ich wissen will.

»Ich glaube, er hat einfach gespürt, dass er gegen sie nicht gewinnen konnte …« Amelia blickt zum Tisch, der rings um mein Glas kalt beschlägt.

»Aber er war unser Vater. Er hatte das gleiche Anrecht auf seine Kinder wie sie.«

Amelia sieht mich an. »Es war nur so … Ich weiß nicht, wie ich es dir erklären soll, er hatte das Gefühl, vielleicht wäre es für alle Beteiligten so einfacher …«

»Echt schlau gedacht. Denn mein Leben war bisher echt einfach. Mir fehlen die Worte, um zu beschreiben, wie einfach es für mich war.«

Amelia und London starren mich an, und ich frage mich einen Augenblick, ob sie Angst vor mir haben – vor dieser zornigen Fremden, die sie in ihr Haus eingeladen haben und die allmählich durchdreht. Am liebsten würde ich jetzt irgendetwas auf den Boden schmeißen, nur um zu sehen, wie sie erschrocken aufspringen. Oder vielleicht könnte ich ja den Couchtisch hochstemmen und ausprobieren, ob ich damit das Panoramafenster zerschmettern kann?

»Nur um das klarzustellen«, sage ich. »Er hat also seine beiden Kinder in die Wüste geschickt, weil er eine neue Frau kennengelernt hatte.« Amelia klappt den Mund auf. Sagt nichts. Klappt ihn wieder zu. »Und Ezra?«, frage ich.

Eine kleine Pause. Dann: »Von Ezra hat er nichts gewusst.«

»Er hat nichts von ihm gewusst?« Meine Stimme ertönt viel zu laut in dem makellosen, schönen Zimmer. Sie brandet gegen die weißen Wände und die gerahmten Schwarz-Weiß-Fotos und das erlesene, schlichte Mobiliar. Ich bemerke, wie Amelia und London zusammenzucken.

»Nicht sofort. Eine ganze Weile lang nicht.«

»Aha.« Ich stelle mir vor, wie ich nacheinander den Sessel, die

Bücher und die gerahmten Schwarz-Weiß-Fotos im Tümpel hinter dem Haus versenke.

»Wie war er denn als Vater?«, frage ich London, der mich mit weit aufgerissenen Augen durch seine Brille anstarrt. Er wirkt zu Tode erschrocken, bringt kein Wort heraus. Als würde er gerade erst kapieren, worum es hier eigentlich geht. Ich wiederhole die Frage.

»Er war ein guter Vater …«, beginnt Amelia.

»Ich frage nicht Sie. Ich frage ihn.« Ich schaue London an.

Er wendet seine Augen von ihr wieder zu mir. »Er war ein guter Dad. Er war liebevoll. Er hat mir zugehört. Er war lustig –«

»Auf seine Weise, mit seinem eher trockenen Humor«, unterbricht ihn Amelia, beugt sich vor, stellt mein Glas auf den Untersetzer und wischt mit ihrer Serviette über den Tisch.

»Ja«, sagt London. Sie kichern, als würden sie sich an etwas Bestimmtes erinnern, und in diesem Moment hasse ich sie beide für jedes gemeinsame Erlebnis, für jeden Moment, den sie mit unserem Vater geteilt haben, für jede Erinnerung. »Manchmal habe ich es nicht kapiert. Mum sagt, ich verstehe alles immer viel zu buchstäblich.«

»*Wörtlich*«, korrigiert sie ihn, aber auf nette Weise.

»Mum?« Ich sehe ihn an.

»Ich heiße nicht zufällig London.« Er zwinkert mir zu, als wäre das doch sonnenklar.

»Ach so, verstehe.« Obwohl ich überhaupt nichts verstehe.

»Mit Dad hat alles Spaß gemacht«, fährt London fort. »Mathe. Lesen. Hausaufgaben. Er konnte daraus ein echtes Abenteuer machen. Er hasste es, zu viel Zeit drinnen zu verbringen. Er war gern draußen, an der frischen Luft, in der Sonne. Wir waren oft mit dem Fahrrad unterwegs, sind gegeneinander Wettrennen gefahren. Er hat mich immer gewinnen lassen, obwohl er viel schneller war. Und er hat Tiere geliebt.«

Er zählt noch viel mehr auf, aber ich höre danach nicht mehr richtig zu. Es ist, als hätten meine Ohren für den Tag genug gehört und könnten nicht mehr aufnehmen. Der Rest von dem, was London sagt, ist für mich ein Gemurmel wie aus weiter Ferne. Ich sehe, wie seine Lippen unter Dads Nase sich bewegen, und ich weiß, dass er spricht, dass er etwas zu mir sagt, aber es ist alles vernuschelt und unverständlich, als würde es von Außerirdischen aus dem Weltall gefunkt.

Irgendwann hört London auf zu reden, und er und Amelia sitzen da und schauen mich an, als wäre jetzt ich dran. Plötzlich weiß ich nicht, was ich sagen soll. *Wie schön für dich. Klingt, als wäre er ein supertoller Kerl gewesen. Klingt nach einem großartigen Dad. Klingt nach einem großartigen Ehemann. Klingt nach einem großartigen Menschen. Freut mich, dass ihr ein so schönes Leben mit ihm hattet, das Leben, das Ez und ich hätten haben sollen, oder zumindest einen kleinen Teil davon.*

Sie warten auf meine Reaktion, und es wäre bestimmt sehr unhöflich von mir, wenn ich jetzt nichts sage. Ich kenne mich mit solchen Benimmregeln nicht besonders gut aus. In meinem Kopf suche ich nach Worten, die jetzt richtig sind, nach Worten, die nicht zu verzweifelt und traurig klingen, weil sie nicht noch mehr Mitleid mit mir haben sollen.

Schließlich höre ich mich fragen: »Mit welchem Avenger hat er sich denn am meisten identifiziert?«

Amelia und London sehen sich an. Die Frage ist idiotisch, und ich bilde mir ein zu spüren, für wie idiotisch sie sie halten. Wahrscheinlich denken sie gerade: *Ach, du meine Güte, was soll das denn jetzt?* Mir brennen die Wangen.

Aber dann sagen sie genau im selben Moment: »Bruce Banner.«

»Nicht der Hulk«, fügt Amelia hinzu. »Der Mensch.«

Und es ist so etwas Kleines, aber plötzlich fange ich an zu weinen. Nicht wie im Auto mit Patch, sondern mir laufen große Tränen die Wangen hinunter, eine nach der anderen. Tränen, die einem die Haut verbrennen.

Mein ganzes Leben lang war ich wütend auf unseren Vater. Ich habe ihn gehasst und dafür verflucht, dass er uns bei Mom zurückgelassen hat. Ich war so wütend auf ihn, dass ich ihn umbringen wollte, wenn ich ihn jemals wiedersehen würde. Und jetzt sitze ich in seinem Wohnzimmer, in dem Haus, das er für seine andere Familie entworfen und gebaut hat, und fühle mich schuldig, als hätte ich tatsächlich jemanden ermordet. Als hätte ich ihn all die Zeit verraten. Die Leere und die Wut, die ich mit mir herumgetragen habe, als gehörten sie so selbstverständlich zu mir wie meine Beine oder Arme, verwandeln sich in diesem Augenblick in ein hohl widerhallendes Gefühl des Verlustes, weil mein Vater mich wohl tatsächlich geliebt und vermisst hat. Jedenfalls eine Zeit lang.

Auf einmal ist Amelia bei mir, legt ihre Arme um mich, wiegt mich wie ein kleines Kind. Die Frau, die mit unserem Vater viele Jahre lang verheiratet war. Die ihn wahrscheinlich besser kannte als jeder andere Mensch. Und wir werden ihn nie kennen, Ez. *Wir werden ihn nie mehr kennenlernen können.*

Ich schluchze noch heftiger, und dann ist London auch neben mir, auf der anderen Seite, und nimmt meine Hand, umschließt sie mit seinen kurzen, kräftigen Fingern mit ihren glatten, nicht abgekauten Fingernägeln. Ich schaue auf seine Fingernägel und denke, wenn ich hier mit unserem Vater und Amelia und London und dir aufgewachsen wäre, hätte ich nie angefangen, Nägel zu kauen. Ich hätte keinen Grund dafür gehabt.

Und dann schiebe ich beide von mir weg und stehe auf, wische mir den Rotz und die Tränen weg, fühle mich wackelig in den

Knien vom vielen Weinen. Sie sagen, dass ich doch noch bleiben soll.

Amelia hat für das Abendessen einen Schmorbraten vorbereitet und London möchte, dass ich seine beiden besten Freunde kennenlerne. Er kann sie gleich anrufen und in fünf Minuten sind sie da, Wormy und The Meg, oder wie auch immer sie heißen, wohnen ganz in der Nähe.

»Nein«, sage ich.

Auf einmal will ich nur noch hier raus. Natürlich könnte ich noch eine Weile bleiben, aber wozu? Ich bin hier nicht zu Hause und es ist nicht meine Familie, egal wie nett sie zu mir sind, egal wie sehr sie betonen, sie seien ja so froh und glücklich, mich hier bei sich zu haben. Es ist alles zu schön. Zu perfekt. Zu unwirklich. Jedenfalls für mich. Mir ist, als würde mein Herz gleich in eine Million Stücke zerspringen. Wenn du daran gewöhnt bist, dass alle Menschen mies mit dir umgehen, fällt es dir schwer, damit klarzukommen, wenn jemand einfach nur nett zu dir ist. Deine instinktive Reaktion ist dann, alles kaputtzumachen. Davonzurennen.

Ich bitte nicht einmal darum, meinen Freund anrufen zu dürfen, damit er mich abholt. Ich entschuldige mich, dass ich noch eine Verabredung hätte, bedanke mich für alles und mache Anstalten, das Glas in die Küche zu tragen. Amelia nimmt es mir aus der Hand.

London begleitet mich zur Haustür. »Wann kommst du wieder? Nächste Woche habe ich Geburtstag und ich mache eine Party. Da kannst du alle kennenlernen und sie können dich kennenlernen.«

Amelia räuspert sich. Sie weiß, dass ich nicht wiederkommen werde. So aufmerksam, so sensibel ist die zweite Frau unseres Vaters. Sie ist nicht nur oberflächlich nett. Sie respektiert die

Menschen so, wie sie sind. »Wir sind dir dankbar, dass du gekommen bist, Bea. Du kannst uns immer besuchen. Aber wir wissen natürlich, dass du dein eigenes Leben hast, nicht wahr, Lo? Sicherlich hast du andere Verpflichtungen.«

Habe ich nicht. Ich muss nirgendwo hin. Keiner rechnet mit mir. Keiner wartet auf mich. Den einzigen Menschen außer dir, Ezra, dem ich vielleicht wirklich etwas bedeute, habe ich in seinem Auto davongeschickt.

Ich gehe zur Haustür raus, und da wartet Patch am Straßenrand in seinem Pick-up auf mich, als wäre er nie fort gewesen. Als ich ihn sehe, kommen mir wieder die Tränen. *Warum sind auf einmal alle so nett zu mir?*

Ich gehe über die Steinplatten zur Straße vor, als ich meinen Namen rufen höre. Amelia läuft mir nach, mit einem Schuhkarton in der Hand. »Das wollte ich dir noch geben«, sagt sie und reicht mir die Schachtel. Nike. Für Männer. Schuhgröße 45. Von Dad.

»Was ist da drin?«, frage ich.

»Briefe. Alle Briefe, die dein Vater an deine Mutter geschrieben hat. Ich dachte, die solltest du haben. Er hätte es so gewollt.«

»Danke.« Und dann umarme ich sie, obwohl ich das gar nicht vorhatte. Und es fühlt sich überhaupt nicht seltsam an, sondern wie die natürlichste Sache auf der Welt. Danach steige ich zu Patch ins Auto, die Schachtel mit den Briefen unter dem Arm, und wir fahren davon. Ich drehe nicht den Kopf, ich blicke nicht zurück.

Ich würde dir gerne noch mehr schreiben, Ez. Aber ich habe mich für heute leer geschrieben.

Ich fühle mich innerlich wund gescheuert und sehr traurig und würde mich am liebsten in eine Ecke verkriechen und mir das T-Shirt über den Kopf ziehen.

Es wäre schön, wenn du jetzt bei mir sein könntest. Oder ich bei dir. Ich möchte gerne nach Hause, aber nicht in unser Zuhause.

Wenn ich mir London Wooster und sein Leben anschaue, denke ich mir, dass es kein Wunder ist, dass aus ihm ein so netter (wenn auch ein bisschen sonderbarer) Junge geworden ist. Er hat die Freiheit, eigensinnig und witzig zu sein und mitten im Frühjahr eine rote Steppweste zu tragen, weil er nie Angst haben musste, die Menschen um ihn herum zu enttäuschen. Er hat das Selbstbewusstsein, das man wahrscheinlich hat, wenn man weiß, dass man von seinen Eltern geliebt wird. Dieses Gefühl hatten wir immer nur miteinander. Sich geliebt zu fühlen. Ich hoffe, du hast diese Liebe bei mir gespürt. Ich habe sie jedenfalls bei dir immer gespürt.

In Liebe,
deine Schwester
Bea

Betreff: Verbündete
Von: Ezra <e89898989@ymail.com>
An: Bea <b98989898@ymail.com>
Datum: Dienstag, 23. April, 00:35 EST

Terrence schläft, deshalb kann ich dir jetzt in aller Ruhe schreiben. Mir dreht sich alles im Kopf, aber wenn ich es schaffe, ein paar Sätze herauszubekommen, beruhigt sich der Strudel vielleicht ein wenig.

Zunächst einmal: Es fühlt sich für mich so an, als hättest du eine Reise in ein Paralleluniversum unternommen, in das Paralleluniversum von Dad. Ein Universum, das parallel zu meinem eigenen existiert, zu dem ich aber nie gehören werde. Anders kann ich es nicht ausdrücken. Ich weiß, dass ich irgendetwas fühlen sollte, wenn du mir das alles beschreibst. Aber ich fühle nichts. Mein Leben hat nichts mit dem Leben in diesem Paralleluniversum zu tun. Mein Leben ist hier. Wenn er noch leben würde und die Chance auf einen Neuanfang bestehen würde, wäre das sicherlich anders. Aber so ist die Situation nicht. Oder siehst du das anders?

Tja, wem sag ich das. Ich fühle mich, als würde mir etwas Spitzes ins Herz gestoßen. Keine Ahnung, was das alles noch mit mir macht. Dafür zu sorgen, dass wir aus dem Leben unseres Vaters gelöscht werden ... Was für ein Mensch, verdammt noch mal, ist unsere Mutter eigentlich?

Ich glaube, es gibt für mich nur einen Ausweg aus diesem Labyrinth. Sie zur Rede zu stellen.

Und gleichzeitig wird mir noch mal so richtig klar, wie viel wir über unsere Familie erst durch den Vergleich mit anderen begriffen haben. Über all das, was es bei uns *nicht* gegeben hat. Das erste Mal ist es mir in der Grundschule so ergangen, als ein Mitschüler mir erzählt hat, welches Buch ihm seine Mom und sein Dad abends im Bett immer vorgelesen haben. Da dachte ich mir: *Oh, wie schön, machen Eltern so was?* Oder wenn ich bei einer Geburtstagsparty eingeladen war und die Eltern des Geburtstagskinds sich nicht verhielten, als wäre es eine Art vertragliche Verpflichtung, anwesend zu sein. Oder wie jetzt bei Terrence, wenn ich mitbekomme, wie selbstverständlich er sich an allen Gesprächen beteiligt. So was hat es bei uns nie gegeben. Mom und Darren war nie wichtig, was wir gesagt haben. Wichtig war ihnen nur, dass wir die Regeln befolgten, die sie aufgestellt hatten. Je unauffälliger wir uns verhielten, desto besser. Dann war der Familienfrieden gesichert. Dann hatten wir uns ihre Zuneigung verdient. Nein, das trifft es nicht. Haben sie uns jemals wirklich gemocht? Vielleicht besser so: Dann schienen sie etwas weniger dagegen zu haben, dass wir anwesend waren.

Was ich damit sagen will: Dein Besuch in Dads Paralleluniversum ist wahrscheinlich der extremste Kontrast zu unserem eigenen Familienleben, den wir bisher mitbekommen haben.

Vielleicht bestand der Fehler auch darin, überhaupt zu glauben, dass wir eine Familie waren. Vielleicht wäre es richtiger gewesen, schon immer von zwei Familien in unserem Haus zu sprechen. Auf der einen Seite Mom und Darren, auf der anderen du und ich. Oder mengentheoretisch: Mom und Darren als ein Kreis und daneben, oder etwas überlappend, ein zweiter Kreis mit Mom, Darren, dir und mir. Klar war jedenfalls, dass allein die Mom-und-Darren-Familie zählte. Nur waren wir lange zu klein, um es zu bemerken. Oder zu eingeschüchtert. Ach, was weiß ich.

Und das muss ich auch noch loswerden (danach gehe ich ins Bett):

Ich bin froh, dass Dad versucht hat, uns zu schreiben.

Gleichzeitig werde ich wohl immer das Gefühl haben, er hätte sich etwas mehr bemühen können.

Betreff: Beas Paralleluniversum
Von: Bea <b98989898@ymail.com>
An: Ezra <e89898989@ymail.com>
Datum: Dienstag, 23. April, 09:02 CST

Ich bin in Patchs Zimmer. Er hat eine Vorlesung und sein Mitbewohner hat ein Seminar, und ich sitze hier auf dem Boden, den Rücken gegen sein Bett gelehnt, und habe vor mir auf dem Boden den Inhalt des Schuhkartons ausgebreitet. Ich tue ein bisschen so, als wäre es mein eigenes Zimmer, trotz der Vintage-Whiskey-Werbeplakate an den Wänden und dem Jungsgeruch, der in der Luft liegt. Ich male mir ein Leben als College-Studentin aus. Wie es sich anfühlen würde, zwischen den Kursen im Wohnheim abzuhängen, auf Partys zu gehen, sämtliche Bücher in der Bibliothek zu lesen, oder nein, noch viel besser: alle Bücher auszuleihen und in mein Zimmer mitzunehmen, weil ich ja einen Ausweis hätte, mit dem ich das tun dürfte (und der mir auch Zutritt zur Cafeteria verschafft). Ich würde mich in den Seminaren an leidenschaftlichen Diskussionen über alle wichtigen Fragen der Welt beteiligen und die anderen würden sagen: »Mal wieder typisch Bea.« Oder sogar ehrfürchtig nicken: »Sie weiß immer so viel.« Vielleicht würde ich in den Ferien ein paar interessante Praktika machen, am besten irgendetwas, das mit Schreiben oder Veröffentlichen zu tun hat. Und definitiv mit Lesen. Ich stelle mir vor, wie ich danach mit einem College-Abschluss in der Tasche in die Welt hinausgehe. Wie mir jede Menge Möglichkeiten offenstehen. Wie ich leben kann, wie und wo ich will.

Jemand klopft an die Tür und ruft: »Hey, bist du da?«

Ich bin so in meinen Collegetraum versunken, dass ich erschrocken zusammenfahre. Dann brülle ich mit einer so lauten und tiefen Stimme wie möglich: »Nein!« Ein Zögern, ich merke, wie derjenige noch kurz vor der Tür stehen bleibt. Dann entfernen sich die Schritte.

In dem Karton sind sechzehn Briefe von Dad.

Sechzehn.

Ich hatte mehr erwartet. Hätten es mehr sein sollen? Was meinst du? Wie viel ist in einer solchen Situation genug? Über einen Zeitraum von vierzehn, fünfzehn Jahren hinweg?

Der erste Brief stammt aus dem Jahr, in dem du geboren worden bist, fünf Monate, nachdem sie sich getrennt hatten. Du warst da noch nicht auf der Welt. Erst einen Monat später. Dad fleht unsere Mutter an, zu ihm zurückzukommen. Er schreibt:

Wir kriegen das hin, davon bin ich fest überzeugt. Tu's für unsere Tochter. Lass nicht zu, dass ihr Start ins Leben genauso vermurkst ist, wie es bei uns beiden war. Bitte, komm zurück und lass uns über alles reden. Oder sag mir, wo wir uns treffen können.

Der Brief wurde als »unzustellbar« zurückgeschickt. Die anderen fünfzehn Briefumschläge haben keine Briefmarke.

Hier ein Ausschnitt aus einem anderen Brief:

Ich weiß noch, dass du immer gesagt hast, wir hätten nie heiraten sollen. Lange habe ich dir das nicht glauben wollen. Aber inzwischen bin ich der Meinung, dass du recht hattest. Du hattest recht, Anne. Ist es das, was du hören willst? Es tut mir leid, dass ich dir nicht geglaubt habe und dass ich gehofft habe, wir könnten miteinander glücklich werden. Eine glückliche Ehe führen. Als ich endgültig kapiert hatte, dass das mit uns beiden niemals klappen würde, bin ich Amelia begegnet – und den Rest weißt du. Falls es dir besser geht, wenn du mich einen Scheißkerl nennst und überall rumerzählst, dass ich dich betrogen habe – nur zu.

Ich habe kein Interesse daran, irgendwelche alten Dinge zwischen uns wieder aufzuwärmen. Ich will nur, dass du mir meine Tochter zurückbringst. Es tut mir leid, was ich gesagt habe. Sie könnte nie irgendetwas im Weg stehen, uns nicht, mir nicht, unserem Leben nicht. So habe ich es nie gemeint, auch damals nicht, als mir der Satz bei unserem Streit rausgerutscht ist.

Sie könnte nie irgendetwas im Weg stehen.

Was bedeutet, dass er das eines Tages zu ihr gesagt haben muss.

Dass ich im Weg gestanden habe.

Falls wir uns jemals gefragt haben sollten, ob unsere Eltern ein großes Liebespaar waren, voller Romantik und *trallala*, die Stelle in diesem Brief macht klar, dass dem nicht so war. Kein Traumpaar, Ez, sondern ein Albtraumpaar. Aber hast du nicht auch gehofft, sie könnten sich wenigstens eine Weile lang geliebt haben?

Betreff: Beas Paralleluniversum (zwei)
Von: Bea <b98989898@ymail.com>
An: Ezra <e89898989@ymail.com>
Datum: Dienstag, 23. April, 09:48 CST

Fünf Monate.
Ich sitze da und denke darüber nach.
Warum hat er fünf Monate gewartet, bis er diesen Brief geschrieben hat?
Vielleicht hat er gehofft, dass sie zurückkommen würde. Oder vielleicht hat er in der Zeit vergebens herauszufinden versucht, wohin er den Brief schicken konnte. Und er ist ja dann auch als unzustellbar zurückgesandt worden. Trotzdem ist in meinem Hinterkopf ein nagender Zweifel. Warum hat er so lange gewartet?
Wenn es meine Tochter gewesen wäre, hätte ich überall nach ihr gesucht.

Betreff: Beas Paralleluniversum (drei)
Von: Bea <b98989898@ymail.com>
An: Ezra <e89898989@ymail.com>
Datum: Dienstag, 23. April, 10:16 CST

Noch mehr von unserem Vater:

> *Anne. Bitte melde dich bei mir. Was du da tust, erfüllt den Tatbestand der Kindesentführung. Der einzige Unterschied ist, dass du kein Lösegeld verlangst. Ich höre überhaupt nichts von dir. Sie ist auch meine Tochter. Und wenn es noch so sehr meine Schuld ist, was auch immer ich gesagt haben mag, lass es nicht an Madelyn aus.*

Madelyn.
Puh.
Er hat diesen Brief, wie alle anderen bis auf den ersten, nie abgeschickt. Er erwähnt darin eine Tochter namens Madelyn, wie in den anderen Briefen auch.

Bring mir Madelyn zurück.
Lass mich Madelyn sehen.
Madelyn ist auch meine Tochter.
Madelyn ist erst drei.
Ich habe es nicht so gemeint, als ich gesagt habe, dass Madelyn irgendetwas im Weg ist.
Madelyn könnte für mich nie eine Last sein. Ich hätte nie sagen sollen, dass du mich mit ihr an dich binden willst.

Ich war vielleicht kein guter Ehemann, aber ich kann ein guter Vater für Madelyn sein.
Madelyn.
Madelyn.
Madelyn.
Verdammt.

Betreff: Madelyns Paralleluniversum
Von: Bea <b98989898@ymail.com>
An: Ezra <e89898989@ymail.com>
Datum: Dienstag, 23. April, 10:42 CST

Madelyn Sierra Wooster wurde am 22. August um 18:33 Uhr im St. Luke's Hospital in St. Louis, Missouri, geboren. Sie hatte ein Gewicht von 3200 Gramm.

Ihren Namen erhielt sie nach einer Großtante väterlicherseits und der kalifornischen Sierra Nevada, wo Jonathan Calvin Wooster und Anne Vanessa Mathis nach der Hochzeit ihre Flitterwochen verbrachten.

Ihre ersten Schritte machte Madelyn mit zehn Monaten.

Ihr erstes Wort war mit einem Jahr »Arm«, gefolgt von »Ja«. Mit achtzehn Monaten sagte sie ihren ersten vollständigen Satz: »Will selber machen.«

Von ihrem Vater hatte sie die Ohren, die Nase und die dunkelblonden Haare. Von ihrer Mutter die Augen, die Wangenknochen und die großen Hände.

Ihre Mutter nannte sie Maddy, aber ihr Vater rief sie Bee, weil sie immer wie eine Biene auf flinken Beinen ums Haus herumsummte, sobald sie laufen gelernt hatte. Sie lief und rannte und lief und rannte und summte dabei glücklich vor sich hin.

Betreff: Madelyns Paralleluniversum (zwei)
Von: Bea <b98989898@ymail.com>
An: Ezra <e89898989@ymail.com>
Datum: Dienstag, 23. April, 11:03 CST

WER HAT MICH GESEHEN?
Madelyn Sierra Wooster

Alter: 3 Jahre
Geschlecht: weiblich
Hautfarbe: weiß
Größe: 95 cm
Gewicht: 16 Kilogramm
Augenfarbe: braun
Haarfarbe: blond/braun
Weitere Merkmale: durchstochene Ohrläppchen; hört auf Maddy, manchmal auch Bee

Madelyn Sierra Wooster wurde das letzte Mal am 15. September in St. Louis, Missouri in Begleitung ihrer Mutter gesehen. Seither fehlt von ihr jede Nachricht.

Betreff: Madelyns Paralleluniversum (drei)
Von: Bea <b98989898@ymail.com>
An: Ezra <e89898989@ymail.com>
Datum: Dienstag, 23. April, 11:10 CST

Ich lese sie nicht alle. Nicht jetzt gleich. Noch nicht. Er schreibt eigentlich immer dasselbe. Wieder und wieder. Und es breitet sich in mir ein sonderbares Gefühl aus, eine Mischung aus Trauer und Resignation, sodass ich sie am liebsten alle wieder in den Schuhkarton stecken und ihn unter Patchs Bett schieben würde. Versteh mich bitte nicht falsch. Es war sicher ein guter Einfall von Dad, für sein vermisstes Kind ein Fahndungsplakat anzufertigen. Aber hat er damit irgendetwas gemacht? Hat er es in St. Louis aufgehängt? Oder eine Anzeige geschaltet? Einen Aufruf im Internet und in den sozialen Medien gepostet?

Keine Ahnung.

Ich werde das Gefühl nicht los, dass er mehr hätte tun können. Warum ist er nicht zur Polizei gegangen? Warum hat er nicht mehr als sechzehn Briefe geschrieben? Warum hat er nach dem ersten keinen mehr abgeschickt? Mein Gefühl sagt mir, dass er mich geliebt hat und mich wiederhaben wollte – trotz seiner beschissenen Bemerkung, ich wäre ihm im Weg gewesen. Aber ging es dabei wirklich um mich? Wollte er Madelyn zurück? Oder wollte er nur Mom dafür bestrafen, dass sie mich ihm weggenommen hatte?

Meine Gedanken drehen sich im Kreis. Am liebsten würde ich mich mit Whiskey volllaufen lassen, bis ich jeden Gedanken darin ertränkt habe. Aber irgendwann wäre ich wieder nüchtern und die Gedanken wären immer noch da, und ich kann ja nicht für den Rest meines Leben betrunken bleiben, oder doch?

Oder doch?

Inzwischen habe ich die Haut meiner Fingerkuppen (dort, wo früher mal meine Fingernägel waren) so stark abgekaut, dass sie rissig und blutig ist. Vielleicht kaue ich einfach weiter, die Ellenbogen hoch, bis zu den Schultern oder zum Kopf. So lange, bis ich verschwunden bin. Ich wünschte, das könnte ich. Mich selber zum Verschwinden bringen.

Aber das hab ich ja schon. Das ist doch längst passiert, oder? Bea Ahern – gibt es nicht mehr. Madelyn Wooster – ist seit vielen Jahren vermisst. Von mir ist nichts mehr übrig.

Betreff: Madelyns Paralleluniversum (vier)
Von: Bea <b98989898@ymail.com>
An: Ezra <e89898989@ymail.com>
Datum: Dienstag, 23. April, 11:18 CST

Tut mir leid, dass ich dir das alles schreibe, Ez. Von meiner Existenz hat er zumindest gewusst. Mir ist klar, dass das einen Unterschied macht. Ich hoffe, dass du dich durch meine Mails nicht noch beschissener fühlst, als es eh schon der Fall ist. Aber bei mir zerbricht gerade alles in tausend Stücke und die Welt steht Kopf und ich brauche jemanden, der bei mir ist. Patch kann es nicht sein, so nett er auch ist. Ich brauche jemanden, der mich kennt. Nein, nicht nur jemanden – dich.

Apropos Patch. Er kann jetzt jede Minute zurück sein.

Ich habe mit ihm geschlafen. Ich wollte es dir zuerst nicht sagen, aber ich versuche, in meinem neuen Leben ehrlich zu sein, und außerdem habe ich sonst niemanden, dem ich es erzählen kann – Franco ist dafür sicherlich nicht der Richtige.

Es ist in diesem Zimmer hier geschehen, gestern Nacht, nachdem ich dir geschrieben hatte. Es war nicht mein erstes Mal – diese Ehre gebührte Joe –, aber es war das erste Mal mit einem Mann und nicht mit einem Jungen, jedenfalls habe ich es so empfunden. Und mit jemandem, der weiß, wer er ist, und dessen Lebensglück nicht vollständig von mir abzuhängen scheint. (Ich weiß, wie fies und kleingeistig sich das anhört, aber wir wissen beide, dass Joe ein Abhängigkeitsproblem hat.)

Mach dir keine Sorgen um mich wegen Patch. Er ist einer von

den Guten. Wenn überhaupt, dann sollten seine Freunde ihn vor mir warnen.

Alles Liebe,
deine Schwester

PS: Ich weiß nicht, warum ich das geschrieben habe. Wahrscheinlich Gewohnheit. Und ich mag ihn wirklich. Er ist zurzeit mein bester Freund. Du würdest ihn auch mögen. Vielleicht lernt ihr euch ja eines Tages kennen.

PPS: Was ist, wenn ich mich richtig in ihn verliebe?

PPPS: Ich kann nicht länger in diesem winzigen Wohnheimzimmer bleiben, wo wir so eng aufeinanderhocken. Vor allem nicht jetzt, wo wir miteinander schlafen. Ich weiß nicht recht, wohin mit mir.

Betreff: Unverhoffte Verbündete
Von: Ezra <e89898989@ymail.com>
An: Bea <b98989898@ymail.com>
Datum: Dienstag, 23. April, 13:10 EST

Ich bin froh, dass du Patch kennengelernt hast. Wirklich, sehr froh. Ich hoffe, dass ich ihn auch bald kennenlerne.
  Ob ich von den Briefen unseres Vaters noch mehr hören möchte, weiß ich ehrlich gesagt nicht. Nicht nur, weil ich für ihn praktisch nicht existiert habe. (Was sich für mich natürlich nicht toll anfühlt, wie du richtig erkannt hast.) Mein Empfinden ist, glaube ich, dass die Vergangenheit uns jetzt nicht weiterhelfen kann. Nichts aus der Vergangenheit kann uns helfen, Bea. Keine Antwort auf die Frage, ob Dad quer durchs Land Vermisstenplakate aufgehängt hat oder ob er das Plakat vielleicht nur entworfen hat, um sich besser zu fühlen. Ob Mom einen guten Grund dafür hatte, sich von ihm zu trennen, oder ob sie eine falsche Entscheidung getroffen hat, die sie dann nicht mehr zurücknehmen konnte oder wollte. Und egal, ob dein Vorname Madelyn oder Martha oder Beatrix oder Anastasia ist, du bist diejenige, die du bist, und ich bin auch derjenige, der ich bin – wir sind beide diejenigen, die wir geworden sind, und keine Zeitmaschine kann daran irgendetwas ändern. Ich weiß, dass es bei uns viele offene Fragen und Dinge gibt, mit denen wir uns noch auseinandersetzen müssen (wir haben einen Halbbruder???). Aber im Moment interessiert mich das alles nicht, das ist mir einfach zu viel. Und ich finde, dir sollte es auch erst mal egal sein. Ich weiß,

es klingt hart, aber ich glaube nicht, dass es einen großen Unterschied macht, ob unser Vater dich geliebt hat oder nicht. Wenn du von dieser Liebe nichts gewusst hast, wenn du von ihr nicht hast wissen können; wenn es für dich keine Möglichkeit gegeben hat, diese Liebe zu spüren; wenn diese Liebe nicht in der Lage war, dich zu beschützen oder dir auch nur durch einen einzigen weiteren Tag in deinem Leben zu helfen ... Wofür war sie dann gut? Ich habe keine Ahnung, wie es sich anfühlt, total betrunken zu sein, und ich weiß auch nicht, was man dadurch erreicht. Aber ich riskiere jetzt mal was und behaupte: Er ist es nicht wert, dass du dich wegen ihm mit Alkohol vollschüttest. Vor allem nicht für den Rest deines Lebens. Das ist Dad nicht wert. Ich wiederhole es noch mal: Die Vergangenheit kann uns jetzt nicht helfen. Ein Was-wäre-gewesen-wenn hilft uns nicht weiter, es zieht uns nur runter.

Bitte tauch in kein Paralleluniversum ab, Bea. Ich brauche dich hier.

Ich bin jetzt in der Schule, mit jeder Menge Leute um mich herum, die du alle kennst.

Terrence war (natürlich) großartig zu mir, und ich bin mir zwar sicher, dass seine Eltern jede Menge geflüsterte Gespräche darüber führen, was sie jetzt mit dem Jungen anstellen sollen, der bei ihnen Unterschlupf gefunden hat, doch Darren hat mir mit seiner Nahkampfszene vor dem Haus, ohne es zu wollen, unersetzliche Hilfsdienste geleistet. Ich glaube nicht, dass sie mich jetzt so bald rausschmeißen werden. Auch wenn ich natürlich weiß, dass es keine Dauerlösung ist. Terrence tut so, als ob es das wäre. Aber ich weiß, das ist es nicht. Ich glaube nicht, dass er bereits auf alle Eigenschaften von mir vorbereitet ist, die zwangsläufig zum Vorschein kommen werden, wenn wir 24 Stunden pro

Tag, sieben Tage in der Woche zusammen sind. Es kommt immer ein Punkt, an dem man das Bedürfnis hat, sich zu Hause auch mal gehen zu lassen. Aber bei seinen Eltern habe ich natürlich das Gefühl, mich immer von der besten Seite zeigen zu müssen.

Apropos Menschen, die mich bereits bei sich aufgenommen haben … Joe hat mich heute Morgen echt überrascht. Er ist auf mich zugekommen, als ich an meinem Spind stand, und hat mich gefragt: »Sag mal, gehst du mir aus dem Weg? Seit deiner Nachricht, dass du jetzt bei Terrence übernachtest, hab ich nichts mehr von dir gehört.«

Beinahe hätte ich mit »Ja« geantwortet und es dabei belassen. Fall abgeschlossen.

Aber weißt du was, Bea? Er wirkte wirklich traurig und niedergeschlagen, als er das gesagt hat. Was mich daran erinnert hat, dass er auch etwas verloren hat. Seine Liebe zu dir mag eine Illusion gewesen sein, aber ich glaube, eine Illusion zu verlieren kann fast genauso schmerzen, wie einen Menschen zu verlieren.

Als ich nicht gleich geantwortet habe, fuhr er fort: »Hör mal, ich weiß, es war mein Fehler. Ich hab's kapiert. Das mit deiner Schwester hat mich einfach verletzt, aber ich hätte es nicht an dir auslassen dürfen.«

»Schon okay«, sagte ich. Und ehrlich, das war es für mich auch.

»Ich wollte dir deine Sachen vorbeibringen, aber ich war mir nicht sicher, ob du noch bei Terrence bist.«

»Zu Mom und Darren bin ich jedenfalls nicht zurück.«

»Gott sei Dank.«

Wie er das gesagt hat, Bea – ich glaube, er hatte wirklich befürchtet, dass ich wieder zu ihnen zurückgekehrt wäre. Oder dass man mich dorthin zurückgeschickt hätte.

»Nie mehr gehe ich da hin«, sagte ich. »Höchstens, um noch Sachen von mir aus meinem Zimmer zu holen. Vielleicht auch, um mich zu verabschieden. Aber bei ihnen wohnen? Niemals. In meinem ganzen Leben nicht mehr.«

Er klopfte mir auf die Schulter. »Gut.« Dann schaute er mir direkt in die Augen und sagte: »Du ahnst ja gar nicht, wie sehr ich mir gewünscht habe, dass Bea da rauskommt. Ich hätte alles getan, um sie da rauszuholen. Deshalb verstehe ich auch total, dass sie abgehauen ist. Ich verstehe bloß nicht, warum sie mich nicht gebeten hat, ihr dabei zu helfen.«

Seine Körpersprache signalisierte mir, dass er wirklich ein Gespräch führen wollte. Dass er wirklich von mir eine Antwort hören wollte. Deshalb beschloss ich, ihm eine ehrliche Antwort zu geben. »Weil du sie nicht hättest gehen lassen, Joe«, sagte ich.

»Natürlich hätte ich versucht, sie dazu zu bringen, dass sie bei mir bleibt. Aber wenn sie Nein gesagt hätte, wenn sie gesagt hätte, dass sie einfach von allem hier wegmuss, hätte ich sie gehen lassen.«

»Okay«, sagte ich. Was hätte ich sonst antworten sollen?

»Was ich noch sagen will ... Ich möchte dir wirklich gern helfen. Wenn du mich brauchst, bin ich immer für dich da. Ich kann dich unterstützen, als dein Fahrer, als dein Freund. Das bin ich dir schuldig.«

»Du bist mir gar nichts schuldig.«

»Nein – das ist jetzt falsch rübergekommen. Was ich damit sagen will, ist ... damals nach meinem Unfall, um zu genesen, da musste ich mich richtig anstrengen, aber ohne die Menschen um mich herum hätte ich es nicht geschafft. Und wenn du an einen Punkt kommst, wo du auch ein Team um dich herum brauchst, dann würde ich gern dazugehören. Das will ich damit sagen.«

»In Ordnung«, sagte ich. Und kaum war er gegangen, kaum hatte ich einen Moment Zeit, um darüber nachzudenken, fiel mir auch schon ein, wie ich ihn beim Wort nehmen konnte.

Zwei Stunden später, auf dem Weg zum Mittagessen, war plötzlich Jessica Wei neben mir.

»Wie geht's?«, fragte sie.

»Geht so«, sagte ich.

Sie musterte mich, versuchte herauszufinden, was meine Antwort bedeutete.

»Wir wollten doch mal einen Kaffee trinken gehen«, meinte sie.

Sie sagte es nicht als Frage.

Ich antwortete: »Das machen wir.«

Ich weiß, dass du wahrscheinlich denkst, ich hätte gleich darauf eingehen sollen, hätte zu ihr sagen sollen, dass wir doch jetzt in der Mittagspause irgendwohin gehen sollten, wo wir ungestört miteinander reden konnten. Jessica wäre bestimmt damit einverstanden gewesen. Aber ich bin noch nicht so weit. Genau so ist es: Ich bin noch nicht so weit. Ich weiß genau, wie das ablaufen wird: Sie wird mir ihre Geschichte erzählen und ich werde ihr meine Geschichte erzählen. Und vielleicht wird jeder von uns seine eigene Geschichte und die Geschichte des anderen besser verstehen, wenn wir sie beide nebeneinanderhalten. Oder vielleicht wird es auch nicht so sein. Auf alle Fälle werden wir beide jemanden haben, dem wir unsere Geschichte erzählen können, und das ist gut so. Aber im Moment bin ich noch nicht so weit. Ich muss meine Geschichte erst einmal für mich selbst auf die Reihe kriegen, bevor ich sie jemandem erzählen kann.

Darum drehen sich meine Gedanken gerade.

Was morgen kommt, ist für mich Monate entfernt.

Vorher muss ich noch jede Menge erledigen.

Betreff: Re: Unverhoffte Verbündete
Von: Bea <b98989898@ymail.com>
An: Ezra <e89898989@ymail.com>
Datum: Dienstag, 23. April, 15:27 CST

Lieber Ez,

von Dads letztem Brief muss ich dir trotzdem noch berichten. Geschrieben hat er ihn vor sieben Jahren. Dad verzichtet darin auf alle elterlichen Rechte. Er verspricht Mom, dass er sie nicht mehr bedrängen oder um das Sorgerecht kämpfen oder die Polizei einbinden wird, um uns zurückzubekommen. Er schreibt darin: *Okay, Anne, du kannst sie haben. Ich werde nicht mehr um sie kämpfen. Ich will keinen Streit mehr mit dir.*
Das hat er geschrieben, Ez.
Du kannst sie haben.
Er verzichtet auf alle seine Rechte als unser Vater.
Und dann schickt er den Brief nicht einmal ab.
Er hat von deiner Existenz gewusst. Er hat gewusst, wo wir waren. Er hat unsere Namen gekannt.
Er hat sich nicht einmal die Mühe gemacht, ihr offiziell das alleinige Sorgerecht übertragen zu lassen.
Als ich das gelesen habe, saß ich an einem Tisch in der Campusbibliothek. Patch war beim Training, sein Mitbewohner hielt sich im Zimmer auf und ich hatte nicht so recht gewusst, wohin mit mir. Eine Studentin war so nett gewesen, mich mit ihrer Karte einchecken zu lassen. Die Bibliothekarin an der Theke hob

den Kopf, lächelte mich an und ich lächelte zurück, *hallo, ich bin's, ich gehöre auch hierher*, und dann suchte ich mir einen Platz im oberen Geschoss zwischen den Regalen, legte die Briefe vor mich auf den Tisch und las weiter, wo ich aufgehört hatte.

Mehr oder weniger alles wie vorher – *Anne, melde dich bei mir. Es sind auch meine Kinder.* Aber die Briefe wurden weniger, waren in größeren Abständen geschrieben. Und dann war ich beim letzten Brief angelangt, in dem er eine Antwort zu geben schien. So als hätten sie davor miteinander gesprochen oder als hätte sie ihm geschrieben oder als hätte ihr Rechtsanwalt ihm geschrieben. Es machte auf mich den Eindruck, als konnte er einfach nicht mehr. Nicht mehr um uns kämpfen. Er war mit seinen Kräften am Ende.

Du kannst sie haben.

Ich legte den Kopf auf den Tisch und fing an zu weinen. Ich weinte, weil ich an Madelyn und an Dad und an dich und an mich dachte, und sogar für Mom vergoss ich ein paar Tränen. Ich weinte, weil ich an Patch denken musste, der keine Lust auf Basketball hat, und an Joe, der fast gestorben wäre. Mir kamen die Tränen beim Gedanken an Sloane, die nicht mit Reggie Tan herumgeknutscht hätte, wenn ich damals auf der Party geblieben wäre, und weil ich an Jessica Wei dachte, die im Stillen leidet und kämpft, und an die vielen anderen Menschen auf der Welt, denen es genauso geht. Und ich weinte wegen London, der seinen Vater – wir wollen ehrlich sein, Jonathan Wooster war sein Vater, nicht unserer – verloren hat und ihn vermisst. Und dann musste ich auch noch einmal wegen uns weinen.

Und was ich dann begriff, als ich mich wieder aufsetzte, war, dass ich all die Jahre immer noch einen winzigen Rest Hoffnung mit mir herumgetragen hatte, tief in mir drinnen verborgen. Die Hoffnung, dass wir nicht das Leben führten, für das wir bestimmt waren, dass irgendwo da draußen auf uns ein anderes, besseres Leben wartete. Wer wünscht sich das nicht mindestens ein Mal in seinem Leben? In all diesen beschissenen Jahren mit Darren und Mom war es dieser kleine Funke Hoffnung, der mich immer wieder aufgemuntert und getröstet hat. Der Gedanke, dass ich nicht wirklich hierher in diese Familie gehörte. *Du wirst sehen, es wartet irgendwo ein besseres Leben auf dich. Alles wird gut. Du gehörst nicht wirklich hierher.*

Und dann findest du plötzlich heraus, dass das hier dein Platz ist und nirgendwo sonst, dass es keinen Ort gibt, an den du fliehen kannst. Denn das hier ist dein Leben. Dein beschissenes, verkorkstes, ausweglosses Leben.

Du kannst sie haben.
Du kannst sie haben.
Du kannst sie haben.

Betreff: Wer hat mich gesehen?
Von: Bea <b98989898@ymail.com>
An: Ezra <e89898989@ymail.com>
Datum: Mittwoch, 24. April, 10:52 CST

Inzwischen sehe ich es so: Dad war ein harmonieliebender, anständiger Mensch. Er mag nicht hartnäckig genug gewesen sein, aber für eine Weile hat er zumindest versucht, alles so zu regeln, wie es sich gehört. Wahrscheinlich hätten wir bei ihm ein viel, viel schöneres und besseres Leben gehabt als bei Mom und Darren. Aber das werden wir nie wirklich wissen.

Vielleicht gab es für ihn einen Punkt, an dem er sich sagte: *Ich habe jetzt eine neue Familie, Amelia und London, ich will wenigstens für sie da sein.* Ich glaube, er war irgendwann an einem Punkt angelangt, an dem er loslassen musste.

Ich habe Patch gesagt, dass ich etwas Abwechslung und frische Luft brauche, und er hat mich bei Walmart abgesetzt, weil ich ja kein Auto habe. Für Uber oder Lyft oder den Bus gebe ich jedenfalls kein Geld aus, wenn ich nur irgendwo Tampons und Zahnpasta kaufen will.

Ich bin also bei Walmart. Ich gehe und gehe und gehe. Ich gehe jeden Gang entlang – sogar den Gang mit den Gewehren, sogar den Gang mit den Autoreifen – und versuche, Luft zu bekommen. Ich atme ein und aus. Wieder ein und wieder aus. Irgendwann merke ich, dass mein Atem laut zu hören ist, als hätte ich ein Mikrofon vor dem Mund. Total laut. Andere Kunden sehen mich merkwürdig an. Ich konzentriere mich darauf, nicht ohnmächtig zu werden. Jetzt bloß nicht ohnmächtig werden! Es fühlt sich plötzlich so an, als ob alles, was ich mit mir herumtrage, Gedanken, Gefühle, alles, sich unglaublich aufbläht und immer mehr Raum braucht. Aber so viel Raum habe ich in mir nicht.

Und dann ist plötzlich das Licht zu grell und die Menschen sind zu laut und überhaupt ist um mich herum alles viel zu viel. Ich schließe kurz die Augen, halte mir die Ohren zu, um den Lärm abzudämpfen, renne zum Ausgang.

Die automatische Tür öffnet sich bereits, und ich will gerade hinausgehen, weil hinter mir noch andere Menschen sind, da bleibe ich wie festgenagelt stehen. Denn neben der Tür ist ein Plakat angebracht. Es ist nicht sehr groß, vielleicht die Größe von zwei großen Einkaufstüten, und darauf sind Gesichter abgebildet. Gesichter von Kindern. Manche erst vier oder fünf Jahre alt. Andere so alt wie ich. *Wer hat mich gesehen?* So lautet die Überschrift. Unter jeder Fotografie stehen der Name des Kindes, das Datum, seit dem es vermisst wird, wo es zuletzt gesehen wurde und was es zu diesem Zeitpunkt anhatte.

Ich schaue mir die Gesichter genau an.

Kayla wurde am 5. Juli 2017 wahrscheinlich von ihrer Mutter entführt.

Elijah ist am 4. November 2018 unter ungeklärten Umständen in Woodland, Kalifornien verschwunden.

Natürlich bin ich nicht dabei. Es gibt kein Foto von Beatrix Ahern, achtzehn Jahre alt, zuletzt in einem roten Hoodie und einer ausgewaschenen Jeans gesehen, seit März diesen Jahres vermisst, oder von Madelyn Wooster, drei Jahre alt, seit fünfzehn Jahren vermisst.

King aus Gary, Indiana, ist am 25. Juli 2017 verschwunden.

Relisha aus Washington, D.C., wurde am 19. März 2016 das letzte Mal gesehen.

Ich rühre mich nicht, stehe wie versteinert da und präge mir alle Namen und Gesichter ein, bis mir plötzlich wieder einfällt, dass ja hinter mir Leute sind, die aus dem Supermarkt rauswollen. Sie drängen an mir vorbei, ich werde angerempelt und zur Seite gestoßen. Manche verfluchen mich vielleicht innerlich. Aber das ist in Ordnung so, wenigstens sehen sie mich. Ich bin für die anderen Menschen sichtbar.

»Haben Sie mich vielleicht gesehen?«, frage ich eine Frau, die mit ihren kleinen Kindern und Einkaufstüten jongliert, während sie sich an mir vorbeischiebt.

Sie schaut mich nur an und schiebt sich weiter.

Nein, denke ich. Wie soll sie mich auch sehen können, wenn es mich gar nicht gibt? Ich bin Bea, ich bin Madelyn, ich bin verschwunden, ich bin eine Ausreißerin, ich wurde von meiner eigenen Mutter entführt, ich bin eine Schulabbrecherin. Ich bin ein Niemand. Keiner vermisst mich, außer dir, Ezra. Keiner sucht nach mir, weil Dad tot ist und, ja, genau, weil er es aufgegeben hat, nach mir zu suchen. *Du kannst sie haben.*

Das alles – die Gesichter auf dem Plakat, die Gedankenfetzen, die mir durch den Kopf gehen – bringt mich auf den Gedanken, wie wichtig es ist, gesehen zu werden. Ich habe das Gefühl, dass Terrence dich ziemlich klar und deutlich sieht; wozu Joe bei mir nie fähig war. Ich habe das Gefühl, der einzige Mensch, der mich jemals wirklich gesehen hat, bist du. Vielleicht sollte das ausreichen – einen Menschen zu haben, der einen wirklich sieht. Wahrscheinlich kriegen manche nicht einmal diesen einen Menschen ab. Ob sie sich dann überhaupt selbst sehen? Bin ich Madelyn Wooster? Oder Bea Ahern? Oder beide? Keine Ahnung, wer Beatrix Ellen Ahern Madelyn Sierra Wooster ist. Vielleicht werde ich es nie wissen.

Ich gehe aus dem Walmart raus und laufe einfach immer weiter. Vorbei an Patch, der in seinem Pick-up auf mich wartet, die Straße entlang, ins Ungewisse. Hinter mir höre ich ein Hupen, das muss Patch sein, und gehe weiter, ohne darauf zu achten. *Warum soll ich mich umdrehen?*, denke ich. *Er wird mich auch wieder verlassen. Sie verlassen einen immer. So ist es doch, oder?* Dabei war es wohl oft genug anders herum – ich habe dich verlassen und danach habe ich Franco verlassen und auf gewisse Weise auch London. Vielleicht verlässt auch Patch nicht mich, sondern ich ihn, weil es einfach so in mir drin ist. Genau das tue ich jedenfalls in diesem Moment.

Ich gehe erst und dann fange ich an zu rennen. Mein Weg führt mich nirgendwohin, Ez, aber ich rede mir ein, dass ich auf etwas zusteuere. Vielleicht renne ich Beatrix Ellen Ahern Madelyn Sierra Wooster entgegen. Oder vielleicht renne ich auch einfach ins Nirgendwo. Vielleicht ist das der richtige Ort für mich.

Ich habe dann schließlich auf dem Sofa in Francos Büro geschlafen, unter einem Berg von Kissen begraben. Am liebsten wäre ich für immer darunter verschwunden. Ich hatte immer noch den Schlüssel, den Franco mir gegeben hatte, und habe ihn benutzt, ohne groß darüber nachzudenken. Ich dachte, er hätte bestimmt nichts dagegen, sicherlich war es ihm lieber, dass ich hier bei ihm im Büro übernachtete als auf der Straße.

Als ich aufwachte, beugte er sich über mich. Seine buschigen Augenbrauen und dunklen Augen führten ein Gewitterspektakel auf.

Er ließ einen Wortschwall auf Italienisch auf mich los, so lautstark, dass ich mir die Ohren zuhielt.

Während er mich weiter anbrüllte, stand ich auf, richtete das Sofa, legte die Kissen an ihre angestammten Plätze. Ich zog die

Schuhe an. Ganz ruhig. Ich war ganz ruhig. Ich weiß, was man tun muss, wenn einen Menschen anbrüllen. Bei Umarmungen weiß ich das nicht. Wenn jemand nett zu mir ist, auch nicht. Aber wenn jemand mich anbrüllt, weiß ich, wie ich mich verhalten muss.

Irgendwann wechselte Franco zu Englisch und beruhigte sich etwas. Da war ich schon halb durch die Ladentür raus.

»Beatrix«, sagte er, und es reichte, um mich innehalten zu lassen.

»Was?«

»Hör auf, davonzulaufen.«

Ich antwortete nichts, denn ich wollte nicht vor ihm in Tränen ausbrechen, weil ich mir sicher war, dass er Tränen hasste.

»Hör auf, davonzulaufen. Mach das nicht mehr.« Seine Stimme war ruhig geworden. Als würde er plötzlich Yoga unterrichten oder zu einer Meditation anleiten. »Kein Davonlaufen mehr. Irene und ich haben uns Sorgen um dich gemacht. Wir wussten nicht, wo du warst. Wir hatten keine Ahnung, was mit dir los war.«

»Tut mir leid.« Obwohl ich das sagte, war ich wütend auf ihn und Irene, weil sie sich Sorgen um mich gemacht hatten.

»Kein Davonlaufen mehr. Wenn du hier nicht mehr bleiben willst, *va bene*. Aber wir wollen wissen, wo du bist und ob es dir gut geht. Du bist jung. Du hast schon viel erlebt. Mehr als gut für dich war. Aber du hast noch dein ganzes Leben vor dir. Wenn du auf dich aufpasst.« Er fuhr sich über die buschigen Augenbrauen und die kümmerlichen Haarreste auf seinem Kopf. »Es ist lange her, dass wir uns um unsere Kinder Sorgen gemacht haben. Sie sind alle schon groß und aus dem Haus. Es geht ihnen gut. Aber jetzt machen wir uns Sorgen um dich.«

Wir machen uns Sorgen um dich.

Ich hatte einen riesigen Kloß in der Kehle. Alles, was ich sagen konnte, war: »Tut mir leid.«

»Kein Davonlaufen mehr. Damit kommst du nirgendwohin.« Einen kurzen Moment legte er mir die Hand auf den Arm, eine Berührung so leicht wie eine Feder. Dann nahm er sie weg und klopfte mir auf die Schulter, so fest, dass ich fast umgefallen wäre.

Ich rief Patch vom Laden aus an, und er kam, um mich abzuholen. Ohne mich gefragt zu haben, wo ich hinwollte, fuhr er zum Campus. Während der Fahrt drehte er die Musik (Tupac) irre laut auf und wir redeten kein Wort miteinander.

Erst als er den Pick-up geparkt und den Motor abgestellt hat, sagt er: »Ich gehe da nicht mit dir rein, bevor du nicht mit mir geredet hast.« Mit *da* meinte er sein Wohnheimzimmer.

»Also«, sagt er. »Erzähl mir, was gestern bei dir los war. Warum du einfach verschwunden bist.«

»Tut mir leid«, sage ich. Es klingt nicht so, als würde es mir wirklich leidtun.

»Ist das alles?«

»Ja.« Von solchen Szenen, Ez, habe ich so die Nase voll. Deshalb sage ich: »Ich finde nicht, dass ich dir mehr schuldig bin.« Mein Herzklopfen signalisiert mir, dass das so nicht stimmt. Und außerdem hat er mir geholfen, als ich mutterseelenallein war, von Franco und Irene mal abgesehen.

»Na, super.«

»Wie?«

Er dreht sich zu mir, schaut mich an, schüttelt den Kopf. »Du tust so, als ginge dir das alles am Arsch vorbei, als hättest du keine Gefühle.«

»Ja, vielleicht. Vielleicht ist es so.«

Er schüttelt immer noch den Kopf. »Aber wir beide wissen, dass es nicht wahr ist. Irgendwann wirst du es akzeptieren müssen, Martha. Du hast ein Herz. Und es ist verletzt worden. Und jetzt verletzt du lieber andere, als dich von ihnen verletzen zu lassen. Aber damit verletzt du nur dich selbst.«

»Hast du das im Grundkurs Psychologie gelernt?«

»Nein. Das sieht doch jeder. Verdammt noch mal, versuch nicht, mich zu verarschen.«

Es ist das erste Mal, dass ich ihn so reden höre, und irgendwie macht es mich traurig. Als wäre es mein schlechter Einfluss, der ihn so reagieren lässt.

Er steigt aus und knallt die Tür zu, und ich bleibe noch eine Minute sitzen und überlege, wie ich mich jetzt verhalten soll. Da klopft es neben mir ans Fenster und ich zucke zusammen. Patch macht mir ein Zeichen: *Hey, jetzt komm schon.* Deshalb steige ich aus und bin darauf gefasst, dass er wütend ins Wohnheim voranstürmen wird. Aber das tut er nicht, sondern er nimmt meine Hand, verschränkt seine Finger mit meinen und gemeinsam gehen wir über den Campus. Verwirrt schaue ich auf unsere Hände, warte darauf, dass seine Hand sich in Luft auflöst und ich ins Leere greife. Aber es geschieht nicht. Seine Hand bleibt da.

»Und was ist mit Everly?«, frage ich. Irgendetwas in mir will unbedingt von ihm hören, dass es keine Everly gibt. Dass es nur Martha und Patch gibt.

»Vergiss Everly!«, sagt er. Hand in Hand gehen wir zum Wohnheim.

Und weißt du was, Ez? Er hat recht. Dass ich am Ende nur mich selbst verletze. Ich weiß, dass er recht hat. Und er weiß, dass ich weiß, dass er recht hat.

Es gibt auch für mich viel zu tun.

Betreff: Dein Herz
Von: Ezra <e89898989@ymail.com>
An: Bea <b98989898@ymail.com>
Datum: Mittwoch, 24. April, 12:15 EST

Der Junge hat recht. Du hast ein Herz. Und es ist verletzt worden. Ein Teil der Verletzung kommt von diesem winzigen Funken Hoffnung in dir – so vielen Funken Hoffnung, die trotz allem in dir lebendig sind.

Ja, Dad hat dich aufgegeben. Und Mom auch, egal, wann genau das war.

Aber verdammt, Bea. Ich nicht.

Und weißt du was?

DU

DICH

AUCH

NICHT.

NIEMALS.

Dad schreibt: *Du kannst sie haben?* – Scheiß drauf.

Mom verhält sich, als hätte sie *mit uns nicht gerade den Hauptgewinn gezogen?* – Scheiß drauf.

Darren gibt uns zu verstehen, dass er *mit uns so wenig wie möglich zu tun haben will?* – Scheiß drauf.

Dein Herz ist stärker als alle diese Wunden.

Auch stärker als alle Wunden, die du dir selbst zugefügt hast.

Du glaubst mir nicht? Dann leg die rechte Hand auf dein Herz.

Hörst du es schlagen?
Was sagt es dir?
Horch genau hin.
Hab ich's mir doch gedacht.
Und jetzt braucht mein Herz ein paar Antworten.
Später mehr.

Betreff: Ende und Neuanfang
Von: Ezra <e89898989@ymail.com>
An: Bea <b98989898@ymail.com>
Datum: Mittwoch, 24. April, 22:22 EST

Wie versprochen. Ich habe dir jede Menge zu erzählen und versuche, mich an alles genau zu erinnern.

Also:

Die Schule ist aus. Ich teile Terrence mit, dass ich danach was mit Joe ausgemacht habe. Er wirkt überrascht, will aber nicht so reagieren, als müsste ich, bloß weil ich jetzt bei ihm wohne, ununterbrochen mit ihm zusammen sein. Darauf habe ich mich verlassen.

Nach meiner letzten Mail an dich habe ich Joe sofort eine Nachricht geschickt.

Ich brauche nämlich einen Fahrer.

Zuerst muss er mich in den Hidden Valley Circle fahren, um sicherzugehen, dass sie da nicht ist. Dann muss er mich zu ihrem Büro fahren.

Ich gehe jede Wette ein, dass dort gerade nicht viel los ist. Die Frist für die Abgabe der Steuererklärung ist vor Kurzem abgelaufen. Ich habe noch in den Ohren, wie sie beim Abendessen immer davon geredet hat, dass für die Steuerberater mit dem 16. April die schöne Jahreszeit beginnt. Nicht dass sie deshalb mehr Zeit mit uns verbracht hätte.

Ich warte bis kurz nach fünf Uhr. Büroschluss. Ihr Auto steht mit zwei anderen auf dem Parkplatz der Steuerkanzlei. Als ich nach drinnen gehe, ist die Rezeption unbesetzt. An das Zimmer daneben, das Wartezimmer für Klienten, erinnere ich mich noch genau. Wenn früher irgendwas in der Planung schiefgelaufen war und sie uns zur Arbeit mitnehmen musste, hat sie uns dort den ganzen Tag geparkt. Weißt du noch, wie langweilig uns da immer war? Ich schwör dir, es sieht dort immer noch haargenau so aus wie früher. Fast hätte ich eine der Zeitschriften durchgeblättert, um nachzugucken, ob du oder ich darin vielleicht herumgekritzelt hatten. Erinnerst du dich noch daran, wie sie uns deswegen immer angebrüllt hat? Natürlich nicht in der Kanzlei, nicht wenn andere in der Nähe waren. Aber sobald wir im Auto waren. Dann schämte ich mich immer. So als hätte ich alles kaputt gemacht. Als müssten die netten Mädchen an der Rezeption, die so freundlich zu uns gewesen waren, uns jetzt für Monster halten. Wie hatten wir so etwas nur tun können, die Zeitschriften vollkritzeln, bloß weil uns langweilig war!

Es dauert eine Weile, bis ich ihr Büro gefunden habe. Andere Erinnerungen, als dass wir jedes Mal brav gewartet haben, bis sie fertig war und wir gehen konnten, habe ich an die Räume nicht. Ich überprüfe noch einmal, ob mein Handy auch wirklich an ist, falls Joe sich auf einen Blitzstart vorbereiten muss.

Das Büro hat eine Milchglastür, deshalb kann ich sie drinnen hin und her gehen sehen. Sie scheint das Büro gleich verlassen zu wollen. Eine Sekunde lang stehe ich da, nehme ihre verschwommenen Umrisse wahr, nichts als Farbe und Bewegung, kaum mehr als die Andeutung einer Person. Unsere Mutter. Dann mache ich die Tür auf und sehe sie in 3-D vor mir.

Sie erschrickt, als die Tür aufgeht, und noch mehr, als plötzlich ich vor ihr stehe.

Sagt sie meinen Namen? Sagt sie, wie leid ihr alles tut? Freut sie sich, dass ich gekommen bin? Dass ich sie sehen möchte? Nein. Sie fragt: »Was machst du hier?« Als wäre ich ein Gespenst aus ihrer Vergangenheit oder ein Alien aus einer anderen Welt, das in ihre Gegenwart einbricht.

»Ich bin gekommen, um mit dir zu reden«, sage ich. »Das ist alles.«

Neutraler Boden, Bea. Ich dachte mir, ein Büro ist neutraler Boden. Ich wollte, dass es sich um eine Art geschäftliche Besprechung handelte, nicht um eine dramatische Familienszene. Ich hoffte auch, dass ich sie noch in ihrem professionellen Habitus antreffen würde. Wie bei den Anrufen aus der Kanzlei bei uns zu Hause, bei denen sie sich wie die ausgeglichenste, vernünftigste Person anhörte, die man sich vorstellen kann.

Ich habe recht, sie ist gerade im Aufbruch, hat ihre Jacke in der Hand und ihre Tasche über die Schulter gehängt.

»Wenn du reden willst«, sagt sie, »kannst du später nach Hause kommen, dann sind wir alle beisammen.«

Wir alle. Da bist du schon nicht mehr eingerechnet, Bea. Aber ich weise Mom nicht darauf hin, denn wie gesagt, ich will, dass der Tonfall geschäftlich bleibt.

»Nein«, sage ich. »Ich will nur mit dir reden.«

Ich hatte nicht vor, die Tür zu blockieren. Aber Fakt ist: Ich blockiere die Tür.

Ich sehe, wie sie blitzschnell abwägt – es könnten noch Kollegen in der Nähe sein, besser, das Gespräch findet nicht zwischen Tür und Angel statt. Sie macht mir ein Zeichen, dass ich hereinkommen und die Tür schließen soll, legt Jacke und Handtasche auf einem Stuhl ab.

Dann geht sie um den Schreibtisch herum. Eine Sekunde lang glaube ich, sie will dahinter Platz nehmen und ich soll ihr gegenübersitzen, als hätte ich einen Geschäftstermin bei ihr, Steuerfragen, Finanzplanung, was auch immer. Aber sie bleibt stehen. Sie will einfach nur den Tisch zwischen uns haben.

»Mir fehlen für dein Verhalten die Worte«, sagt sie. »Seit deine Schwester nicht mehr da ist, führst du dich erbärmlich auf. Ich hatte gehofft, ihr schlechter Einfluss auf dich würde nachlassen, aber das Gegenteil scheint der Fall zu sein.«

»Es geht hier nicht um sie.«

»Nein? Sie hat immer schon versucht, dich gegen uns einzunehmen. Du hast ihr immer alles geglaubt. Beatrix ist in deinen Augen eine Heilige, sie kann nichts falsch machen. Aber da irrst du dich gewaltig, Ezra. Sie hat sich gerade endgültig ihr Leben ruiniert.«

»Das stimmt nicht!«, widerspreche ich.

Mom sieht mich an, wie sie mich angesehen haben muss, als ich noch nicht richtig lesen und schreiben konnte. »Lass mich raten«, sagt sie. »Du bist gekommen, um Darren und mich zu beschuldigen, dass wir euer Leben ruiniert haben. Oder dass wir fürchterliche Eltern sind. Dass ihr viel lieber bei eurem Vater aufgewachsen wärt. Eurem Vater mit dem Heiligenschein, den ihr nie kennengelernt habt. Oder dass ihr ohne uns besser dran wärt. Der Meinung scheint Beatrix jedenfalls zu sein. Und wenn Beatrix dieser Meinung ist, bist du es natürlich auch. So war es bei euch immer schon. Du bist ihr wie ein Hündchen nachgerannt und hast ihr alles nachgemacht. Wenn sie ein Pflaster brauchte, wolltest du auch eines. Hatte sie angeblich Fieber, wolltest du auch im Bett bleiben. Und wenn ich bei euch die Temperatur gemessen und euch bewiesen habe, dass ihr beide kein Fieber hattet, änderte das überhaupt nichts. Es zählte nur,

was deine Schwester *fühlte*. Eine Weile lang glaubte ich, du wärst da rausgewachsen, denn Beatrix geriet mit der Pubertät außer Kontrolle und bei dir schien es nicht so zu sein. Du kannst dir gar nicht vorstellen, wie groß meine Erleichterung war. Aber jetzt, Ezra – jetzt seid ihr beide nur noch pubertär und ungezogen.«
Das erschien mir unangemessen. »Wir sind ungezogen? Das wirfst du uns vor?«, fuhr ich sie an. »Darren schlägt mich vor Terrence' Haus fast bewusstlos – und wir sind *ungezogen*?«
»Ihr provoziert uns dauernd, das nenne ich frech und ungezogen. Ich bin eure ständigen Provokationen leid. Willst du das abstreiten? Wer hat denn das Haus angezündet? Ich musste so tun, als hätte ich die Küchenrolle aus Versehen neben der offenen Flamme liegen lassen. So habe ich es der Feuerwehr erzählt, um dich in Schutz zu nehmen, Ezra. Und deine kindische Aktion mit der Handtasche – so verhalten sich Vierjährige, um mehr Aufmerksamkeit zu bekommen. Ich finde es mehr als verständlich, dass Darren wegen deines Verhaltens wütend war. Ihr seid beide so undankbar. Wir haben dich lediglich gebeten, zu uns ins Auto zu steigen, Ezra. Das war ja wohl nicht zu viel verlangt. Und das, nachdem du unser Haus angezündet hattest. Eine mehr als großzügige Geste von uns. Wir hatten dir verziehen. Darren war zu Recht wütend auf dich und ich kann es ihm nicht verdenken. Aber er wollte dich wieder bei uns aufnehmen. Und du weist dieses Angebot einfach zurück.«
»Meinst du das alles wirklich ernst? Hörst du dir eigentlich manchmal selber zu?«
»Du glaubst, dass du über alles Bescheid weißt, Ezra, aber du hast keine Ahnung vom Leben. Tut mir leid, überhaupt keine Ahnung. Darren war in all den Jahren mein Fels, er hat viel für mich getan, mehr als ihr euch vorstellen könnt. Er hat unsere

Familie gerettet, nachdem euer Vater alles zerstört hatte. Allein hätte ich das niemals geschafft. Ich habe getan, was ich konnte, und ihr beide habt dauernd nur Ansprüche gestellt. Manchmal sagte ich mir, dass euer Vater keine Ahnung hatte. Aber er wusste genau, was er tat, als er mich in genau dem Moment verließ, in dem es so richtig hart und schwer mit euch wurde. Aber Darren war für mich da, er hat nicht das Weite gesucht. An seiner Stelle hätte ich mich mehr als einmal aus dem Staub gemacht, das kann ich euch sagen. Er hat mich geliebt, als ich dachte, keiner würde mich mehr lieben. Und er liebt mich immer noch. Ich kann nichts dafür, wenn euch Kindern das nie gefallen hat. Ihr wolltet mich ganz für euch haben, aber so funktioniert das nicht, Ezra. Darren hat sich immer bemüht, Beatrix und dich so zu behandeln, als wärt ihr seine eigenen Kinder, obwohl ihr euch nie auch nur die geringste Mühe gegeben habt, es ihm zu vergelten.«

Da reicht es mir. Ich brülle sie an: »Willst du mich verarschen?«

Ihre Reaktion kommt wie auf Knopfdruck. »Achte auf deine Sprache, junger Mann!«

Erinnerst du dich noch, wie du Darren darauf einmal geantwortet hast: »Und du? Deine Sprache ist nur die Gewalt.«

Fast hätte ich ihr eine ähnliche Antwort gegeben. Aber nur fast. Stattdessen gehe ich einfach darüber hinweg und sage: »Jedes beschissene Wort, das aus deinem Mund kommt, ist eine Lüge. Mit vier Jahren oder mit zehn, vielleicht sogar mit vierzehn hätte ich dir noch geglaubt, aber jetzt nicht mehr.«

Sie stützt beide Hände auf den Tisch. »Ich stehe nicht hier, um mich von dir beschimpfen zu lassen –«

Ich stütze ebenfalls beide Hände auf den Tisch und beuge mich zu ihr. »DOCH. DAS TUST DU. Du stehst hier, um mir zu erklären, warum du beschlossen hast, ihn zu lieben und nicht uns. Du stehst hier, um mir zuzuhören, wenn ich dir sage, dass wir nie verstanden haben, warum er zu dir immer so gut und zu uns immer so widerwärtig war. Um mir eine Antwort darauf zu geben, warum du uns vor unserem Vater versteckt hast. Um mir zu erklären, warum du immer danebengestanden und zugeschaut hast, wie Darren uns fertiggemacht hat, wie er unsere Spielsachen kaputt gemacht hat, wie er uns verbal attackiert hat, wie er uns verprügelt hat, wie er alles getan hat, damit wir uns nie sicher und geborgen fühlen konnten. Nie wie in einem richtigen Zuhause, mit Eltern, die einen lieben. Und du hast immer danebengestanden. Du erzählst mir, dass er dein Fels ist? Dass er dich gerettet hat? Bea und ich waren aber auch noch da. Ich kapiere es immer noch nicht – du hast uns gekidnappt. Du hast uns entführt und versteckt, damit unser Vater uns nicht mehr finden konnte. Und wofür? Um uns dann an seiner Stelle zu bestrafen? Wir sollten für unseren Vater leiden, war es das? Bea hat ihn gefunden, Mom. Wir wissen Bescheid.«

Sie schüttelt den Kopf. »Ihr wisst überhaupt nichts. Ihr habt keine Ahnung.«

»Keine Ahnung wovon? Erzähl es mir!«

Plötzlich ist es, als ob vor meinen Augen in ihr etwas aufbricht. Ich meine, wir haben unser ganzes Leben mit ihr verbracht, ich kenne sie durch und durch, niemanden habe ich so genau beobachtet. Aber auf einmal ist da ein völlig neuer Ausdruck in ihrem Gesicht. Klarheit, Entschlossenheit, Wildheit. Wir beide haben doch mal diese Doku gesehen, wo eine Bärin ihr Junges verteidigt hat. Und jetzt stell dir vor, wie es wohl aussieht, wenn eine Bärin sich gegen ihr Junges verteidigt. »Du hast keine Ahnung, was für ein Mensch euer Vater war!«, brüllt sie. »Du hast keine Ahnung, was er uns angetan hat. Ich habe euch beide davor beschützt. Wenn es etwas gibt, wofür ihr euch bei mir zu bedanken habt, dann dafür. So kaltherzig, böse und egoistisch ihr seid, das müsst ihr wenigstens anerkennen. Keine Ahnung, wie Bea euren Vater gefunden hat oder was er ihr weisgemacht hat, aber eins kann ich euch sagen: Er hat nie eure Interessen über seine eigenen gestellt. Er war es gewesen, der Kinder gewollt hatte, und als sie dann da waren, hat er plötzlich seine Meinung geändert. Hat behauptet, ich hätte ihn damit nur an mich fesseln wollen, die Kinder würden ihn in seiner Freiheit einschränken – ha, dazu kann ich nur sagen, wenn es so gewesen wäre, war ich damit nicht sehr erfolgreich. Als ich mit deiner Schwester schwanger war, ist er nächtelang nicht nach Hause gekommen, und er machte sich noch nicht mal die Mühe, dafür nach Ausflüchten oder Entschuldigungen zu suchen. Stattdessen machte er mir Vorwürfe. Vielleicht hat er ihr ja erzählt, ich sei für ihn ein Klotz am Bein gewesen und er habe seine Freiheit gebraucht. Vielleicht auch, dass er das Gefühl gehabt habe, neben mir zu ersticken, und deswegen zu anderen Frauen ins Bett kriechen musste. Keine Sekunde hat er sich bemüht, mich zu verstehen, aber mir hat er immer vorgeworfen, dass ich ihn nicht verstehe. Und weißt du, was für eine Idiotin ich war? Ich habe versucht, ihm alles recht zu machen! Was auch immer er euch heute vielleicht erzählen mag, ich habe damals alles getan und meine eigenen Wünsche vollkommen unterdrückt, nur um ihm zu gefallen, weil ich wollte, dass er blieb. Ich habe für ihn gekocht. Ich habe mich nie beschwert. Ich habe ihm in allem recht gegeben, auch wenn er unrecht hatte. Und weißt du, wie die Geschichte ausgegangen ist? Als ich ihm erzählt habe, ich sei schwanger mit dir, verkündete er mir, er habe bereits eine andere Frau geschwängert und könne nicht bei beiden Familien gleichzeitig sein. Und rate mal, wer gewonnen hat, Ezra. Rate mal, warum du deinen Vater nie zu Gesicht bekommen hast. Und wenn ihr jetzt, du und deine Schwester, fünfzehn Jahre später ihn und mich gegeneinander ausspielen wollt, bin ich mir sicher, dass ich verlieren werde, weil ich eurer Meinung nach tausend Sachen falsch gemacht habe, während er überhaupt nichts gemacht hat. Er verdiente nicht, Teil eures Lebens zu sein. Wenn ich schon die ganze Last tragen musste, warum sollte er dann einen Teil der Belohnung bekommen? Nichts von all dem, was ihr möglicherweise vorbringen werdet, kann mich vom Gegenteil überzeugen. Er hat die ganze Zeit gewusst, was er mir angetan hat. Und wenn er jetzt auf einmal hereinspaziert kommt und behauptet, mit ihm wärt ihr besser dran gewesen – tut mir leid. Das werde ich nicht akzeptieren. Wenn ihr das unbedingt so sehen wollt, kann ich nichts daran ändern, aber ich bedaure es von ganzem Herzen, dass ich so undankbare Kinder großgezogen habe.«

Ich vermag in diesem Moment nur auf die eine Sache zu reagieren, die leicht klarzustellen ist: »Er kommt nicht auf einmal hereinspaziert.«

Sie verdreht die Augen. »Nein? Was dann? Wie würdest du es denn nennen?«, fragt sie. »Soll ich besser sagen: Er reicht euch die Hand?«

»Keines von beiden. Er ist tot.«

In diesem Moment bricht sich in ihrem Gesicht etwas anderes Bahn. Aber dieses Gefühl nimmt keinen klaren Ausdruck an. Es bleibt schwankend, unbestimmt. Sie hält sich jetzt mit beiden Händen am Schreibtisch fest. »Was sagst du?«

»Er ist tot«, wiederhole ich. »Er ist letztes Jahr gestorben.«

»Aber deine Schwester –«

»Unser Bruder hat mit ihr Kontakt aufgenommen. Der Bruder, der genauso alt ist wie ich.«

»Ich muss mich hinsetzen«, sagt sie und tut es. »Was sagst du da?«

»Mein Vater ist tot. Aber worum es mir geht, hat nichts mit ihm zu tun. Es geht hier um Dinge, die lange vorher passiert sind. Bevor wir das mit ihm herausgefunden haben.«

»Wie kann das nichts mit ihm zu tun haben? Was redest du da, Ezra?«

»Es geht nicht um unseren Vater, es geht um Darren.«

Ihre Hände fahren abwehrend nach oben. »Nein. Stopp. Komm mir jetzt nicht wieder mit deiner Undankbarkeit. Das ist nicht der richtige Zeitpunkt.«

»Aber es ist nie der richtige Zeitpunkt.«

»Darren hat mich immer gut behandelt.«

»Ich weiß. Aber uns hat er nicht gut behandelt.«

»Weil ihr ihn nicht gut behandelt habt.«

»Aber er war der Erwachsene, wir die *Kinder*!«

Mom schüttelt den Kopf. »Beatrix ist schon seit Jahren kein Kind mehr. Sie ist ein egoistischer, streitsüchtiger Teenager, der unsere Familie noch das letzte Quäntchen Glück gekostet hat.«

»Glaubst du das wirklich? Ganz im Ernst?«

Sie seufzt. »Ja, Ezra. Das glaube ich.«

»Darrens merkwürdige Erziehungsmethoden, dass er uns nur angebrüllt hat, dass er uns ständig fies behandelt hat, dass er mich regelmäßig am Sonntag verprügelt hat – willst du behaupten, daran waren *wir* schuld?«

»Ich sage nicht, dass ich immer allem zugestimmt habe. Darüber habe ich mit ihm auch geredet. Aber ihr provoziert ihn ständig. Ihr alle beide.«

»Wie provozieren wir ihn denn?«

»Das Haus anzünden? Meine Handtasche klauen? Dafür sorgen, dass er festgenommen wird? Wenn das keine Provokationen sind, was denn dann?«

»Wie wär's mit Notwehr?«

Da lacht sie nur trocken auf. »Ich bitte dich.«

Und in diesem Moment habe ich es endgültig kapiert. Ich habe kapiert, dass sie niemals, aber auch wirklich niemals die Dinge so sehen wird wie wir. Selbst wenn sie mit unserem Vater recht haben könnte – und ich habe den Verdacht, dass da was Wahres dran ist –, entschuldigt das nicht alles, was danach gekommen ist. Es mag vielleicht eine gewisse Erklärung dafür sein. Aber eine Entschuldigung? Niemals.

»Du musst Darren zu Hause rausschmeißen«, sage ich und weiß genau, was sie antworten wird.

Die Antwort kommt wie auf Knopfdruck: »Das werde ich nicht. Warum sollte ich?«

»Dann musst du mich gehen lassen. Bea ist bereits fort. Für mich ist jetzt auch der Zeitpunkt gekommen.«

»Das ist doch lächerlich. Nur weil du dich im Moment nicht an die guten Zeiten erinnern willst, die wir miteinander hatten. Weil du die Tatsache ausblendest, dass wir dich großgezogen haben, viel in dich investiert und dir jede Menge gute Eigenschaften mitgegeben haben, von denen du jetzt glaubst, sie hätten alle nichts mit uns zu tun. Du kannst natürlich versuchen, das alles zu verdrängen, wie deine Schwester es getan hat. Aber das wird nichts daran ändern, dass wir deine Eltern sind. Man kann sich seine Familie nicht aussuchen.«

Wo hat sie all die Jahre gelebt, Bea? Hinter dem Mond? Ist sie völlig blind?

»Du hast mir nie zugehört, aber jetzt wirst du mir ein einziges Mal zuhören«, sage ich. »IHR SEID NICHT MEHR MEINE FAMILIE. Das verkünde ich dir hiermit. Ich habe Bea. Ich habe Terrence und seine Familie. Ich habe andere Freunde und ich werde eine andere Familie finden. Wenn du willst, dass es ein richtig hässliches Ende nimmt, dann können wir beide dafür sorgen, dass es richtig hässlich wird. Du kannst mich dazu zwingen, nach Hause zurückzukehren. Und ich kann jedes Mal die Polizei rufen, wenn Darren mich bedroht oder angreift. Ich kann dafür sorgen, dass die ganze Stadt davon erfährt, was bei uns los ist, und egal, was du über mich verbreiten wirst, die Wahrheit wird an euch kleben bleiben, zumindest eine Weile lang. Ich hasse euch beide. Ich will nicht so leben. So hasserfüllt. Ich werde Darren bis an mein Lebensende hassen. Mit dir habe ich vielleicht irgendwann Mitleid, keine Ahnung. Dann können wir weitersehen. Das wird sich zeigen. Aber im Moment ist für mich Schluss. Wenn ich hier rausgegangen bin, rufst du Darren an und sagst ihm, dass er mit dir irgendwohin essen gehen soll. Während ihr im Restaurant seid, einem Restaurant, das möglichst weit weg ist, fahre ich zum Haus und nehme mir aus meinem Zimmer die Sachen mit, die ich haben möchte. Dafür brauche ich zwei Stunden. Vielleicht kommt Bea auch irgendwann, um ihre Sachen zu holen – keine Ahnung. Und damit das zwischen uns klar ist: Von jetzt an hast du kein automatisches Anrecht mehr darauf, dich unsere Mutter zu nennen. Das musst du dir erst verdienen.«

Ihre Stimme ist ruhig. Unerschüttert. »Ich bin eure Mutter. Ich werde immer eure Mutter sein.«

»Kann sein«, sage ich. »Aber was es wirklich bedeutet, eine Mutter zu sein, davon hast du keine Ahnung.«

Sie rollt in ihrem Stuhl zurück. »Womit habe ich nur zwei so undankbare Kinder verdient? Wo habt ihr bloß diese Härte her? Diese Unversöhnlichkeit?«

Und diesmal muss ich kurz trocken auflachen. Vor allem, weil sie sich das im Ernst zu fragen scheint.

»Ich glaube, das haben wir zu Hause gelernt«, sage ich.

Und da tut sie etwas, das mich fast in Tränen ausbrechen lässt. Sie blickt zu einem Foto auf ihrem Schreibtisch, und ich kann erkennen, dass es sich um ein Foto von uns beiden handelt, Bea. Wir sitzen auf einer Schaukel. Du bist höher in der Luft, ich kichernd weiter unten. Keiner schubst uns an. Wir schaukeln aus eigener Kraft.

»Ich gehe jetzt«, sage ich. »Wenn du mich anrufen willst, um mich anzubrüllen oder Forderungen zu stellen oder um mir zu drohen, kannst du's bleiben lassen. Wenn du wirklich mit mir reden willst, kann es sein, dass ich anfangs nicht zurückrufe. Aber vielleicht irgendwann. Das wird sich zeigen.«

Sie nickt nicht, schüttelt nicht den Kopf, reagiert nicht. Es ist, als würde sie auf Musik aus einem anderen Zimmer lauschen.

Erst als ich schon an der Tür bin, sagt sie etwas.

»Ist er wirklich tot?«, fragt sie.

»Ja.«

»Und du bist dir sicher, dass deine Schwester das nicht erfunden hat?«

»Absolut sicher«, sage ich. »Bea würde mich da nie anlügen.«

Sie schüttelt wieder den Kopf. Sie scheint mir zu glauben, aber die Welt scheint ihr in diesem Moment abhanden zu kommen.

Dann gehe ich. Ob sie überhaupt bemerkt, dass ich nicht mehr da bin?

Tut mir leid, ich brauche jetzt eine kleine Pause.

Okay. Weiter im Text. Während ich zum Ausgang gehe, bemühe ich mich um Fassung, für den Fall, dass ich jemandem begegnen sollte. Joe wartet auf dem Parkplatz auf mich. Er überfällt mich mit Fragen, als ich bei ihm einsteige.

»Fahr«, sage ich. »Los!«

Ein, zwei Minuten sagt er daraufhin erst mal nichts, das muss ich ihm echt zugutehalten. Dann bricht er das Schweigen, um zu fragen: »Und wohin soll ich jetzt fahren?«

Erst als ich antworte: »Nach Hause«, fange ich an zu weinen.

Ich sage ihm, dass er draußen Wache stehen soll, aber er beharrt darauf, mit mir zu kommen. Wir haben keine Ahnung, was Mom jetzt tun wird. Wenn sie Darren alles erzählt, wird er schleunigst hierherkommen, so viel ist sicher.

»Ich gebe dir Rückendeckung«, sagt Joe, als wären wir in einem Krimi oder Kriegsfilm. Was ich zugleich nett und nervig von ihm finde.

Irgendwann nach meinem letzten Besuch ist mein Zimmer genauso verwüstet worden wie deines, aus welchem Grund auch immer. »Du meine Güte«, murmelt Joe. Der Inhalt sämtlicher Schubladen ist auf den Fußboden gekippt.

»Ich brauche ein paar Müllbeutel«, sage ich.

»Hol ich«, sagt Joe. Und ich denke, stimmt, er weiß wahrscheinlich, wo sie sind.

Ungefähr zwei Minuten habe ich in meinem Zimmer für mich, zwei Minuten für fünfzehn Jahre, um zu entscheiden, was mir so wichtig ist, dass ich es mitnehmen will. Hast du dich an dem Abend auch so gefühlt, Bea? Als du weggelaufen bist? Wie wusstest du, was du unbedingt mitnehmen und was du dalassen wolltest?

Joe kommt mit einer Rolle Müllsäcke zurück.

»Lieber zu viel als zu wenig«, sagt er. (Einen anderen Rat hätte ich von ihm auch nicht erwartet.)

Aber weißt du was? Ich höre auf ihn. Ich nehme alles mit, was mir jemals etwas bedeutet hat. T-Shirts, die ich nie anziehe, und Bücher, die ich kein zweites Mal mehr lesen werde, lasse ich da.

Als ich auf ein Foto von Mom mit mir als Baby stoße, nehme ich es mit. Ich frage mich, ob sie es wohl bemerken wird.

Ich nehme alles mit, was du mir mal geschenkt hast.

Als ich in meinem Zimmer fertig bin und noch eine kleine Runde durchs Bad gedreht habe, stapeln sich sechs vollgestopfte Säcke. Joe trägt sie ins Auto, während ich noch einmal checke, ob ich auch nichts vergessen habe. Mein Zimmer fühlt sich schon nicht mehr an, als wäre es mein Zimmer. Es fühlt sich wie ein beliebiges Zimmer im Haus von Mom und Darren an.

Bevor er den letzten Sack runterschleppt, sagt Joe: »Ich glaube, sie kommen nicht.«

Ich nicke. Keiner von uns beiden hat bis zu dem Zeitpunkt wirklich geglaubt, dass wir das ohne Handgemenge hinter uns bringen würden.

Dann gehe ich mit einem allerletzten Sack rüber in dein Zimmer. Ich suche nach ein paar Dingen, von denen ich weiß, dass sie dir früher sehr wichtig waren: Stella, das Einhorn, das Monopolyspiel, das wir mit selbst geschriebenen Karten gespielt haben, ein, zwei Zeichnungen von mir für dich, als ich noch klein war. Wenn sie so lange überlebt haben, dann verdienen sie es, auch noch länger aufbewahrt zu werden. Ich finde ein paar Fotos von dir und Joe, von dir und Sloane, von dir und anderen Mädchen, die ich nicht kenne – die nehme ich auch mit. Du kannst ja immer noch damit machen, was du willst. Mom und Darren würden sie sicher sofort wegwerfen.

Ich packe auch alle deine *Anne auf Green Gables*-Bücher ein. Wenn du sie nicht möchtest, nehme ich sie. Ich habe sie mir damals ja oft genug ausgeliehen von dir.

Vor der Tür höre ich jemanden husten und springe erschrocken auf. Aber es ist nur Joe, der im Flur stehen bleibt, als wäre dein Zimmer für ihn ein heiliger Ort. Ich weiß, für dich ist es das nicht mehr, aber für ihn und mich immer noch. Joe scheint darauf zu warten, dass ich sage, er solle doch reinkommen. Aber das tu ich nicht. Ich sage nur, dass ich fertig bin.

Die Säcke sind jetzt in Joes Garage. Ich fand es nicht richtig, damit bei Terrence aufzukreuzen, jedenfalls nicht mit allen sieben. Einer reicht erst mal, und dann werden wir weitersehen. Terrence war etwas beleidigt, als ich ihm erzählt habe, wo ich mit Joe gewesen war. Wobei er mir geholfen hatte. Ich habe es so dargestellt, als hätte ich Joe darum gebeten, weil er ein Auto hat. Aber die Wahrheit ist, dass es nach wie vor ein paar Dinge über unsere Familie zu erzählen gibt, von denen ich hoffe, dass Terrence nie davon erfährt. Ich will nicht, dass unsere Familiengeschichte, unsere Vergangenheit einen so großen Raum einnimmt. Ich will nicht, dass er daran denken muss, wenn er mich ansieht. Ich will, dass Terrence Teil der Zukunft ist – all dessen, was jetzt beginnt.

(Wer weiß? Vielleicht geht es dir mit Patch ja auch so?)

Okay, letzter Gedanke für heute: Was mich umtreibt, was mein Herz schneller klopfen lässt, ist nicht, was ich heute getan habe – es ist die Unsicherheit, wie es jetzt weitergeht. Ich bin fix und fertig, Bea. Total erschöpft. Und gleichzeitig völlig überdreht. Und natürlich musste ich dir das alles noch schreiben, bevor ich ins Bett gehe.

Du bist jetzt meine ganze Familie.

Betreff: Familie
Von: Bea <b98989898@ymail.com>
An: Ezra <e89898989@ymail.com>
Datum: Mittwoch, 24. April, 23:22 CST

Lieber Ezra,

hier ist deine große Schwester. Alles wird gut. Später mehr. Ich liebe dich.

Alles Liebe,
ich

Betreff: Bea – Ich bitte dich um Verzeihung
Von: Bea <b98989898@ymail.com>
An: footballjoe08@gmail.com
Datum: Donnerstag, 25. April, 00:01 CST

Lieber Joe,

ich weiß gar nicht, wie ich anfangen soll, deshalb schreibe ich jetzt einfach drauflos. Vielen Dank, dass du Ezra so hilfst. Er kann ein starkes Team gut gebrauchen! Es ist so wichtig für ihn und ich bin dir dafür total dankbar. Du hast dich uns gegenüber immer wie ein richtig guter Freund verhalten, auch wenn ich nicht immer die Freundin war, die du verdienst.
Das bringt mich zu meinem zweiten Punkt:
Ich möchte dich für alles um Verzeihung bitten. Es tut mir leid, dass ich weggelaufen bin, ohne dir ein Wort zu sagen. Es tut mir leid, dass ich dich verletzt habe. Es geht mir jetzt besser, aber ich musste einfach weg, ich konnte nicht anders. Ich hatte meine Gründe dafür, die du vielleicht verstehen würdest oder vielleicht auch nicht. Hat mit dem Ärger zu Hause zu tun. Tut mir leid, dass ich dir nicht davon erzählt habe, als wir zusammen waren.
Ich hätte viel ehrlicher zu dir sein sollen. Und ich hätte nie mit dir zusammenbleiben dürfen, nur weil du den Unfall hattest. Du verdienst jemanden, der dich mehr liebt, als ich es kann.

Liebe Grüße
Bea

Betreff: Von Bea
Von: Bea <b98989898@ymail.com>
An: terrrrrrence@gmail.com
Datum: Donnerstag, 25. April, 00:14 CST

Hallo Terrence,

danke, dass du für Ez da bist. Ich weiß, dass du es nicht meinetwegen machst, trotzdem möchte ich mich dafür bedanken und dir sagen, wie unendlich viel es mir bedeutet. Alles, was du für ihn tust. Ich weiß gar nicht, wie ich mich für das alles bei dir und deinen Eltern bedanken kann. Ich weiß, dass du mich nie besonders gemocht hast, aber es gab so viele Dinge, die wir nie jemandem sagen konnten. Weder dir noch Joe. Ich hoffe, du verstehst das und verwendest es nicht gegen Ez. Aber nach allem, was ich über dich von ihm erfahren habe, würdest du das nie tun. Es ist so ein Glück, dass ihr einander habt.

Und du hast großes Glück, dass du Eltern hast, die Worte für etwas anderes gebrauchen als für Drohungen oder Kommentare darüber, was für eine riesengroße Enttäuschung du als Mensch bist. Vermutlich glauben sie auch nicht, dass Schläge das richtige Erziehungsmittel sind.

In Dankbarkeit grüßt dich
Bea x

Betreff: Von deiner alten besten Freundin
Von: Bea <b98989898@ymail.com>
An: sloanexxxx@gmail.com
Datum: Donnerstag, 25. April, 00:36 CST

Sloane,

ja, ich bin's, Bea. Eine Stimme von jenseits des Grabes.

Ich will dir nur sagen, dass es mir leidtut, dass ich einfach abgehauen bin, und dass es mir leidtut, dass ich es dir nicht vorher gesagt habe. Es tut mir auch leid, dass ich dir viele andere Dinge nicht gesagt habe.

Ich hoffe, es geht dir gut. Kein Groll mehr auf Joe. Kein Groll mehr auf irgendwen. Das Leben ist dafür zu kurz.

xx
Bea

Betreff: Von deiner Tochter
Von: madelynwooster@ymail.com
An: anneahern72@gmail.com
Datum: Donnerstag, 25. April, 01:03 CST

Liebe Anne,

hier schreibt deine Tochter. Beatrix Ellen Ahern, falls du mich vergessen haben solltest. Ich bin die, die achtzehn Jahre bei dir gelebt hat und vor Kurzem vor dir und Darren und dem höllischen Zuhause, das ihr gemeinsam erschaffen habt, geflohen ist. Ich bin die Tochter, von der du nie besonders viel gehalten hast. Die du bereits vor vielen Jahren abgeschrieben hast.

Ich weiß nicht, warum du das gemacht hast. Vielleicht lag es an mir, vielleicht hat irgendetwas in meinem Verhalten das bei dir ausgelöst. Obwohl es mir schwerfällt, das zu begreifen. Wie kann man eine Fünfjährige als Menschen abschreiben? So weit reichen meine Erinnerungen nämlich zurück. Nichts konnte ich dir recht machen. Immer warst du wütend auf mich. Nie hast du mich in den Arm genommen. Stundenlang, später tagelang hast du mich nicht beachtet. Ich war wie Luft für dich. Du hast mir immer nur gesagt, was für eine Enttäuschung ich für dich bin. Hast mir aufgelistet, was du alles für mich getan hast und wie undankbar ich bin. Damals war ich fünf. Ein kleines Kind. Zu jung, um zu wissen, wie ich dich glücklich machen konnte. Oder ...

Vielleicht lag es an dir. Vielleicht bist du einfach nicht dafür gemacht, eine Mutter zu sein. Hast du mir das nicht immer wieder gesagt? *Ich hätte nie Kinder haben sollen.*

Nicht dass ich mir wünsche, es hätte mich nie gegeben, aber ich glaube, ich muss dir zustimmen. Du hättest nie welche haben sollen.

Inzwischen weiß ich immerhin, dass du mich vor langer, langer Zeit genug wolltest, um mich meinem Vater wegzunehmen, der mich offensichtlich nicht wollte, später aber seine Meinung änderte und mich doch wollte, oder jedenfalls hat er das behauptet. Und dann hast du noch Ezra bekommen, was unser Vater schließlich auch herausgefunden hat – und da wolltest du uns offensichtlich so sehr ganz für dich haben, dass du meinen Vornamen und unseren Familiennamen geändert hast und mit uns an einen anderen Ort gezogen bist, damit er nicht mehr wusste, wo wir waren, und ihm jeden Kontakt zu seinen Kindern verweigert hast. Aber vielleicht ging es dir ja gar nicht um uns? Vielleicht ging es dir nur um ihn? Vielleicht wolltest du ihn dafür bestrafen, dass er mich ursprünglich nicht gewollt hat.

Egal, was davon stimmt und welche Gründe du gehabt haben magst, alles miteinander fühlt sich total beschissen an. Dein ganzes Leben lang glaubst du zu wissen, wer du bist, und plötzlich erfährst du, dass du jemand anders bist, mit einem anderen Namen und einem Vater, der ein guter Mensch war, und dass du ein vollständig anderes Leben hättest haben können. Etwas, wovon ich immer, immer schon geträumt habe – ein anderes, besseres Leben. Jedes Leben wäre mir lieber gewesen als das, das ich hatte.

Wir hätten dieses andere Leben haben können, Ezra und ich. Wir hatten ein Anrecht darauf, unseren Vater kennenzulernen. Er ist letztes Jahr gestorben. Er hat nach uns gesucht und jetzt werden wir ihn nie mehr kennenlernen können. Wenn du uns nicht gewollt hast, warum durften wir dann nicht bei ihm sein? Wir hätten bei ihm leben können, einem Menschen, der uns wirklich bei sich haben wollte, und dich hätten wir aus der Ferne lieben können. Falls du irgendwann damit anfangen möchtest, eine Mutter zu sein, melde dich. Es geht mir dabei nicht um mich – das zwischen uns ist gelaufen –, sondern um Ezra, deinen Sohn.

Mit freundlichen Grüßen
Madelyn Sierra Wooster

PS: Diese Mailadresse zerstört sich nach vierundzwanzig Stunden selbst. Ich erwarte keine Antwort. Ich brauche keine Antwort von dir. Ich habe dir geschrieben, um dir meine Meinung zu sagen.

Betreff: Von der allwissenden Martha
Von: Bea <b98989898@ymail.com>
An: patchaaronr@gmail.com
Datum: Donnerstag, 25. April, 11:14 CST

Lieber Patch,

danke, dass es dich in meinem Leben gibt! Danke, dass du für mich da warst, als ich nicht gewusst hätte, was ich ohne dich hätte tun sollten. Und auch wenn es vielleicht kitschig klingt: Du ahnst nicht, wie viel mir das bedeutet.

Lass dir das bloß nicht zu sehr zu Kopf steigen.

Wir sehen uns heute Abend sowieso, ich wollte dir das nur kurz schreiben.

Und außerdem noch etwas anderes:

Das Leben ist kurz. Und definitiv zu kurz, um andere Menschen glücklich machen zu wollen, indem man ihre Lebensträume lebt. Vertrau mir. Wie du weißt, bin ich nicht nur total sexy, sondern auch viel weiser, als es mein Alter erwarten ließe, und ich weiß es aus eigener Erfahrung. Nicht das mit den Träumen, denn ich hatte bis jetzt nie welche, aber das mit dem Versuch, andere Menschen glücklich zu machen. Und ich sag dir jetzt mal, was es damit auf sich hat – es fängt schon damit an, dass die Menschen, die so etwas von dir wollen, normalerweise selbst unglücklich sind. Wenn sie von dir verlangen, etwas zu tun, das du selber nicht tun möchtest, etwas, das nicht wirklich dein eigener Wunsch ist, dann wird es sie nur ganz kurz glücklich machen, was du ihretwegen getan hast, bevor sie etwas anderes finden, was du für sie tun sollst.

Oder wie jemand einmal zu mir gesagt hat: Wenn dir dein Leben nicht gefällt, ändere es. Hör auf herumzujammern und ändere an dir, was du in der Welt verändert sehen willst. Sei selbst die Veränderung. Du bist für Größeres geschaffen.

Warum sagst du zu ihm nicht einfach: *Hallo, Dad, ich liebe dich und ich weiß, du willst aus mir einen Basketballspieler machen, aber damit wäre ich todunglücklich.* So wie ich das sehe, musst du zwischen dir und ihm wählen – und ich finde, du hast gute Gründe, dich für dich selbst zu entscheiden.

Ende des Vortrags.

Und ach ja, was ich dir noch sagen wollte: Du schnarchst. Du streitest es ab, aber es stimmt. Du schnarchst. Und zwar ziemlich laut.

Für mich ist das okay. Dadurch bist du etwas weniger perfekt und nicht mehr ganz so anziehend, aber das macht es mir etwas leichter, mit dir zusammen zu sein.

Bis später.

Deine
Bea
(für dich bisher unter dem Namen Martha bekannt)

Betreff: Von deiner schon wieder abgetauchten Freundin Bea Ahern
Von: Bea <b98989898@ymail.com>
An: franco@francositmarket.com
Datum: Donnerstag, 25. April, 13:28 CST

Lieber Franco,

es tut mir leid, dass ich schon wieder abgetaucht bin. Irene und du, ihr seid die nettesten Menschen, die ich jemals kennengelernt habe. Und ich konnte und kann etwas freundliche Zuwendung so gut gebrauchen! Wahrscheinlich können wir das alle gebrauchen, egal was wir gerade durchmachen. Bestimmt wart ihr nicht nur deshalb nett zu mir, weil ihr Mitleid mit einem so armen, einsamen Mädchen wie mir hattet, sondern weil ihr einfach so nette Menschen seid.

Ich schreibe dir, um zu sagen, dass es mir gut geht. Und um zu fragen, ob ich zurückkommen und wieder für euch arbeiten kann. Und vielleicht auch wieder in meinem alten Zimmer wohnen könnte, falls das möglich ist. Aber ich würde natürlich auch verstehen, wenn ihr keine große Lust auf eine Angestellte und Untermieterin habt, die sich schon wieder aus dem Staub gemacht hat, ohne sich richtig zu verabschieden. Wenn es nicht möglich ist, kein Problem. Ich werde euch immer für alles dankbar sein, was ihr für mich getan habt.

Ich möchte nämlich in St. Louis bleiben. Und ich würde gerne Geld fürs College sparen. Kann sein, dass es ziemlich lang dauert, aber ich will jetzt nicht darüber nachgrübeln, ob ich es tatsächlich schaffen werde. Mein ganzes Leben lang ist mir immer nur gesagt worden, was ich alles nicht kann und nie schaffen werde. Von jetzt an will ich ausprobieren, was ich alles hinkriegen kann.

Deine Freundin
Bea

Betreff: Anfrage von Beatrix Ahern
Von: Bea <b98989898@ymail.com>
An: VPSoutherly@whcommunityschools.edu
Datum: Donnerstag, 25. April, 13:54 CST

Sehr geehrter Herr Southerly,

um auf die Frage zu antworten, die Sie meinem Bruder gestellt haben: Ja, es gab bei uns zu Hause Probleme. Schon seit vielen Jahren. Das entschuldigt natürlich nicht, dass ich seit ein paar Wochen nicht mehr in die Schule gegangen bin. Aber die Probleme zu Hause waren der Grund dafür, warum ich für eine Weile abgetaucht bin.

Ich weiß, dass es nur noch drei Wochen bis zur Abschlussprüfung sind und ich habe mehr als drei Wochen im Unterricht gefehlt, aber ich würde gerne wissen, ob es denn irgendeine Möglichkeit für mich gibt, den versäumten Stoff nachzuholen? Und falls dem so ist, soll ich dann meine Lehrer direkt kontaktieren oder würden Sie sich darum kümmern? Falls es nicht mehr möglich sein sollte, den Abschluss in drei Wochen mit dem Rest meiner Klasse zu machen, gäbe es dann die Möglichkeit, die Prüfungen nach einem Vorbereitungskurs am Ende der Sommerferien zu schreiben? Oder würden Sie mir empfehlen, dass ich den GED-Test ablege? Den SAT-Test habe ich bereits bestanden.

Für Auskünfte aller Art wäre ich Ihnen dankbar. Ich möchte nämlich aufs College gehen und wüsste gerne, was ich dafür alles benötige, und auch, ob das Ihrer Meinung nach für mich eine realistische Option ist.

Mein ganzes Leben lang ist mir gesagt worden, dass ich es nie zu etwas bringen werde. Fast alle Menschen um mich herum hatten mich abgeschrieben. Das soll keine Entschuldigung sein, aber es ist die Wahrheit. Und ich glaube, ich hatte mich selbst auch schon aufgegeben. Das hat sich jetzt geändert.

Noch eine letzte Sache. Da Sie ja gewisse Vermutungen gehabt zu haben scheinen, dass es bei uns zu Hause Probleme gab – jedenfalls hat mein Bruder mir das so berichtet –, wäre es ziemlich großartig gewesen, wenn Sie uns in irgendeiner Weise unterstützt hätten. Sicherlich sind wir nicht die ersten und einzigen Ihrer Schülerinnen oder Schüler aus sehr problematischen häuslichen Verhältnissen. Es wäre gut, wenn Sie das nächste Mal Ihrem Gespür stärker trauen würden, nicht vorschnell lockerlassen und stärker nachbohren würden, um herauszufinden, was da zu Hause wirklich los ist.

Mit freundlichen Grüßen
Beatrix Ahern

Betreff: Update von deiner Schwester
Von: Bea <b98989898@ymail.com>
An: LONDON WOOSTER <l89989889@ymail.com>
Datum: Donnerstag, 25. April, 14:12 CST

Lieber London,

danke, dass du mir euer Zuhause gezeigt hast, und auch danke dafür, dass ich deine Mutter kennenlernen durfte. Bitte richte ihr viele Grüße von mir aus!
   Es sieht bei mir jetzt so aus, dass ich wahrscheinlich für eine ganze Weile in St. Louis bleiben werde. Obwohl es bestimmt etwas dauern wird, bis ich mich hier eingelebt habe. Bis ich hier wirklich angekommen sein werde. Ich bin mir nicht sicher, ob wir uns oft sehen werden. Das kann ich dir jetzt noch nicht sagen. Es soll nicht so sein, dass du in meinem Leben gar keinen Platz einnimmst. Aber diese ganze Sache hat bei mir ziemlich viel durcheinandergewirbelt, und ich weiß einfach noch nicht, wozu ich im Moment in der Lage bin oder wie nach einer Weile bei mir alles aussehen wird. Ich weiß nicht genau, was du von mir erwartest, aber für mich ist wichtig, dass ich frei entscheiden kann, was ich will und was ich nicht will. Ich will hier ganz ehrlich mit dir sein – wenn wir nämlich irgendeine Art von Beziehung zueinander haben wollen, dann ist das sehr wichtig.
   Aber ich verspreche dir, nicht vollkommen abzutauchen.
   Und wer weiß? Vielleicht treffen wir uns ja irgendwann wieder im Schildkrötenpark.

Ich umarme dich und deine Mutter auch. Ich finde, du bist ein toller Junge, und ich bin sehr froh, dass wir uns kennengelernt haben. Mach's gut!

Herzlich
Bea

Betreff: Grüße von Madelyn
Von: Bea <b98989898@ymail.com>
An: Bea <b98989898@ymail.com>
Datum: Donnerstag, 25. April, 14:51 CST

Lieber Dad,

ich hätte die Suche nach dir nie aufgegeben. Ich weiß, dass ich das jetzt leicht sagen kann. Aber es ist wahr. Ich finde es sehr schade, dass du auf deine Rechte als unser Vater verzichtet hast, aber danke dafür, dass du es versucht hast, Ezra und mich zu finden, jedenfalls eine Weile lang. Ich hoffe, du hattest ein glückliches Leben. Ich hoffe, du hast Amelia geliebt und sie hat dich geliebt. Ich hoffe, du warst wirklich ein so guter Vater, wie es sich in Londons Erzählungen anhört.

Ich hätte dich sehr gern kennengelernt, aber immerhin habe ich dich jetzt ein kleines bisschen kennengelernt und das ist auch schon was.

Mach dir um Ezra und mich keine Sorgen. Es wird alles gut. Wir beide schaffen das. Obwohl wir so viel durchgemacht haben und mit so vielen schwierigen Dingen zurechtkommen müssen, trotz Mom und Darren und unserer beschissenen Kindheit sind wir auf dem richtigen Weg. Davon bin ich fest überzeugt.

Wir haben eine wunderbare Zukunft vor uns.

In Liebe,
Bee

Betreff: Liebe Madelyn
Von: Bea <b98989898@ymail.com>
An: Bea <b98989898@ymail.com>
Datum: Donnerstag, 25. April, 15:22 CST

Liebe Madelyn!

Ich sehe dich.
Ich bin du.
Und trotzdem nicht du.
Weil ich *ich* bin.
Das Ich, das sich nicht an den Vater erinnert, den du hattest. Das Ich, das all die Jahre bei Mom lebte und nicht ahnte, dass es da jemanden gab, der versuchte, mich zu finden; nicht ahnte, dass ich für jemanden verloren war.
Vielleicht bin ich immer noch verloren.
Oder auch nicht.
Vielleicht bin ich jetzt am genau richtigen Ort. Vielleicht wäre ich nicht, wo ich jetzt bin, wenn dies alles nicht geschehen wäre, wenn ich nicht verloren gegangen und wieder gefunden worden wäre, wenn ich mich nicht selbst verloren und wieder gefunden hätte.
Normalerweise klinge ich nicht so poetisch. Aber ich glaube, du verstehst, was ich meine.
Es tut mir leid, dass deine Mutter dich gestohlen hat, aber wenn ich nicht das Leben gelebt hätte, das ich gelebt habe – mein Leben, nicht deines –, dann wäre ich nicht ich.

Und wie geht es jetzt weiter? Ich finde mein Ich gar nicht so übel. Ich mag sie sogar, diese Bea. Das erste Mal in meinem Leben mag ich sie.

Herzlich,
Bea

Betreff: Familie
Von: Bea <b98989898@ymail.com>
An: Ezra <e89898989@ymail.com>
Datum: Donnerstag, 25. April, 18:01 CST

Lieber Ez,

wie ich dir bereits gesagt habe: Alles wird gut. Bei dir wird alles gut sein und bei mir wird alles gut sein und mit uns beiden wird alles gut sein. Ich weiß, dass du erschöpft bist und dass du das Gefühl hast, um dich herum ist alles ins Schwanken geraten. Ich fühle mich auch so. Aber ich bin auch verdammt stolz darauf, dass wir den Ausstieg geschafft haben und von Mom und Darren losgekommen sind. Wir haben noch einen langen Weg vor uns und es wird nicht einfach sein. Und ohne ein Team um uns herum werden wir es nicht schaffen, sosehr ich es auch hasse, auf andere Menschen angewiesen zu sein.

Ich werde hier in St. Louis bleiben. Ich habe ganz schön Schiss und zugleich finde ich es total aufregend. Keine Ahnung, wie es bei mir weitergehen wird. Aber wenigstens entscheide ich selbst darüber.

Wenn du mich brauchst, kann ich jederzeit zurückkommen. Ich setze mich in den Bus und bin nach ein paar Stunden da. Du brauchst mir nur ein Wort zu sagen. Oder du kommst hierher. Ich werde immer einen Platz für dich haben. Das hier ist kein Abschied. Ich nehme nur mein Schicksal selbst in die Hand.

Ich habe Mom geschrieben. Etwas weniger wütend, als ich

gedacht hatte, aber ich habe ihr alles auf den Tisch geknallt. Daraufhin habe ich nichts von ihr gehört, aber das hatte ich auch nicht erwartet. Manchmal will man einfach nur etwas loswerden.

An Southerly habe ich auch geschrieben, ob ich möglicherweise den Unterrichtsstoff nachholen kann. Vielleicht, aber nur vielleicht, kann ich ja doch meinen Abschluss machen. Ich werde wieder bei Franco wohnen, meine Adresse lautet:

Beatrix Ahern
c/o Franco's Italian Market
5183 Wilson Avenue
St. Louis, MO 63110

Ich habe mir ein Handy mit Prepaidkarte gekauft. Vielleicht können wir mal telefonieren? Die Nummer ist 314-555-2322. Und ich habe eine neue Mailadresse: beatrixahern@gmail.com. Du kannst sie von jetzt an benutzen oder du schreibst weiter an diese alte Mailadresse. Ich werde sie nicht löschen, weil ich sie irgendwie lieb gewonnen habe. Sie war meine Nabelschnur zu dir.

Ich liebe dich, Ez. Du bist für mich meine ganze Familie und der wichtigste Mensch auf der Welt.

Ach ja, und noch etwas anderes.

Es ist wunderbar und großartig, wenn ein anderer Mensch dich sieht, dich sieht, wie du wirklich bist, aber – und das ist vielleicht das Wichtigste, was ich jemals gedacht und gesagt und begriffen habe – noch viel wichtiger ist, dass du dich selbst siehst.

Mein Blick auf mich selbst war immer dadurch vernebelt, wie andere mich gesehen haben – Mom, Darren, Joe, Sloane, meine Lehrer. Es passiert leicht, dass du anfängst, dich so zu sehen, wie andere dich sehen, an das Bild zu glauben, das andere dir zurückspiegeln. Aber jetzt sehe ich mich das erste Mal selbst, so wie ich bin. Unverstellt. Wer bin ich? *Wer ist Bea?* Und was sehe ich? Sie ist klug und witzig. Klüger, als sie selbst gedacht hätte. Sie weiß, was sie kann und was sie braucht. Sie kann Grenzen ziehen. Sie hat die Fähigkeit, ihre Probleme selbst zu lösen. Sie kann hart arbeiten. Sie kann sexy sein. (Sorry, Ez, das musste ich hier einfach mal sagen.) Sie kann lachen, oh ja, das kann sie. Sie lacht sogar sehr gern. Sie will lernen. Sie will eine gute Schwester sein. Sie will ein guter Mensch sein, der anderen hilft. Sie will keine Insel sein, ganz für sich allein. Sie will Tränen vergießen können und andere neben sich haben, die ihr sagen, dass alles gut wird, auch wenn sie nicht darauf angewiesen ist, dass sie es sagen. Das erste Mal in meinem Leben gefällt mir, was ich sehe.

In Liebe,
deine Schwester
Bea x

Betreff: Auf einen Kaffee
Von: Ezra <e89898989@ymail.com>
An: Bea <b98989898@ymail.com>
Datum: Donnerstag, 25. April, 19:34 EST

Schon komisch, da musstest du bis nach St. Louis fahren, um die Bea kennenzulernen, die ich immer schon gekannt habe. Meine Schwester, so wie ich sie sehe. Aber leuchtet mir schon ein, manchmal braucht es so einen Umweg. Ich bin froh, dass du sie gefunden hast.

Ich will dir nichts vormachen: Natürlich hätte ich gerne, dass du hier bei mir bist. Aber ich kann total verstehen, warum du nicht hier bist, und ich kann damit leben, dass es so ist. Trotzdem werde ich mir immer wünschen, du wärst hier.

Von mir gibt es in der Zwischenzeit Folgendes zu erzählen:

Ich habe mich endlich mit Jessica Wei auf einen Kaffee getroffen. Wir haben uns nach der Schule verabredet, und kaum waren wir außer Sicht- und Hörweite von den anderen, fingen wir an, miteinander zu reden.

»Du wohnst nicht mehr zu Hause, oder?«, fragte sie.

Ich antwortete, nein, ich würde im Moment bei Terrence wohnen.

»Gut«, sagte sie. »Da bin ich froh.«

Und dann erzählte sie mir, dass Terrence und sie als kleine Kinder oft miteinander gespielt hatten und wie gern sie bei ihm zu Hause gewesen war, weil ihre eigene Mutter aus irgendeinem Grund nicht viel für Knetmasse übrighatte, während Terrence'

Mutter jede Woche eine frische Packung gekauft hat. Ich dachte, *okay, dann unterhalten wir uns jetzt also darüber, wie es in unserer Kindheit war*, und versuchte, mich an ein paar gute Geschichten zu erinnern, die ich ihr erzählen konnte, obwohl ich mir ziemlich den Kopf zerbrechen musste. Ich hab mich dann auf irgendwelche Bastelprojekte an der Schule gestürzt, deren Ergebnisse ich nie nach Hause mitgenommen habe, weil ich wusste, dass Mom oder Darren die Sachen niemals auf dem Kühlschrank aufstellen würden. Einmal habe ich ein Kästchen aus Eisstielen gebastelt und unter dem Bett versteckt. Mom muss es weggeworfen haben. Jedenfalls war das Kästchen nicht mehr da, als ich das nächste Mal nachgeschaut habe.

Aber diese Geschichte habe ich Jessica nicht erzählt. Stattdessen habe ich ihr erzählt, wie ich mir einmal in der Cafeteria Obst und Gemüse ausgeliehen habe, alles runde Formen, um daraus unser Planetensystem nachzubauen. Da erübrigte sich die Frage, ob ich das Bastelergebnis aufgehoben hatte.

Dann kamen wir beim Coffee Tree an (Sloane war nicht da) und setzten uns mit unseren Kaffeebechern an einen Tisch. Sofort nahm Jessicas Gesicht einen ernsten Ausdruck an. Superernst.

»Hör zu, ich weiß nicht, was du über mich und meine Familie bisher weißt«, sagte sie, noch bevor sie ihren ersten Schluck Kaffee getrunken hatte, »aber ich kläre dich jetzt mal darüber auf. Mein Vater war ein gewalttätiger Alkoholiker, mit Betonung auf gewalttätig. Meinen Bruder hat er regelmäßig brutal verprügelt und mich hat er herumkommandiert, aber ohne heftiger zuzuschlagen. Mit elf, zwölf Jahren hat mein Bruder angefangen, es ihm nachzumachen. Bei meinem Vater galt als ehernes Gesetz, dass nichts, was bei uns zu Hause geschah, nach außen dringen durfte. Über das alles wurde ein Mantel des Schweigens gebreitet. Mein Bruder nahm das für sich auch in Anspruch. Und ich steckte in einem Dilemma. Einem echten Dilemma. Denn ich wusste, wenn ich meinem Vater erzählte, was mein Bruder mit mir machte, würde er ihn umbringen. Ich weiß, dass das sehr krass klingt, aber es war krass. Und meiner Mutter hätte ich mich zwar anvertrauen können, aber sie hätte nichts unternommen. Sie steckte in dem Scheiß genauso drin wie ich. Wie gefesselt. Irgendwann wurde es so schlimm, dass ich es nicht mehr verbergen konnte.«

»Er hat dir den Unterkiefer zertrümmert«, sagte ich.

Jessica wirkte nicht überrascht. »Ja, vermutlich hast du das mitgekriegt. So wie alle anderen. Er hat mir den Unterkiefer gebrochen. Ein paar Zähne ausgeschlagen. Mich blutend in meinem Zimmer liegen gelassen. Ich habe das Blut runtergeschluckt, mir einen Verband umgelegt – einen ziemlich jämmerlichen Verband – und bin am Tag darauf ganz normal in die Schule. Als meine Freundinnen mich gesehen haben, sind sie mit mir sofort zur Schulkrankenschwester, der ich erzählt habe, ich sei die Treppe runtergefallen. Da hat sie mich angeschaut und gefragt: ›Hat die Treppe einen Namen?‹ Und das hat plötzlich alles verändert. Ich weiß nicht, warum. Vielleicht weil meine Freundinnen dabei waren und mir meine bescheuerte Geschichte nicht abgekauft haben. Vielleicht weil die Krankenschwester mir die Möglichkeit gegeben hat, darüber zu reden. Davor hatte mich nie jemand so direkt gefragt. Das war er. Der Moment, in dem alles ans Licht kam. Ich erzählte der Krankenschwester, was geschehen war. Sie rief den Direktor. Er fragte mich, ob es denn jemanden geben würde, zu dem ich Vertrauen hätte und der mir helfen könnte, und ich gab ihm die Telefonnummer meiner Tante. Sie ist die stärkste Frau, die ich kenne. Als sie bei ihr angerufen haben, um ihr von dem Vorfall zu erzählen, wirkte sie nicht besonders überrascht. Sie zweifelte keine Sekunde, dass alles so war, wie ich es ihr schilderte. Sie ist sofort gekommen. Danach haben meine Mutter und ich eine Weile bei ihr im Gästezimmer gewohnt. Mom hat im Bett geschlafen und ich auf einer Luftmatratze. Mein Bruder wurde in ein Internat geschickt und scheint sich verändert zu haben. Aber jedes Mal, wenn wir uns sehen, fühlt es sich sehr, sehr sonderbar an.«

Jessica hörte auf zu reden. Sah mich an. Redete weiter.

»Und jetzt kommt, was ich dir sagen will, Ezra. Warum ich wollte, dass du weißt, was meine Geschichte ist. Weil ich nämlich so eine Ahnung habe, was du durchgemacht hast. Vielleicht nicht genau dasselbe wie ich. Aber doch etwas Ähnliches. Habe ich recht?«

Ich nickte.

»Also, ich sag dir jetzt mal, was ich gelernt habe. Erstens: Es gibt keinen Grund zu verbergen, was dir zugestoßen ist, denn dafür haben sich die Menschen zu schämen, die dir das angetan haben, nicht du. Zweitens: Wir sind Mitglieder in einem Club, zu dem keiner von uns gehören wollte, dem Club der Menschen, die jemand misshandelt hat, die jemand kaputtmachen wollte – und wir haben überlebt. Wir sind Überlebende. Darin liegt unsere große Stärke. Und wir müssen uns gegenseitig als Überlebende unterstützen, wo immer wir können. Drittens: Wenn es einem so richtig dreckig geht, gibt es immer einen Ort, an dem es besser ist. Diejenigen, die dich misshandeln, machen dir gerne weis, dass es nicht so ist. Aber das stimmt nicht. Es gibt immer Menschen, die einem helfen können. Bei mir war es meine Tante. Bei dir sind es Terrence und seine Eltern. Und deine Schwester. Sie weiß, was sie tut.«

Ich war sprachlos, Bea. Alles, was ich sagen konnte, war: »Ja.« Und dann noch einmal: »Ja.«

Ich war in diesem Moment vollkommen überwältigt und bin es auch jetzt wieder, wo ich dir schreibe. Nicht nur, weil sie meine Lage so klar gesehen und mich verstanden hat. Da war noch viel mehr. Es war nicht nur, was sie sagte, sondern auch wie sie es sagte. Sie hat in der Vergangenheitsform gesprochen. Durch sie habe ich zum ersten Mal an das, was uns beiden widerfahren ist, an das, was wir durchgemacht haben, in der Vergangenheitsform gedacht. Es *geschieht* nicht mehr. Es *ist geschehen*. Das heißt noch lange nicht, dass von jetzt an alles gut ist, und dadurch wird nicht ungeschehen gemacht, was wir erlebt haben, der Schmerz und die Trauer sind da, aber wir haben bewiesen, dass sich etwas verändern lässt. Unser Leben ist jetzt ein anderes. Wir stecken nicht mehr in dem Leben fest, in das unsere Eltern uns gezwängt haben. Wir haben uns daraus befreit.

Das habe ich alles auch zu Jessica gesagt. Sie hat genickt und mir zugestimmt und verstanden, was ich meinte. Hat es *wirklich* verstanden. Ich habe ihr unsere ganze Geschichte erzählt. Dann fragte sie: »Und was hast du jetzt vor?« Darauf hätte ich kurz zuvor vielleicht noch keine Antwort geben können. Aber jetzt hatte ich eine Antwort. Ich habe die Antwort, Bea.

Und ich schreibe sie dir jetzt:

Ich werde hierbleiben, Bea.

Ich werde erst einmal hierbleiben und dann gehe ich von hier weg.

Ich werde das Schuljahr hier beenden. Ich werde darauf vertrauen, dass Terrence' Eltern mich so lange bei sich aufnehmen. Ich werde in der Zeit keinen Kontakt zu unserer Mutter oder Darren halten, ich werde unser Haus nicht mehr betreten. Ich werde mit allem hier abschließen. Aber ich werde tun, was ich kann, damit Terrence, Jessica und noch ein paar andere mir in meinem Leben erhalten bleiben.

Und danach komme ich zu dir, Bea. Ich komme.
Du bist die einzige Familie, die ich habe. Du bist die einzige Familie, die ich haben möchte.

Ich weiß nicht, wie wir es hinkriegen werden, aber wir werden es hinkriegen.

Du wirst aufs College gehen. Ich werde weiter auf die Highschool gehen. Irgendwie werden wir es schaffen, das Leben zu führen, das uns bisher vorenthalten war, und die Menschen zu sein, die wir sein wollen.

So – und jetzt drücke ich auf Senden.

Ich rufe dich in ein paar Minuten an.

Von jetzt an beginnt die Zukunft.

Ez

DANK

Wie Ezra und Bea hätten auch wir dies allein niemals geschafft.

Ein großes, von Herzen kommendes Dankeschön an unsere genialen, unvergleichlichen Agenten und Begleiter auf dieser Reise, Kerry Sparks und Bill Clegg. Ebenso ein großes Dankeschön an unsere *Nimm mich mit dir, wenn du gehst*-Buchheimat Penguin Random House – an unsere Lektorin Melanie Nolan ebenso wie an Barbara Marcus, Judith Haut, Emily Harburg, Jake Eldred, Arely Guzmán, Dominique Cimina, Mary McCue, Jillian Vandall, Morgan Maple, Barbara Perris, Janet Renard, Nancee Adams, Artie Bennett, Ray Shappell, Alison Kolani, John Adamo, Caitlin Whalen, Megan Mitchell, Kelly McGauley, Jules Kelly, Janine Perez, Elizabeth Ward, Jenn Inzetta, Kate Keating, Whitney Aaronson, Adrienne Waintraub, Kristin Schulz, Pam White, Jocelyn Lange, Lauren Morgan und Catherine Kramer.

Danke auch an Ben Horslen und das großartige Team bei Penguin Random House UK, das unsere Buchheimat in Großbritannien ist.

Ebenfalls ein Dankeschön an Sylvie Rabineau und Anna DeRoy von WME, dass sie an uns und unsere Geschichte geglaubt haben.

Und in Dankbarkeit ein Hoch auf Janet Geddis und Avid Books, aber auch auf Book Loft in Amelia Island, Florida, Once Upon a Bookseller in Saint Marys, Georgia, und Mitchell Kaplan's Books & Books in Miami. Ganz zu schweigen von Little City Books, Books of Wonder und allen anderen unabhängigen Buchhandlungen, allen Buchhändlerinnen und Buchhändlern,

Lehrerinnen und Lehrern, Bibliothekarinnen und Bibliothekaren auf diesem Planeten. Ohne euch könnten wir nicht tun, was wir tun. Ihr seid unsere Heldinnen und Helden.

Wir sind außerdem mit wunderbaren Familien und Freundeskreisen gesegnet zu sein, auf deren Unterstützung, Ermutigung, Inspiration und Liebe wir uns verlassen können.

Jennifer empfindet unendliche Dankbarkeit gegenüber ihrem Ehemann und ersten Leser aller ihrer Bücher Justin Conway, er ist ihre Liebe, ihr bester Freund und ihre Heimat. Unendlich dankbar ist sie auch ihren Kindern und ihren literarischen Katzen – Rumi, Scout, Linus, Luna, Kevin, Zelda und Roo sowie der verstorbenen Lulu, dem hübschesten Seelentrösterkätzchen, das jemals gelebt hat. Das Schreiben ist ohne Queen Lulu, die neben Jennifer (oder auf der Tastatur) thront und mit Blick auf den Bildschirm gähnt, nicht mehr dasselbe.

Auch ihrer viel geliebten Groß- und Wahlfamilie ist Jennifer sehr dankbar, allen voran Bill Niven, Ersatzvater, Großvater und Kätzchenflüsterer, sowie ihrer Schwester-Cousine Lisa von Sprecken (»tots and taters!«). Danke an ihre Ehrenbrüder Angelo Surmelis und Joe Kraemer und ihre Ehrenschwestern Ronni Davis, Kerry Kletter, Lisa Brucker, Beth Jennings White, Grecia Reyes und Kami Garcia. An ihre ersten Leserinnen für ihr unschätzbar wertvolles Feedback – Adriana Mather, Annalise von Sprecken, Kenzie Vanacore und Lila Vanacore. An die drei fantastischen Kenzie, Lila und Violeta Morales Fakih, mit denen Jennifer regelmäßig zusammenarbeiten darf. Danke an Adriana Mather, James Bird, Jeff Zentner, Emily Henry, Brittany Cavallaro, Kerry Kletter, Angelo Surmelis, Danielle Paige und ihre fröhliche Nachkommenschaft. Und danke an Claudia Dane-Stroud, Patrick Dane und Aaron Dane für die Einladungen zum Abendessen, ihre Freundschaft und ihre Begeisterung für Kätzchen. Sowie an Angelica Carbajal und Stacy Monticello, dass sie solche Heiterkeit ausstrahlen.

Unendlichen Dank an Jennifers Eltern, Penelope Niven und Jack F. McJunkin Jr., für alles, was sie ihr bedeuten, auf dieser Erde und darüber hinaus. Dafür, dass sie sie gelehrt haben, an sich zu glauben. Dafür, dass sie sie gelehrt haben, über sich hinauszuwachsen. Danke für ihre grenzenlose, bedingungslose Liebe, die sie immer noch umgibt, auch wenn sie nicht mehr da sind. Ich liebe euch mehr, als ich es mit Worten ausdrücken kann.

David schreibt diese Danksagungen am Schreibtisch seines Vaters, während seine Mutter in der Küche ist und ihm zuruft, dass am Vogelhäuschen gerade der Kardinalvogel aufgetaucht ist. Alles fühlt sich richtig an, so wie es ist. Die Tatsache, dass die Puzzlestücke in seinem Leben sich so gut ineinander gefügt haben, verdankt er allein ihnen. Er stellt sich vor, wie sein Vater ihm zur Veröffentlichung dieses Buchs gratulieren würde, und dieser Gedanke macht ihn glücklich. Es freute seinen Vater sehr, als er ihm vom Beginn dieses Projekts erzählte – weil David so begeistert davon war, ein Buch mit Jennifer zu schreiben, und auch weil David endlich, endlich einmal mit jemandem zusammenarbeitete, dessen Nachname mit einem Buchstaben anfängt, der im Alphabet nach seinem Anfangsbuchstaben kommt.

Wie oft bei David ist ein großer Teil des Buchs im selben Raum mit anderen Menschen entstanden, die ebenfalls geschrieben haben. Danke an Billy Merrell, Nick Eliopulos, Zack Clark, Andrew Eliopulos, Nico Medina, Anica Rissi, Mike Ross, Ben Lindsay, Caleb Huett, Elizabeth Eulberg, Justin Weinberger und die Baristas bei Think und City of Saints. Danke auch an alle bei Scholastic.

Zu guter Letzt wollen Jennifer und David ihren Leserinnen und Lesern ihren tief empfundenen Dank aussprechen. Ihr bedeutet uns mehr, als Worte sagen können.

TRIGGERHINWEIS:
In diesem Buch wird das Thema psychische und körperliche Misshandlung in der Familie angesprochen.

Diese Geschichte ist ein Roman, also ausgedacht, aber auch im wahren Leben kann es vorkommen, dass du das Gefühl hast, mit deinen Problemen völlig allein zu sein. Das kann uns allen passieren, jederzeit. Doch keiner sollte je denken, dass er dann stumm leiden muss oder dass es keinen Ausweg gibt.

Wenn du also Hilfe brauchst oder dir große Sorgen um jemanden machst, den du kennst, erhältst du unter den folgenden Adressen Hilfe von Berater*innen, die euch dabei unterstützen können, schwierige Situationen zu bewältigen.

Die folgenden Organisationen leisten in so einem Fall wertvolle Hilfe:

NUMMER GEGEN KUMMER (Kinder- und Jugendtelefon)
www.nummergegenkummer.de
Deutschlandweite Rufnummer: 116111 (Mo–Sa, 14:00–20:00 Uhr, anonym und kostenlos), auch Chatberatung (Mi-Do: 14:00–18:00 Uhr) oder per Mail

TELEFONSEELSORGE
www.telefonseelsorge.de
Unter der Nummer 0800-1110111 oder 0800-1110222 (anonym, kostenlos und rund um die Uhr) deutschlandweit erreichbar, auch Chat- und Mailberatung

RAT AUF DRAHT
www.rataufdraht.at
Österreichweite Rufnummer: 147 (kostenlos und rund um die Uhr), auch Online- und Chatberatung (Mo–Fr, 18:00–20:00 Uhr)

147.ch
www.147.ch
Unter der Nummer 147 erreichst du in der Schweiz rund um die Uhr die kostenlose telefonische Beratungsstelle. Wer will, kann auch online mit Gleichaltrigen chatten (Mo + Di, 19:00–22:00 Uhr).

Autor*innen

JENNIFER NIVEN ist eine vielfach preisgekrönte New-York-Times- und internationale Bestsellerautorin. Ihre Bücher wurden in über 75 Sprachen übersetzt. Mit ihrem Roman »All die verdammt perfekten Tage« stürmte sie sowohl die New-York-Times- als auch die SPIEGEL-Bestsellerliste. Sie lebt in den USA und Paris.

DAVID LEVITHAN, geboren 1972, ist ein amerikanischer Bestsellerautor und preisgekrönter Schriftsteller. Weltbekannt wurde er unter anderem durch seine Bücher »Nick & Norah – Soundtrack einer Nacht« sowie die »Dash & Lily«-Romane, die er gemeinsam mit Rachel Cohn schrieb.

Von David Levithan sind bei cbj erschienen:

Dash & Lily – Ein Winterwunder (Band 1: 31437)
Dash & Lily – Neuer Winter, Neues Glück (Band 2: 31158)
Dash & Lily – Vorsicht, Glatteis (Band 3: 31475)

Übersetzerin

BERNADETTE OTT begeistern die Wortspiele und der Drive in Jugendromanen, aber auch die Erzählfantasie und poetische Verwandlung der Wirklichkeit in Kinderbüchern. Ihr Dank gilt allen Autor*innen, in deren Sprache, Gedanken, Gefühle und Lebenswelten sie als Übersetzerin eintauchen darf

Mehr zu unseren Büchern auch auf Instagram